Chère lectrice,

Tous les espoirs sont permis pour qui croit en la magie de Noël. Voilà qui résume bien le destin des trois héroïnes de vos romans Coup de Cœur du mois. D'abord, Caro qui,après une longue séparation, réapprend à aimer son mari et à lui faire confiance (*Un réveillon plein de surprises*). Puis Cierra, perdue et sans le sou, qui découvre que son foyer est auprès de l'homme qui l'aime (*Le miracle qu'elle attendait…*). Et, enfin, Millie, qui n'avait plus foi en rien et qui voit ses vœux de bonheur s'incarner en l'homme de ses rêves (*Un Noël sous haute protection*).

Des histoires débordantes d'optimisme pour finir l'année en beauté. Je vous invite à vous y plonger, certaine que la magie opérera également pour vous.

Bonne lecture, et à l'année prochaine,

La responsable de collection

Un réveillon plein de surprises

*

Le miracle qu'elle attendait

*

Un Noël sous haute protection

CAROLE MORTIMER

Un réveillon plein de surprises

éditions HARLEQUIN

Collection : Coup de Cœur

Cet ouvrage a été publié en langue anglaise
sous le titre :
SNOWBOUND WITH THE BILLIONAIRE

Traduction française de
SOPHIE BRUN

83-85, boulevard Vincent-Auriol, 75646 PARIS CEDEX 13 — Tél. : 01 42 16 63 63

Service Lectrices — Tél. : 01 45 82 47 47
www.harlequin.fr

ISBN 978-2-2802-3086-5 — ISSN 1159-4837

1.

Caro franchit les portes vitrées ouvrant sur le hall principal et balaya du regard la foule de visages à la mine réjouie, cherchant à y repérer celui de son frère Gavin. En ce 23 décembre, des dizaines de personnes attendaient à l'aéroport de Heathrow leurs parents ou leurs amis venus passer les vacances de Noël en Angleterre.

A priori, Gavin ne faisait pas partie de ceux-là, ce qui n'étonna nullement la jeune femme. Cette incorrigible tête en l'air avait sans doute oublié qu'elle arrivait aujourd'hui !

— Laissez, je m'en charge. Merci pour votre aide.

Caro se figea instantanément en entendant cette voix grave, trop familière, qui n'avait rien perdu de son arrogance. Elle eut l'impression que le sang se retirait de ses veines et sentit un nœud se former au creux de son estomac. Toute sa joie à la perspective de revoir Londres s'évanouit comme par enchantement.

Non ! Cela ne pouvait pas être *lui* !

Pas ici… Pas dès le premier jour de son retour après un an d'absence ! Douze mois déjà qu'elle s'était réfugiée à Majorque.

— Je vous en prie. Je vous souhaite un joyeux Noël !

répondit l'homme qui avait très aimablement proposé à la jeune femme de pousser son chariot à bagages, avant de s'éloigner en direction d'une jolie blonde et de deux charmants bambins.

— Tu devrais avancer, lança la voix derrière elle d'un ton impérieux. Nous bloquons le passage.

Caro se retourna brusquement et, les yeux écarquillés par l'incrédulité, scruta celui qui se trouvait désormais aux commandes du chariot.

Pas de doute possible, elle ne s'était pas trompée : c'était bien *Jake* ! Mis à part quelques fils blancs qui striaient prématurément son épaisse chevelure brune, il n'avait guère changé : ces mêmes yeux verts magnifiques, où brillait en cet instant une lueur réprobatrice, ces mêmes pommettes hautes qui surmontaient un menton décidé et une bouche d'ordinaire épanouie, mais aujourd'hui apparemment pincée par la colère.

Jake Montgomery, dans toute la force de ses trente-cinq ans.

Jake Montgomery, *son mari*… du moins encore officiellement.

Les mâchoires crispées et le regard glacial, celui-ci dévisagea Caro. De dix ans sa cadette, la jeune femme était encore plus belle que dans son souvenir. Il reporta ensuite son attention sur le bébé qu'elle portait dans les bras.

L'enfant avait un petit nez retroussé, des joues rondes, une bouche parfaitement dessinée, une peau légèrement hâlée qui respirait la santé, les cheveux d'un blond cuivré comme ceux de sa mère, mais des prunelles émeraude dont la couleur lui rappelait les siennes et qui, en ce moment même, le fixaient avec curiosité.

Magdalena. Sa petite fille âgée de six mois déjà et dont il n'avait appris l'existence qu'il y a quelques heures. Ce jeune être qui n'avait aucunement conscience que l'inconnu en train de la contempler n'était autre que son père.

Jake eut soudain une terrible envie de presser la petite contre lui pour la première fois, d'enfouir son visage dans ses boucles soyeuses, de respirer son odeur, de palper cette vie toute neuve.

Une impulsion à laquelle il valait mieux ne pas obéir car Magdalena se serait certainement mise aussitôt à hurler de peur s'il l'avait arrachée à la sécurité et au confort des bras maternels.

La pensée que Caro ait pu de façon délibérée le priver de son droit à la paternité pendant si longtemps et faire de lui un étranger pour sa propre fille, le torturait.

S'efforçant de maîtriser la bouffée de colère qu'il sentait monter en lui, Jake agrippa littéralement la barre du chariot. S'il n'avait écouté que son immense frustration, il aurait volontiers saisi Caro par les épaules et l'aurait secouée jusqu'à ce qu'elle avoue enfin ce qui l'avait poussée à agir avec une telle irresponsabilité.

— Sortons d'ici, se contenta-t-il de marmonner.

— Je n'irai nulle part avec toi, Jake, protesta la jeune femme dont les yeux bleu ciel exprimaient une profonde détermination et qui, dans un geste instinctif de protection, serra Magdalena plus fort contre elle.

— Oh si, crois-moi tu vas me suivre, rétorqua-t-il, sentant sa patience sur le point de voler en éclats. A moins que tu ne préfères rester au milieu de tous ces gens et me révéler en public pourquoi tu n'as pas jugé bon de m'informer de la naissance de *notre* fille.

« Hors de question ! » se dit Caro, réprimant à grand-peine une brutale envie de fuir à toutes jambes, de laisser Jake derrière elle, de l'effacer de son champ de vision.

— Je n'ai pas à me justifier, répliqua-t-elle sur le ton du défi.

Elle tenta de récupérer ses bagages, mais se rendit très vite compte que, du haut de son mètre soixante, jamais elle ne viendrait à bout d'un athlète tel que Jake. Dépitée, elle déclara forfait.

— Je suggère vivement d'avoir cette discussion ailleurs qu'ici, répéta Jake qui, joignant le geste à la parole, partit à grandes enjambées en direction de la sortie.

« Que faire ? », s'interrogea la jeune femme.

Toutes ses affaires se trouvaient sur ce chariot qui s'éloignait, fendant la foule : la nourriture, les couches, les produits de soin de Magdalena ainsi que leurs vêtements pour la semaine. Furieuse, elle se résolut à lui emboîter le pas et dut presque courir pour le rattraper.

Comment expliquer la présence de Jake à Heathrow, précisément aujourd'hui ? Comment avait-il bien pu savoir qu'elle arriverait par ce vol en provenance de Majorque ?

Caro esquissa une grimace d'exaspération

Gavin ! Voilà pourquoi son jeune frère dont l'intelligence n'avait d'égale que la distraction brillait par son absence !

Caro n'envisageait pas de passer la fin d'année en Angleterre, mais elle avait fini par céder devant l'insistance de Gavin, ce dernier lui ayant fait remarquer que Noël était avant tout une fête de famille et que, depuis la disparition de leurs parents, il n'avait plus qu'elle au monde.

Peut-être avait-il déjà l'intention à ce moment-là d'envoyer Jake la chercher à sa place ?

Non, impossible. Gavin avait beau être étourdi au point d'en oublier l'heure, voire le jour de la semaine, jamais il n'aurait mis délibérément sa sœur aînée dans une telle situation.

— Où est Gavin ? s'enquit la jeune femme, une fois parvenue à la hauteur de Jake.

Elle frissonna malgré elle, surprise par le vent glacial qui soufflait au-dehors. La météo avait annoncé des chutes de neige imminentes sur l'Angleterre et Caro avait prévu pour elle et son bébé des tenues en conséquence : jeans, pulls et doudounes. Elle s'empressa de boutonner la capuche de Magdalena.

Jake se tourna vers son épouse et sa fille et fut, une nouvelle fois, frappé par leur ressemblance. Une étrange émotion lui noua la gorge.

La longue chevelure de la jeune femme, du même blond cuivré, encadrait un visage au teint doré, agrémenté lui aussi d'un nez fin à peine retroussé et d'une bouche pleine et gourmande. Seule la couleur des yeux différait. Ceux de Caro étaient d'un bleu azur dont deux rangées de cils étonnamment sombres et épais accentuaient l'intensité.

Caro était indéniablement la plus belle femme que Jake ait rencontrée.

Et, pas n'importe laquelle : qu'elle le veuille ou non, elle restait *sa* femme !

Et Magdalena, *sa* fille…

— Pourrais-tu m'indiquer, s'il te plaît, où se cache mon frère ? répéta Caro, non sans une certaine impatience.

— La dernière fois que je l'ai vu, il se trouvait aux prises avec un problème particulièrement épineux dont il voulait venir à bout, ironisa Jake en haussant les épaules.

Il démarre le développement d'un nouveau système de sécurité pour Montgomery Software.

— C'est toi qui le lui as demandé, n'est-ce pas ?

— Oui… Je viens de lui confier le projet, précisa Jake avec un léger sourire sarcastique.

La jeune femme ne put réprimer un soupir d'agacement. Gavin figurait très certainement parmi les ingénieurs en informatique les plus brillants, les plus créatifs, et aussi les plus acharnés de sa génération. A partir du moment où il se plongeait dans l'élaboration d'un programme, plus rien d'autre ne comptait. Le monde cessait d'exister et la Terre de tourner. Le jeune homme possédait un pouvoir de concentration hors du commun. C'est précisément pour cette raison que Jake Montgomery l'avait embauché dans son entreprise, dès ses études terminées, il y a deux ans et demi.

Il n'avait ensuite fallu que quelques semaines pour que Caro rencontre le patron de son frère et en tombe éperdument amoureuse.

« A remuer tous ces souvenirs, tu ne feras que compliquer davantage une situation qui l'est déjà bien assez ! » se sermonna la jeune femme.

Elle tenta une nouvelle approche.

— Je te remercie d'avoir eu la gentillesse de venir nous chercher, dit-elle avec un sourire qu'elle espérait conciliant, cependant…

— Tu te méprends, l'interrompit sèchement Jake. Très honnêtement, la gentillesse n'a pas fait partie du lot des émotions que j'ai ressenties en apprenant que Gavin avait posé une demi-journée de congé — ce qui ne lui arrive jamais — pour aller accueillir de la famille à l'aéroport. Or, si j'ai bonne mémoire, il n'a plus qu'une seule parente : toi. Un de mes amis dirige une compagnie aérienne, ajouta-t-il en lançant un regard sombre à Caro. Il n'a eu aucun mal à obtenir les informations qui m'intéressaient. J'ai ainsi su qu'une certaine Caroline Montgomery voyageait à bord d'un avion en provenance de Majorque, en compagnie de *sa fille*, un bébé tout juste âgé de six mois, et enregistré sous le nom de Magdalena Montgomery.

Muette, Caro observa prudemment le visage de l'homme debout devant elle. Elle ne se rappelait ni cette fine ride qui barrait désormais le front de Jake, ni ces fils argentés qui striaient ses tempes. Ces marques avaient dû apparaître après leur séparation.

Pas une seule seconde, la jeune femme n'imagina que son départ ait pu en être la cause. Elle l'avait appris à ses dépens, les liens du mariage ne signifiaient pas grand-chose pour Jake et celui-ci ne se préoccupait pas assez d'elle pour que cette rupture l'ait affecté à ce point. Avant même la fuite de Caro, il avait déjà trouvé sa remplaçante et lorsqu'elle l'avait découvert, elle n'avait pas pu le supporter. Aussi avait-elle mis autant de distance que possible entre eux.

— Après, il m'a suffi de trouver une mission susceptible de passionner ton frère au point de lui faire oublier tout le reste, reprit Jake avec un sourire narquois. Un jeu d'enfant ! Et puis, de toute façon, Montgomery Software a besoin de ce nouveau système. J'ai juste anticipé un peu le projet. Mais, ne te fais aucun souci, j'ai prié la secrétaire de le prévenir dès qu'il émergera de sa bulle.

Que Gavin s'inquiète ou non, c'était bien le cadet des soucis de la jeune femme.

— Jake…

— Je n'ai pas du tout l'intention d'entamer une discussion avec toi, maintenant, décréta celui-ci, péremptoire.

Ni Caro de battre en retraite.

— Alors quand ?

— Quand je me sentirai prêt, et pas avant.

— Inutile d'essayer de m'impressionner, rétorqua Caro sans se laisser démonter par la violence contenue de son ton. Je ne voudrais pas te décevoir, mais ce temps est bel et bien révolu… Où vas-tu comme ça avec mes valises ? s'exclama-t-elle, furieuse, en voyant Jake traverser la route qui longeait le terminal.

Sans même se donner la peine de se retourner, Jake poursuivit son chemin.

— Au parking et je te conseille de me suivre, lança-t-il par-dessus son épaule.

— Je… mais… Jake ! protesta-t-elle.

S'il pensait qu'elle allait obtempérer, il se trompait lourdement. L'arrogant Jake Montgomery, fondateur et P.-D.G. de Montgomery Software, n'exerçait plus aucune emprise sur elle… Enfin, presque…

Celui-ci s'immobilisa sur le terre-plein central pour l'attendre. Il faisait un effort considérable pour contrôler ses émotions et empêcher son ressentiment de l'emporter sur la raison.

Comment Caro avait-elle pu agir ainsi ? De quel droit s'était-elle crue autorisée à lui cacher sa grossesse et à persister en lui taisant la naissance de Magdalena ? Le haïssait-elle à ce point ? Et le cas échéant, pourquoi ?

Voilà cinq bonnes heures que Jake ne cessait de se poser ces questions sans leur trouver de réponses. Depuis qu'il savait que Caro revenait à Londres pour Noël… Depuis qu'il connaissait l'existence de sa fille…

Maintenant qu'il l'avait retrouvée, il ne la laisserait pas s'échapper sans avoir obtenu des éclaircissements. Il avait besoin de comprendre. Mais pas ici, pas maintenant.

Il se décida enfin à la regarder et dut lutter contre l'attendrissement qui menaçait de l'envahir devant le tableau de sa femme transie de froid, manifestement indécise, et de son bébé serré contre elle. Ses longs cheveux flottaient librement sur ses épaules, soulevés par moments par le vent hivernal, et son jean assez moulant mettait en valeur la finesse de sa silhouette. En cet instant, Caro avait l'air fragile.

— Ma voiture est garée tout près, précisa Jake de manière plutôt abrupte.

— Ta voiture ? répéta Caro en secouant la tête et en prenant une mine butée. Magdalena et moi pouvons parfaitement prendre un taxi pour aller chez Gavin.

— Tu sais aussi bien que moi que tu n'iras nulle part avant que toi et moi ne nous soyons expliqués.

— Tu n'oserais pas me retenir contre mon gré !

— Ah non ? Tu crois ça ?!

Devant l'air à la fois déterminé et quelque peu menaçant de Jake, la jeune femme sentit un frisson d'appréhension lui parcourir le dos.

Elle avait l'impression de ne plus reconnaître ce visage qui l'avait pourtant séduite au premier regard, deux ans auparavant. Et, elle devait le reconnaître, elle n'avait pas aimé que ces traits réguliers et virils, mais aussi ce corps d'athlète qui la dominait du haut de son mètre quatre-vingt-cinq et savait lui faire l'amour avec une douceur infinie et une passion dévorante, de cette assurance naturelle que le pouvoir et l'argent contribuent à donner. Caro était tellement subjuguée qu'elle n'avait pas réalisé, alors, que pas une seule fois, même au plus fort de leur intimité, il ne lui avait dit : « Je t'aime. »

Non, elle ne le suivrait plus.

Il lui était *impossible* de le suivre.

La situation faisait resurgir avec une acuité douloureuse le souvenir de son père qui, par son infidélité et son égoïsme, avait précipité leur famille dans un véritable marasme…

— Je préférerais ne pas avoir à t'y obliger, insista Jake devant l'obstination de la jeune femme. Je souhaite simplement que tu m'accompagnes dans ma voiture et que nous allions quelque part où nous pourrons discuter en privé, comme deux adultes raisonnables.

Pendant plusieurs secondes, leurs regards s'affrontèrent en un combat silencieux. Jake était fermement décidé à ne pas céder. Il fallait que Caro capitule. Elle lui devait bien ça ; il n'y avait pas d'autre issue possible.

Il avait besoin de réponses aux questions qui le hantaient depuis maintenant un an. Il voulait des explications plausibles — à supposer qu'elle soit capable de lui en fournir — qui lui permettraient peut-être de comprendre pourquoi elle l'avait abandonné sans un mot d'explication. Et puis, il ressentait une envie irrépressible de tenir sa fille dans ses bras, d'établir le contact avec elle, de l'entendre gazouiller et de la voir lui adresser son premier sourire…

Bon sang ! Caro avait intérêt à lui donner une raison crédible pour justifier le fait de l'avoir privé de Magdalena pendant ces six mois.

— Alors ? s'enquit-il avec une pointe d'agressivité dans

la voix. Que choisis-tu ? Une confrontation en public et dans ce froid glacial ou une conversation plus civilisée et sans témoins ?

Caro jeta un rapide regard circulaire. Autour d'eux, les gens entraient et sortaient de l'aéroport en un va-et-vient incessant. Certaines personnes leur lançaient au passage des coups d'œil intrigués, percevant la tension qui opposait le couple et jugeant sans doute curieux de se déchirer ainsi en cette veille de Noël.

La jeune femme connaissait suffisamment son mari pour deviner qu'il resterait campé sur ses positions. Jake ne s'avouait jamais vaincu et finissait toujours par parvenir à ses fins. D'ordinaire, il utilisait plutôt la persuasion ou la séduction, mais elle avait le sentiment qu'aujourd'hui, il était prêt à employer n'importe quel moyen… même la force, si cela se révélait nécessaire.

« Autant en terminer une bonne fois pour toutes », conclut-elle en son for intérieur.

Dès lors qu'ils auraient éclairci la situation, chacun reprendrait sa route de son côté et elle-même pourrait peut-être enfin envisager de reconstruire sa vie en laissant le passé derrière elle.

— Entendu, déclara-t-elle sur un ton de défi en plantant son regard dans celui de Jake. J'accepte à une condition : dès que nous aurons tiré cette histoire au clair, tu ne chercheras pas à nous retenir.

— D'accord. Sous réserve que nous trouvions une solution qui nous convienne à tous les deux.

« Voilà qui devrait me laisser le temps nécessaire pour réussir à la convaincre », songea Jake tandis que Caro lui emboîtait le pas en direction du parking.

2.

— Un siège-auto pour bébé ! s'exclama Caro en apercevant le petit fauteuil dernier cri trônant sur la banquette arrière. Mais comment t'es-tu débrouillé pour t'en procurer un en si peu de temps ?

Jake prit le temps de déverrouiller et d'ouvrir la portière de la voiture d'un vert rutilant afin que la jeune femme puisse installer Magdalena qui commençait à s'assoupir.

— C'est incroyable ce qu'on peut accomplir en quelques heures, répondit-il avec une grimace désabusée. Surtout lorsque l'on vient d'apprendre sa paternité. J'ai déployé une énergie considérable, tu sais.

Caro n'en doutait pas une seule seconde. D'autant plus que le richissime Jake Montgomery avait les moyens de s'offrir ce que bon lui semblait et de bousculer le cours des événements, si nécessaire.

Elle se redressa après avoir soigneusement attaché la fillette à l'aide du harnais de sécurité et prit alors soudain conscience de la proximité de Jake, qui se tenait à peine à une vingtaine de centimètres d'elle ! Aussitôt, un signal d'alarme retentit dans sa tête.

Les sourcils froncés, Jake examinait les traits harmonieux de la jeune femme. Il remarqua que de subtils changements s'y étaient produits. Les marques de tension qu'il se rappelait avoir observées autour de sa bouche et de ses yeux avant leur rupture avaient disparu. Son visage dépourvu de tout maquillage arborait un hâle discret qui rehaussait la limpidité de son regard.

Sans réfléchir à son geste, il leva la main pour lui toucher la joue.

— La maternité te va à ravir, Caro…

— S'il te plaît ! protesta celle-ci sur un ton sans appel tout en reculant instinctivement.

Sans chercher à dissimuler un rictus amer, Jake laissa retomber son bras.

— Tu ne t'es pas toujours plainte de mes caresses, fit-il observer sèchement.

Pour Caro, il devenait de plus en plus difficile de lutter contre les souvenirs que, depuis six mois à peine, elle parvenait à garder enfouis au fond de sa mémoire.

Pendant tout le temps de sa grossesse, elle s'y était efforcée, mais en vain. Des images, des mots revenaient chaque nuit hanter son sommeil. Toutefois, depuis la naissance de Magdalena, elle avait décidé de se consacrer entièrement à sa nouvelle existence et de refouler tout sujet susceptible de nuire à cette tranquillité à laquelle elle aspirait par-dessus tout.

Après le tourbillon qu'elle avait vécu durant un an aux côtés de Jake, elle était arrivée à Majorque littéralement épuisée, à la fois physiquement et moralement. Le calme de l'île et la gentillesse de ses habitants, agissant comme un baume sur ses plaies, lui avaient permis de commencer à se reconstruire.

Il avait suffi, hélas, d'entendre la voix de cet homme autrefois tant aimé pour que son fragile équilibre vole en éclats.

Lançant à Jake un regard lourd de sous-entendus, elle prit place à l'avant du véhicule.

— La maternité n'explique pas à elle seule tous ces changements, Jake, murmura-t-elle.

Une lueur de colère se ralluma au fond des prunelles vert émeraude.

— Tu…

— Et si nous y allions ? suggéra-t-elle avec lassitude, coupant court aux paroles désagréables qu'il s'apprêtait certainement à prononcer. Je me suis levée tôt ce matin pour prendre l'avion. Je n'ai qu'une envie : un bon bain chaud pour pouvoir enfin me détendre.

Caro se laissa aller contre le dossier légèrement incliné de son siège et ferma les paupières.

Jake, toujours debout, ne semblait pas vouloir bouger pour autant. Les mâchoires crispées, il observait Caro, sans parvenir à oublier sa réaction lorsqu'il avait avancé la main vers elle.

Qu'avait-il fait pour mériter un tel traitement ? Pourquoi lui inspirait-il tant de dégoût ?

La frustration qu'il éprouvait était si forte que, l'espace d'un instant, il fut tenté de lui demander de justifier son comportement sans plus attendre.

Toutefois, en constatant les marques de fatigue qui commençaient à apparaître sur le visage de la jeune femme, il décida de remettre cette discussion à plus tard.

Voyager avec un enfant en bas âge ne devait pas être de tout repos. Mais comment aurait-il pu le savoir, lui qui n'avait encore pas eu, pour sa part, le privilège d'emmener sa fille en vacances ?

Jake ferma la portière côté passager d'un mouvement brusque, fit le tour du véhicule et s'installa au volant. Tel un automate, il manœuvra pour quitter le parking et prit la direction de la sortie de l'aéroport.

Ils parcoururent les premiers kilomètres sans dire un mot. Caro que ce mutisme oppressait — un peu comme le calme avant la tempête — décida de rompre le silence.

— Jake…

— Les automobilistes conduisent n'importe comment, l'interrompit-il aussitôt. C'est pareil tous les ans, à la veille du réveillon de Noël. Chacun se rue pour acheter les derniers cadeaux. Aussi, si tu n'y vois pas d'inconvénient, je préférerais attendre d'arriver à bon port avant d'entamer cette conversation.

Elle lui répondit par un petit rire sceptique. Elle n'était pas dupe. Jake Montgomery savait parfaitement bien concentrer son attention sur plusieurs sujets à la fois. Il l'avait prouvé à maintes reprises et c'est cette aptitude qui avait, entre autres, contribué à le hisser au niveau professionnel qu'il occupait aujourd'hui. En l'occurrence, il n'en avait tout simplement pas envie : voilà la vérité !

Caro sentait la tension croître de minute en minute. Elle jeta un regard en biais à son compagnon, ce qui ne fit qu'amplifier son malaise. Derrière ce masque figé et volontairement inexpressif couvait un profond ressentiment qui ne demandait qu'à s'exprimer. Et cette hostilité contenue ne tarderait pas à exploser.

Pas difficile d'en comprendre l'origine…

Caro avait pris le parti de cacher sa grossesse à son mari

et avait persisté en ne l'informant pas de la naissance de leur petite fille.

Même si Jake pouvait penser le contraire, elle avait longuement hésité avant de se décider. Mais le souvenir de ses relations houleuses avec son propre père avait eu raison de ses dernières réticences. Elle voulait à tout prix éviter que Magdalena ne pâtisse à son tour de la débâcle du couple de ses parents…

— Elle est adorable.

Surprise, Caro se tourna vers Jake. Ce dernier observait dans le rétroviseur la fillette qui sommeillait paisiblement, sans se douter du conflit que sa naissance avait généré. Conscient du regard pénétrant de la jeune femme, il s'empressa de reporter son attention sur la circulation, particulièrement dense à cette heure de la journée et en cette période de l'année.

Caro se retourna pour contempler Magdalena. L'enfant dormait à poings fermés. Une mèche rebelle avait glissé sur son front.

— Oui, en effet, murmura la jeune femme tout en essayant de maîtriser l'émotion qui l'étreignait.

Elle jugea plus prudent de ne pas poursuivre et croisa les bras sous sa poitrine comme pour mieux se préparer à parer la prochaine offensive.

Laquelle se manifesta plus vite que prévu.

— Pourquoi Majorque ? demanda Jake d'une voix rauque, les mains crispées sur le volant.

Toutes sortes d'émotions contradictoires se livraient bataille en lui, menaçant de l'emporter sur le sang-froid auquel il s'astreignait depuis qu'il avait rencontré sa fille.

Mais la découverte ahurissante de ses récentes responsabilités de père n'était pas la seule cause de son tumulte intérieur, et Jake ne l'ignorait pas. Revoir Caro, constater à quel point la maternité l'embellissait, sentir de nouveau son parfum qui marquerait sa mémoire olfactive jusqu'à son dernier souffle, faisaient renaître en lui le souvenir des jours heureux.

Malheureusement, à en juger par la manière dont elle l'avait repoussé, Caro ne partageait pas sa conception du bonheur.

— Et pourquoi pas Majorque ? répliqua la jeune femme, aussitôt sur la défensive.

— As-tu choisi les Baléares en pensant que ce serait le dernier endroit sur Terre où j'aurais l'idée de te chercher ? s'enquit-il en poussant un profond soupir.

— Il ne m'est jamais venu à l'esprit que tu tenterais de me retrouver, répondit-elle sans essayer de masquer son étonnement.

— Allons Caro, ne joue pas les ingénues ! Tu devais bien te douter qu'une fois le choc passé, je me mettrais à ta recherche.

— Je ne comprends pas pourquoi, marmonna-t-elle entre ses dents.

— Vraiment ? ironisa Jake dont le ton trahissait une bonne dose d'amertume.

— Gavin savait où me joindre…

— J'ai eu beau tenter de l'amadouer, de le persuader, voire de le menacer, rien, absolument rien, n'a réussi à le convaincre de vendre la mèche. Ton frère s'est montré intraitable. Non seulement il n'a pas voulu me révéler où tu te trouvais, mais il s'est refusé à toute discussion te concernant.

Même le risque de perdre son emploi n'avait pas ébranlé la loyauté de Gavin à l'égard de sa sœur. Sans doute aussi parce que, bien qu'il vive le plus souvent dans un monde parallèle, ce brillant jeune homme avait une idée assez précise de sa valeur sur le marché informatique. Compte tenu de sa réputation, il n'aurait eu aucun mal à retrouver du travail dès le lendemain de son licenciement. Par conséquent, rien de ce qu'avait pu dire ou faire Jake n'avait eu raison de sa discrétion.

Pour mettre un terme aux tentatives répétées de son beau-frère et patron, le jeune homme avait fini par lui dire : « Ecoute, Jake, si Caro avait eu envie de te revoir, je crois qu'elle se serait arrangée pour te faire savoir où elle habite ! »

Une vérité aussi cruelle qu'indiscutable qui avait produit son effet : Jake avait cessé de le harceler de questions.

— Gavin m'aurait certainement transmis un courrier de ta part si tu le lui avais demandé, murmura la jeune femme.

— Mon but n'était pas de t'écrire une *lettre* ! s'exclama Jake, exaspéré.

— Je parlais plutôt des documents pour le divorce.

— Il n'est pas question de divorcer, répliqua-t-il sur un ton sans appel. Ni hier, ni encore moins aujourd'hui, ajouta-t-il en jetant un coup d'œil dans le rétroviseur en direction de la banquette arrière.

Caro redoutait cette réaction chez Jake lorsqu'il apprendrait l'existence de Magdalena. Elle connaissait suffisamment cet homme pour savoir qu'une fois sa décision prise, il ne lâchait jamais ; il allait jusqu'au bout.

C'est ainsi qu'il avait résolu de l'épouser deux ans auparavant en se rendant compte qu'elle faisait partie des rares filles de sa génération à réserver la primeur de son corps à celui qui partagerait sa vie…

Ce qui avait, par la suite, posé un problème de taille car après que Jake se fut lassé de ses charmes physiques, elle n'en était pas moins demeurée légalement son épouse.

Une épouse qui, échaudée par l'exemple de son père enchaînant les liaisons et de sa mère s'étiolant au fil des années, n'avait nullement l'intention de reproduire ce schéma conjugal et de tolérer l'infidélité de son propre mari…

Caro émergea péniblement du souvenir de ces heures sombres et contempla le paysage qui défilait devant ses yeux. C'est alors qu'elle sursauta.

— Mais… Jake ! Ce n'est pas le chemin de la City ! s'écria-t-elle en réalisant soudain que son chauffeur avait pris la direction opposée à celle où elle voulait se rendre.

— Exact, répondit celui-ci, laconique. Nous n'allons pas dans le centre-ville.

— Où nous conduis-tu dans ce cas ? s'enquit Caro non sans une certaine appréhension.

— Dans une petite propriété que j'ai achetée, un peu à l'extérieur de Londres.

— Vraiment ! s'exclama la jeune femme qui n'en croyait pas ses oreilles.

Après leur mariage, elle avait emménagé dans le superbe appartement de Jake, situé au dernier étage d'un bel immeuble de Mayfair. Et bien que Caro eût préféré cette option, Jake n'envisageait pas à l'époque de s'installer en dehors de la capitale.

— Pourquoi cette acquisition ? insista-t-elle.

— Me poses-tu cette question en ta qualité d'épouse

et désormais de mère, ou s'agit-il d'une simple curiosité de ta part ? s'enquit-il d'un ton railleur.

— Ni l'un, ni l'autre, répliqua sèchement Caro. Je m'étonne juste que tu aies élu domicile à la campagne.

— J'ai dit que j'avais *acheté* une maison, pas que j'y habitais, rectifia Jake.

— Ah, d'accord… Tu la considères plutôt comme un bon investissement.

— Oui… Quelque chose dans ce genre, répondit Jake sans plus de précisions.

— Et c'est donc là que tu nous emmènes ? conclut Caro en jetant un coup d'œil méfiant à son voisin.

— En effet. J'espère que tu n'y vois pas d'inconvénient.

Caro préféra se taire.

Le vrai, l'unique problème pour elle, ce n'était pas leur destination, mais leur promiscuité. Bien malgré elle, la jeune femme éprouvait un profond trouble en présence de cet homme dont le polo en cachemire noir et le jean savamment délavé mettaient en valeur une carrure solide, un torse puissant et des jambes musclées.

Caro ressentait presque physiquement la sensualité qui émanait de ce corps d'athlète.

Jake avait toujours eu cet effet-là sur elle. Elle avait succombé à son charme dès leur première rencontre, à l'occasion d'une fête chez Montgomery Software à laquelle elle avait accompagné Gavin.

A l'époque, l'attirance lui avait semblé mutuelle.

Et elle était bel et bien réciproque ! Malgré le tour qu'avait pris ensuite leur relation, Caro n'avait aucun doute sur l'attirance physique qu'éprouvait Jake pour elle. Un désir assez fort en tout cas pour l'inciter à l'épouser…

La jeune femme poussa un soupir de lassitude.

— Je crains qu'une discussion ne serve à rien, Jake. La dernière que nous avons eue, rappelle-toi, ne nous a menés nulle part.

Celui-ci serrait tellement fort le volant que ses articulations en étaient devenues toutes blanches.

— Au cas où tu ne l'aurais pas remarqué, la situation a quelque peu changé depuis !

— Tu veux parler de Magdalena ? dit Caro, de plus en plus furieuse contre son frère de l'avoir mise dans cette situation inextricable.

Dès qu'elle en aurait l'occasion, elle lui ferait payer cher, très cher sa trahison. Encore fallait-il qu'il daigne s'arracher à son sacro-saint ordinateur !

— *Bien sûr*, répliqua Jake avec impatience. Ceci dit, tu parais avoir pris ton rôle de mère très au sérieux et t'être bien débrouillée jusqu'à présent.

— Merci du compliment !

Le ton sarcastique de la jeune femme eut l'air de piquer Jake au vif, mais il se ressaisit aussitôt.

— Où vis-tu à Majorque ? Comment parviens-tu à subvenir à vos besoins tout en t'occupant d'un bébé de six mois ?

— Je ne vois pas en quoi cela te regarde, lança Caro, agacée par ce qu'elle considérait comme un interrogatoire.

— J'estime avoir le droit de savoir.

— J'avais quelques économies lorsque nous nous sommes séparés, se résolut-elle enfin à expliquer.

— Tu veux dire, quand tu as rompu, rectifia Jake sur un ton qui trahissait une vive amertume.

— Si tu préfères, soupira la jeune femme. Le modeste

héritage de mes parents m'a permis d'acheter une petite *finca* dans un village situé sur la côte ouest de l'île. Cette vieille maison n'a rien d'un palais, mais elle nous suffit amplement.

L'idée de sa femme et de sa fille vivant seules dans une bicoque faite de bric et de broc acheva de mettre Jake de mauvaise humeur.

— Cela ne répond pas à ma question concernant ton moyen de subsistance depuis un an, lança-t-il sèchement.

Un éclair de colère illumina les prunelles bleu azur.

— Qu'est-ce que tu crois ? ! Que je vends mes charmes pour survivre et nourrir ma fille ? !

Ces paroles eurent sur Jake l'effet d'un coup de poignard. Il se refusait à imaginer Caro avec un autre homme. Il avait été son premier amant — un cadeau magnifique qu'il n'oublierait jamais — et avait la ferme intention de demeurer le seul…

— Tu ne t'en souviens peut-être plus, reprit la jeune femme, mais lorsque nous nous sommes rencontrés, j'exerçais le métier de journaliste. Je travaille désormais en free-lance pour gagner ma vie. Je rédige des articles pour un quotidien local de langue anglaise. Par ailleurs, il me reste de l'argent sur un compte épargne et Magdalena et moi ne dépensons pas beaucoup. Je projette même d'écrire un livre, une sorte d'autobiographie qui aurait pour titre *Une année à Majorque*, ne put-elle s'empêcher d'ajouter non sans humour. Qu'en penses-tu ?

— Tu souhaites vraiment connaître mon opinion sur le sujet ? demanda Jake, les sourcils froncés.

— Réflexion faite, non.

— Eh bien je vais te la donner malgré tout. Rappelle-toi,

à ton tour, que tu as un mari et qu'il lui incombe de pourvoir aux besoins financiers de son épouse et de son enfant. Voilà ce que je pense !

— Songerais-tu à nous entretenir toutes les deux pour m'assurer le train de vie somptueux auquel tu m'as habituée après notre mariage ? se moqua Caro. Si tel est le cas, oublie ! Au risque de te décevoir, je n'aspire pas au luxe.

La fortune de Jake et le pouvoir qu'octroie la richesse n'avaient jamais intéressé la jeune femme. Ce qu'elle voulait alors de lui, c'était son amour, tout simplement. Un amour sans partage qu'il n'avait pas été capable de lui donner ainsi que sa liaison avec une autre l'avait malheureusement démontré.

— Mais…

— Il n'y a pas de « mais », l'interrompit Caro. Jusqu'à maintenant, je m'en sors très bien toute seule, sans l'aide de quiconque, et je n'ai pas du tout l'intention de commencer à dépendre de qui que ce soit. Je veux mener ma vie comme je l'entends.

— Nous reparlerons de tout cela une fois arrivés à la maison, affirma Jake dont l'expression contrariée indiquait clairement son désaccord.

— Pour moi, il n'y a rien à discuter sur ce sujet. Je ne désire ni pension, ni donation d'aucune sorte. Le débat est clos.

— Il m'appartient d'en juger, rétorqua-t-il d'un ton autoritaire.

— Non, je regrette, insista la jeune femme avec fermeté. Ton argent ne m'intéresse pas. Je me moque d'avoir un appartement cossu, une voiture à la mode, des vêtements dernier cri et…

Jake l'interrompit d'un coup-de-poing rageur sur le volant.

— O.K. ! Alors dis-moi, qu'est-ce qui t'intéresse, au juste ? ! Bon sang, Caro, je n'ai jamais compris ce que tu attendais de moi !

La jeune femme ne le savait que trop bien.

Elle avait été trop éprise de Jake lors des premiers mois de leur mariage pour s'apercevoir que, pas une seule fois, il ne lui avait déclaré son amour. Les seuls moments où il acceptait de baisser un peu sa garde et de se laisser aller à ses émotions avaient lieu lorsqu'ils se retrouvaient tous les deux sous la couette.

Avec le recul, elle attribuait son manque de clairvoyance sur la nature des sentiments de son mari au fait que c'est justement là qu'ils avaient passé le plus clair de leur temps au début de leur union : au lit !

Il lui avait appris la sensualité, l'avait éveillée au plaisir et fait vivre des instants de pur bonheur. Cependant, une parfaite entente sexuelle, aussi importante soit-elle dans l'équilibre d'un couple, ne suffisait pas à le cimenter, à le rendre durable. *A fortiori* lorsque Caro avait découvert qu'elle ne bénéficiait pas de l'exclusivité des attentions de son époux.

Cette trahison avait brisé ses rêves, détruit la bulle dans laquelle elle se complaisait. Après avoir subi l'égoïsme d'un père infidèle et assisté à la dépression d'une mère rongée par l'humiliation, elle s'était bien promis de ne jamais commettre l'erreur de se résigner, soi-disant pour protéger les enfants, au risque de se perdre soi-même.

Voilà pourquoi, malgré sa grossesse, elle avait pris la pénible décision de quitter Jake en apprenant l'existence de sa maîtresse.

Sentant les larmes lui piquer les paupières, Caro détourna la tête et, regardant le paysage qui défilait devant ses yeux, elle murmura :

— Rien, Jake, je n'attends plus rien de toi. C'est trop tard maintenant.

« Cela reste à voir », songea ce dernier.

Car, pour ce qui le concernait, il n'entendait pas en rester là.

3.

— Laisse-moi la porter, insista Jake tandis que Caro, après avoir détaché le harnais de sécurité du siège-auto, s'apprêtait à soulever Magdalena.

L'enfant s'était éveillée au moment même où Jake garait la voiture devant un beau manoir ancien aux pierres patinées par les ans. Ses prunelles émeraude fixaient maintenant avec un intérêt non dissimulé l'homme debout à côté de sa mère.

Non sans réticence, Caro s'effaça pour que Jake puisse prendre la fillette dans ses bras. Celle-ci pesait plus lourd que Jake ne l'avait imaginé.

Il sentit une étrange émotion lui étreindre la gorge lorsque Magdalena posa une petite main potelée sur son épaule. Elle le contemplait d'un regard franc et confiant qui lui rappela celui de Caro autrefois et lui donna une envie presque instinctive de la serrer plus fort pour la protéger, pour la garder à jamais près de lui.

— Dépêchons-nous d'avoir cette conversation, dit Caro en jetant un coup d'œil anxieux en direction du ciel dont la couleur n'augurait rien de bon. D'après la météo, il devrait neiger d'ici à la fin de la journée. Je ne voudrais pas me retrouver coincée dans cet endroit.

Une expression indéchiffrable envahit le visage de Jake tandis qu'il observait la jeune femme. Celle-ci avait ouvert la malle arrière du véhicule pour y prendre le sac contenant les affaires de Magdalena.

— Je m'occuperai de tes autres bagages un peu plus tard, murmura-t-il en guise de réponse.

— Nous ne resterons pas assez longtemps pour en avoir besoin, répéta Caro en refermant le coffre d'un geste sec comme pour mieux clore la discussion.

Jake lui lança un regard entendu qu'elle ne comprit pas, mais où elle crut déceler de la commisération. Puis il tourna les talons et se dirigea vers le perron, tenant toujours précautionneusement la fillette au creux de ses bras.

Troublée, Caro lui emboîta le pas.

Que manigançait-il ?

Elle s'apprêtait à le sommer de s'expliquer lorsque l'imposante porte d'entrée en chêne massif s'ouvrit toute grande.

— Bonjour, monsieur Montgomery ! s'exclama une petite femme replète, le visage avenant illuminé d'un sourire des plus accueillants qui s'élargit à la vue du bébé. Et voici enfin la petite Magdalena ! Qu'elle est mignonne ! Oh, excusez-moi, madame Montgomery, j'adore tellement les enfants que je n'ai même pas pris le temps de vous saluer. Je vous souhaite la bienvenue dans cette maison.

Elle s'effaça pour les laisser pénétrer à l'intérieur où régnait une chaleur bienfaisante.

La gentillesse de son accueil ne fit qu'accroître le malaise de Caro.

A en juger par son discours, cette dame — de toute

évidence la gouvernante des lieux — s'attendait à voir arriver la mère et la fille en compagnie du maître de maison…

Quelle histoire Jake avait-il bien pu lui raconter ? Quelle raison plausible lui avait-il fournie pour justifier l'apparition quasi miraculeuse de sa femme et de sa fille ?

Le connaissant, il ne s'était probablement pas donné la peine d'expliquer quoi que ce soit !

Mais pourquoi avoir embauché une gouvernante alors que, d'après ses dires, il n'habitait pas au manoir ?

A quoi rimait cette comédie ? Pourquoi Jake avait-il insisté pour les conduire ici quand il eût été bien plus facile de se rendre directement à Londres pour y avoir cette satanée conversation ?

Le commentaire suivant de leur hôtesse leva le voile sur certaines des interrogations de la jeune femme.

— Le lit de bébé et la parure de draps ont été livrés en début d'après-midi. J'ai préparé la chambre que vous m'aviez indiquée, et installé la chaise haute dans la salle à manger, comme convenu. Tous les autres articles que vous aviez commandés se trouvent dans le salon.

Littéralement éberluée, Caro fixa sur Jake un regard interrogateur.

Comment diable avait-il réussi à se faire livrer en quelques heures à peine — depuis qu'il se savait père de famille — tous les meubles et autres objets nécessaires à un bébé ?

— Merci, madame Weaver. Auriez-vous l'amabilité de nous servir le thé ? Je suis sûr que Mme Montgomery en meurt d'envie. Après la fatigue du voyage…

— Bien sûr ! J'y vais de ce pas, répondit la gouvernante

en adressant un sourire plein de compassion à Caro qui, pétrifiée, assistait à l'échange sans mot dire.

Elle s'éloigna aussitôt vers une porte située au fond du hall et qui menait, semblait-il, dans la cuisine.

Caro attendit que Mme Weaver ait disparu de son champ de vision avant de se tourner vers Jake.

— Que signifie toute cette mise en scène ?

— Allons dans le salon, nous y serons mieux pour parler, répondit celui-ci, éludant la question.

Sur ces mots, il ouvrit un double vantail sur la droite, qui donnait sur une grande pièce lumineuse.

Elle le suivit à contrecœur, poussée néanmoins par la curiosité de savoir de quels « articles » il s'agissait. Et ce qu'elle découvrit la stupéfia. Une pile impressionnante de paquets trônait au centre de la pièce, à même le sol. Il y avait là suffisamment de jouets divers et variés pour amuser une colonie de vacances tout entière !

Comment Jake avait-il réussi à réunir autant de choses en si peu de temps ? s'interrogea-t-elle pour la énième fois.

Mais ce qui l'inquiétait au plus haut point, c'était la chaise haute et, surtout, le lit pour Magdalena.

L'idée que Jake n'avait pas la moindre intention de les laisser repartir s'imposa alors à son esprit, et son angoisse redoubla.

Sans oublier ce regard énigmatique qu'il lui avait adressé à leur arrivée au manoir.

Jake s'était assis sur l'épais tapis qui recouvrait un beau parquet de bois blond pour ôter la doudoune de la fillette et s'amusait à déballer devant elle ses nombreux cadeaux. Il leva la tête à l'entrée de Caro et fut de nouveau frappé par la beauté presque surnaturelle de la jeune femme.

Dès leur première rencontre, deux ans auparavant, il avait succombé à l'auréole de sa chevelure soyeuse d'une couleur dorée si particulière, à l'éclat vif, intelligent et humain de ses yeux dont le bleu rappelait un ciel de printemps, au dessin sensuel de ses lèvres pleines et aux courbes harmonieuses de sa silhouette dont la robe d'été rouge qu'elle portait pour l'occasion soulignait la minceur.

Elle était alors déjà extrêmement jolie mais, aujourd'hui, elle semblait avoir acquis un charme supplémentaire, comme si, la maternité aidant, elle avait atteint une sorte de plénitude, de paix intérieure.

Sa sérénité lui venait sans doute de cette existence qu'elle s'était choisie.

« Une vie dont elle m'a exclu ! » se rappela amèrement Jake.

— Enlève ton manteau et fais comme chez toi, lui dit-il avec douceur tandis que la jeune femme, hésitante sur la conduite à tenir, restait figée sur le pas de la porte.

— Justement ! N'étant pas chez moi, je préférerais ne pas m'attarder, rétorqua-t-elle. Aussi, je ne comprends pas pourquoi tu as jugé utile d'acheter un lit pour la petite.

— Ne t'inquiète pas, j'en ai prévu un pour toi aussi ! s'exclama Jake pour détendre l'atmosphère.

Un éclair de colère s'alluma au fond des prunelles azur.

— Je ne doute pas un seul instant que Mme Weaver aura préparé une superbe couche nuptiale pour les retrouvailles du jeune couple après un an de séparation ! siffla-t-elle entre ses dents.

— Une charmante attention de sa part, poursuivit Jake sur le même ton badin.

Caro secoua la tête énergiquement pour marquer son désaccord et vint se camper devant lui.

— Ni Magdalena, ni moi ne resterons assez longtemps pour avoir besoin d'un matelas où dormir.

Jake retrouva aussitôt son sérieux.

— Je pense que tu te trompes, répliqua-t-il, les traits de nouveau crispés.

— J'ai pourtant la ferme intention de passer les fêtes avec Gavin !

— Ton frère est le bienvenu s'il souhaite se joindre à nous, ironisa Jake en haussant les épaules. A condition, bien sûr, qu'il daigne sortir de sa bulle pour s'apercevoir que, demain, c'est Noël.

Connaissant bien les travers de Gavin, Caro songea que Jake avait hélas raison : son frère avait certainement oublié que les fêtes de fin d'année approchaient à grands pas, de même qu'il avait « oublié » la visite de sa sœur et de sa nièce. La concentration de ce *geek* tenait plus de l'obsession que de l'intérêt scientifique ou de la conscience professionnelle. Gavin n'émergerait probablement pas de sa nébuleuse informatique avant l'année prochaine ! A moins d'une intervention musclée…

— Il faut que je l'appelle, grommela la jeune femme.

— Je t'en prie, lui répondit Jake en indiquant de la main le téléphone posé sur une petite table près de la baie vitrée qui donnait sur un vaste jardin clos de murs. Je devrais bien arriver à occuper Magdalena pendant ce temps.

Au vu de la kyrielle de jouets qui encombraient le tapis, Caro n'en doutait pas. Quoique, du haut de ses six mois, la fillette ne saurait vraisemblablement pas se servir de la plupart d'entre eux. A l'heure actuelle, elle s'intéressait surtout aux animaux en caoutchouc qu'elle mâchait avec application dans l'espoir de soulager ses gencives irritées par ses premières poussées dentaires.

— Je préférerais être seule pour lui parler, objecta Caro.

Elle n'allait certainement pas dire ses quatre vérités à son frère en présence d'un témoin aussi gênant que Jake, encore moins lui reprocher de l'avoir précipitée dans un véritable traquenard devant l'auteur dudit traquenard !

Quitter son mari n'avait pas été une décision facile à prendre, d'autant que, malgré sa trahison, Caro continuait de l'aimer comme au premier jour. Se savoir enceinte n'avait pas arrangé les choses. Elle avait longuement hésité à avouer la vérité à Jake et s'en était abstenue, certaine qu'alors il aurait tout mis en œuvre pour la retenir. Or, elle ne pouvait supporter l'idée de vivre avec un homme qui l'avait trompée dès le début de leur union.

Maintenant qu'il avait rencontré Magdalena, n'allait-il pas mijoter un plan pour l'empêcher de repartir ?

Cette pensée la fit blêmir.

Jake l'observait depuis un petit moment, lisant sur son visage comme à livre ouvert. Il vit la pâleur envahir ses joues, une profonde anxiété troubler le bleu limpide de son regard et un léger tremblement agiter ses lèvres.

Pas besoin d'être devin pour comprendre la raison de ce tumulte intérieur : Caro craignait de se trouver prisonnière de ce manoir avec lui pour geôlier.

Il eut soudain envie de se lever, de l'attraper par les épaules, de lui dire en face son indignation et sa colère. Pourquoi lui infligeait-elle un tel traitement ? Comment avait-elle osé lui taire sa grossesse, puis la naissance de son enfant durant *quinze* mois ?

Mais, surtout, il éprouvait le besoin impérieux de la serrer contre lui, d'écraser sa bouche contre la sienne pour étouffer ses protestations et de l'embrasser à perdre haleine, jusqu'à ce qu'elle n'ait plus ni la force, ni le désir, de le quitter de nouveau.

La fuite de cette femme dont il était éperdument amoureux avait tout d'abord fait exploser en lui une colère incontrôlable qui, au fil des jours, avait cédé la place à une rancune tenace avant que celle-ci ne se transforme peu à peu en une douleur sourde et insidieuse. Une douleur qui, depuis, habitait son cœur en permanence.

Leur différend avait commencé à la veille de son départ aux Etats-Unis pour un voyage d'affaires censé initialement durer une petite semaine. Caro qui devait l'accompagner lui avait alors annoncé qu'un scandale politique au sein du gouvernement l'obligeait à rester en Angleterre pour couvrir l'événement.

Jake avait éprouvé une telle contrariété à l'idée qu'elle privilégiait sa carrière au détriment de leur vie privée qu'il ne lui avait donné aucune nouvelle pendant toute la durée de son séjour. A sa décharge, il avait enchaîné réunion sur réunion et, pour comble de malchance, son assistante avait attrapé une méchante grippe qui l'avait clouée au lit dès le surlendemain de leur arrivée à New York, retardant ainsi leur retour de quarante-huit heures.

Il ne s'attendait pourtant pas à une réaction aussi disproportionnée de la part de Caro. Celle-ci l'avait accueilli avec un visage de marbre et l'avait informé sur un ton glacial qu'elle le quittait, qu'elle avait déjà bouclé ses valises.

Elle n'avait pas fourni la moindre explication, ni même

formulé un seul grief, coupant court à ses protestations avec une froideur inouïe. Puis, elle avait claqué la porte derrière elle.

Au début, Jake avait cru qu'il s'agissait d'une crise passagère liée à son silence et au fait que le report de son retour les avait empêchés de célébrer leur premier anniversaire de mariage. Il s'était imaginé qu'une fois calmée, elle reviendrait et qu'ils pourraient dissiper ce malentendu.

Cependant, au bout d'un certain temps, il avait bien dû se rendre à l'évidence : Caro l'avait rayé de sa vie et s'était évaporée dans la nature.

La brutalité de cette décision l'avait complètement pris au dépourvu à l'époque et, aujourd'hui encore, il parvenait d'autant moins à la comprendre que Caro connaissait forcément son état au moment où elle avait mis un terme à leur union.

Il chassa péniblement ces sombres pensées.

— Tu n'as qu'à utiliser le téléphone de mon bureau, lui proposa-t-il. Quand tu auras Gavin en ligne, n'oublie pas de l'inviter à nous rejoindre ici pour fêter Noël en famille.

La jeune femme lui jeta un regard assassin auquel il opposa un masque d'impassibilité. Seul l'éclat métallique de ses yeux trahissait une totale détermination.

« Jake n'a aucun moyen de m'obliger à rester contre mon gré », songea Caro, furieuse.

Le doute commençait néanmoins à s'insinuer dans son esprit car, elle le savait par expérience, Jake Montgomery s'arrangeait toujours pour obtenir ce qu'il voulait. Jamais aucun obstacle ne l'avait dissuadé d'atteindre son objectif.

— A mon avis, tu as aussi peu envie de passer cette fête avec moi que moi avec toi !

— Tu te trompes, Caro, se contenta de répondre Jake sans hausser la voix.

La jeune femme jugea plus prudent de ne pas le provoquer davantage. L'affrontement était inévitable, elle le savait, mais elle ne se sentait pas encore prête. Elle devait d'abord faire le point avec Gavin afin de préparer sa sortie.

Le quitter la première fois avait été un supplice. Qu'en serait-il maintenant ? Aurait-elle la force de rompre de nouveau ?

Eprouverait-elle encore des sentiments pour cet homme ?!

Non, impossible... Jake ne l'avait pas épousée par amour, mais dans un but très précis : partager son lit. Il ne lui avait pas fallu longtemps ensuite pour rompre les engagements pris devant l'autel. Il n'avait même pas hésité à emmener sa maîtresse à New York sitôt qu'il avait appris que Caro ne l'accompagnerait pas !

Comment pourrait-elle continuer à l'aimer malgré son infidélité ?

— Heureusement pour moi, Jake, tes envies sont devenues le cadet de mes soucis.

— Je te conseille d'appeler Gavin sans plus attendre, Caro. Sinon, je risque de me lever et de te montrer ce dont j'ai furieusement envie, là, maintenant !

A voir la lueur dangereuse qui brillait au fond de ses yeux, Jake semblait tout disposé à joindre le geste à la parole. La jeune femme choisit de battre en retraite... du moins pour l'instant.

Jake avait certainement cessé de la désirer depuis longtemps, mais il suffisait d'observer son air attendri dès que son regard se posait sur Magdalena pour comprendre qu'il ne la laisserait pas s'enfuir avec leur fille.

Tout comme Caro ne partirait jamais sans son bébé…

4.

— Comment s'est déroulé votre entretien ? demanda Jake d'un ton sarcastique lorsque Caro revint dans le salon après avoir téléphoné à son frère.

Avant même d'obtenir la réponse, il devinait à la mine exaspérée de la jeune femme que Gavin avait eu cette attitude égocentrique, proche de l'autisme, qui le caractérisait chaque fois qu'il se lançait dans un nouveau développement informatique.

Caro secoua la tête d'un air désespéré et se dirigea vers le plateau de thé que Mme Weaver avait apporté en son absence.

— Il n'a cessé de s'écrier : « super ! », expliqua-t-elle tout en leur versant à chacun une tasse du liquide ambré et délicieusement odorant. Ce qui, dans son langage, signifie qu'il n'a pas écouté un mot de ce que je lui ai raconté.

— On dirait que tu te retrouves coincée ici, et que tu vas devoir accepter ma compagnie pour Noël ! ironisa Jake.

La jeune femme esquissa une grimace de contrariété et déposa une tasse de thé fumant devant Jake, sur une table suffisamment haute pour qu'elle reste hors de portée de Magdalena.

— J'ai bien l'intention de me rendre chez Montgomery Software et d'extirper Gavin de son bureau en employant la force, s'il le faut !

— Ecoute, objecta Jake avec douceur, c'est le premier Noël de Magdalena. Ne crois-tu pas qu'elle a le droit de le passer avec sa mère *et* son père ?

— Un peu comme ce que tu as vécu, toi ? lança-t-elle d'une voix cinglante.

Jake tiqua à l'évocation de ce souvenir d'enfance.

Ses parents, bien que divorcés, s'obstinaient à se réunir à l'occasion de Noël pour « le bien de leur fils unique ». A neuf ans, ce dernier avait déjà compris que son père et sa mère ne formeraient plus jamais une famille. Il aurait nettement préféré qu'ils s'abstiennent de cette épreuve qu'ils s'imposaient tous les ans, croyant lui faire plaisir. Il détestait les entendre se quereller pour un rien.

— La situation n'a rien de comparable, protesta-t-il.

— Permets-moi de ne pas partager ce point de vue !

Jake observa longuement Caro avant de reporter son attention sur Magdalena qui venait de se découvrir une passion pour les percussions et tapait énergiquement sur un mini-tambour en plastique. Il sentit une vague de tendresse l'envahir à la vue de ce petit bout de chou dont il était le père.

Il comprit alors ce que ses propres parents avaient voulu lui donner en organisant ces fêtes prétendument familiales, même s'ils avaient lamentablement échoué…

Bien qu'il ait épousé Caro, Jake n'envisageait pas de fonder, un jour, une famille. En fait, cette perspective ne l'effleurait même pas. Mais la providence en avait décidé autrement et chaque fois qu'il regardait sa fille, il éprouvait une émotion nouvelle et incontrôlable.

C'était sans doute cela, l'amour paternel : un puissant instinct de protection, un sentiment qui vous saisit dès la première seconde où vous posez les yeux sur votre enfant pour ne plus jamais vous lâcher.

Voilà ce que ses propres parents avaient souhaité lui offrir malgré les circonstances : la magie de Noël, celle à laquelle tout enfant a droit.

Il était, hélas, trop tard pour les en remercier. Tous deux étaient décédés, à quelques mois d'intervalle, cinq ans plus tôt. Aucun ne s'était remarié. C'était comme si, au bout de tant d'années de querelles et de passes d'armes, l'un n'avait pu survivre à la disparition de l'autre…

— Du moins mes parents s'efforçaient-ils d'enterrer la hache de guerre le temps des fêtes de fin d'année, répliqua Jake, perfide, sachant que ceux de Caro et Gavin étaient restés ensemble *à cause* des enfants, sans leur cacher pour autant leurs dissensions. Et puis, je ne pense pas que toi et moi nous haïssions comme ton père et ta mère.

Caro ressentit un violent pincement au cœur.

Il avait raison : en dépit de tout, elle ne parvenait pas à le détester…

Comment aurait-elle pu exécrer un homme qu'elle avait tant aimé ? Comment aurait-elle pu le maudire alors qu'il lui suffisait de regarder Magdalena, son adorable bébé, pour y retrouver des traits et des expressions de son père ?

La fillette avait certes la même couleur de cheveux qu'elle, le même nez fin et légèrement retroussé, mais elle avait aussi les prunelles vert émeraude de Jake, sa forme de visage, sa détermination, et il ne faisait aucun doute qu'elle dépasserait Caro d'une bonne dizaine de centimètres.

D'un naturel plutôt conciliant dans l'ensemble, l'enfant démontrait déjà une obstination étonnante pour son jeune âge lorsqu'il s'agissait d'en arriver à ses fins.

Le portrait craché de son père…

— C'est réconfortant de penser que nous ne nous haïssons pas, murmura Caro avec une pointe de tristesse dans la voix.

— *Réconfortant ?* s'écria Jake assez sèchement, plongeant un regard inquisiteur dans celui de la jeune femme.

Troublée, celle-ci détourna la tête pour échapper à cet examen silencieux. L'expression de Jake reflétait bien autre chose que du réconfort.

Il émanait de cet homme une sensualité presque animale, un charme presque hypnotique qui risquait d'annihiler toute velléité de résistance chez Caro. Elle l'avait appris à ses dépens, en acceptant de l'épouser six mois à peine après leur première rencontre.

— C'est l'heure du goûter de Magdalena, dit-elle brusquement.

Elle se pencha vers la fillette qui, pressentant l'imminence du festin, lui adressa un sourire radieux, dévoilant les deux pointes blanches qui perçaient sa gencive inférieure.

— Elle a déjà *deux* dents ! s'exclama Jake dont le ton trahissait un profond étonnement mêlé de fierté.

Une vague d'émotion submergea Caro qui, la gorge serrée, réprima à grand-peine une terrible envie d'éclater en sanglots.

Les yeux de Jake exprimaient une telle tendresse, une telle admiration, dès qu'il les posait sur sa fille ! Même durant les premiers mois de leur histoire, il n'avait pas contemplé sa femme avec autant d'amour.

— Méfie-toi, elle pourrait s'en servir pour te mordre, lança Caro tandis qu'elle calait l'enfant sur sa hanche et, de sa main libre, attrapait le sac nursery où elle avait fourré, par mesure de précaution, un biberon, du lait en poudre et quelques petits pots. Mme Weaver verrait-elle un inconvénient à ce que j'investisse sa cuisine le temps de préparer la collation de Magdalena ?

— Tu veux sans doute dire « ma » cuisine ! Et la tienne aussi, si jamais tu décidais de t'installer dans cette demeure avec notre fille.

Caro lui lança un regard peu amène auquel il opposa une feinte indifférence.

— Il est hors de question que je revienne vivre en Angleterre. Je repartirai aussitôt après les fêtes.

— Cela reste à voir, affirma Jake d'un ton sans réplique.

— C'est tout vu ! corrigea la jeune femme que son air sûr de lui exaspérait au plus haut point.

— Tu me connais trop bien pour réellement l'imaginer une seule seconde.

Son sourire manquait totalement d'humour.

— Je me demande si j'ai seulement su un jour qui tu étais vraiment, soupira-t-elle.

— Faux ! Tu connais ma personnalité et ma façon de réagir mieux que quiconque. Suffisamment en tout cas pour avoir deviné que je ne te laisserai pas repartir à Majorque avec *notre* bébé.

Ils s'affrontèrent du regard pendant un long instant jusqu'à ce que Caro détourne le sien.

— De toute évidence, tu te méprends sur mon compte

si tu espères me retenir ici, décréta-t-elle froidement avant de tourner les talons et de se diriger vers la porte.

Jake en profita pour contempler sa silhouette élégante, la cascade soyeuse de sa chevelure qui lui couvrait les épaules, la minceur de sa taille, la courbure de ses reins, la fermeté de ses fesses dont le jean ajusté mettait en valeur la rondeur parfaite.

L'ardente brûlure qu'il ressentit alors lui confirma qu'il désirait cette femme, *sa* femme, comme au premier jour.

— Viens m'aider à décorer le sapin, proposa Jake qui admirait l'arbre livré plus tôt dans la journée en même temps que tout ce qui devait leur permettre à tous les trois de passer un joyeux Noël. Tu te souviens de celui d'il y a deux ans ? Nous avions pris plaisir à l'orner ensemble.

Campée devant la cheminée, Caro ne bougea pas d'un pouce.

L'événement dont parlait Jake s'était déroulé quelques semaines après leur mariage et ce dont il se souvenait certainement le mieux, c'était la façon dont ils avaient fait l'amour, nus au pied du sapin, au milieu des guirlandes, des boules et des étoiles de neige.

Elle lui adressa un regard perçant.

— Je me souviens surtout de celui de l'an dernier que, si j'ai bonne mémoire, nous n'avons pas décoré *ensemble*, répliqua-t-elle non sans une pointe d'amertume.

Jake encaissa le coup sans broncher mais, en son for intérieur, il sentit sourdre la colère. Il n'était pas près d'oublier ces fêtes sinistres qu'il avait passées à broyer du noir, oscillant entre la fureur et l'abattement le plus total. Caro l'avait quitté depuis peu et avait, semblait-il, disparu de la surface de la Terre. Elle se trouvait déjà probablement à Majorque.

— C'est *toi* qui en avais décidé ainsi, pas moi !

« Avais-je vraiment le choix à l'époque ? » songea la jeune femme.

Non, elle avait opté pour l'unique solution envisageable compte tenu de la situation.

Qu'aurait-elle dû faire ? Fermer les yeux sur l'infidélité de Jake, comme sa mère qui avait subi celle de son père toute sa vie durant ? Elle, elle avait préféré l'action à la passivité.

Jake et elle n'auraient pas dû se marier.

Cette union n'aurait jamais eu lieu si elle avait accepté d'avoir une simple liaison avec lui, basée essentiellement sur leur entente sexuelle. Echaudé par l'exemple parental, Jake n'avait certainement pas prévu de se marier, et encore moins de fonder une famille.

« Je me suis comportée comme une idiote !, conclut Caro pour la énième fois depuis leur rupture. Comment ai-je pu avoir la naïveté de croire que mon amour pour lui et son désir pour moi — car c'était bien de cela qu'il s'agissait, et non de sentiment — suffiraient à la réussite de notre couple ? »

Quant à Jake, il se méprenait lourdement s'il l'imaginait disposée à reprendre leur vie commune pour le bien de Magdalena. Elle ne commettrait pas cette erreur : Gavin et elle en avaient trop souffert durant leur enfance !

En réalité, c'est lui qui avait décidé du dénouement de leur histoire en choisissant de la tromper. Elle ne se laisserait ni intimider par son caractère autoritaire, ni convaincre par les tentatives de séduction qu'il multipliait pour la persuader de rester.

Pourtant, un bref regard du côté de Jake lui apprit qu'elle venait de se fixer une mission difficile.

Elle reconnut sans peine cette étincelle particulière que le désir allumait dans ses yeux verts magnifiques, une lueur qui l'avait si souvent fait vibrer et qui, aujourd'hui encore, la troublait dangereusement.

La jeune femme se ressaisit.

— Je monte voir si Magdalena a terminé sa sieste, dit-elle d'une voix mal assurée.

Elle avait couché la fillette qui, après une journée déjà bien remplie pour un bébé de six mois, tombait littéralement de sommeil.

— Nous l'entendrons si elle se réveille, objecta Jake en désignant le baby-phone branché à une prise électrique.

Et il se plaça de manière ostentatoire entre la porte et Caro afin d'empêcher celle-ci de sortir.

Caro l'observa, soudain méfiante, et son cœur se mit à tambouriner dans sa poitrine lorsqu'elle surprit son regard fixé avec insistance sur ses lèvres entrouvertes.

Pétrifiée, elle le vit s'approcher doucement.

Un frémissement remonta le long de ses jambes jusqu'à son ventre et une chaleur insidieuse envahit tout son être tandis que ses seins se tendaient comme dans l'attente d'une caresse.

C'était comme si sa sensualité, refoulée à force de volonté depuis un an, reprenait possession de son corps et réclamait son dû.

Nerveusement, Caro humecta ses lèvres soudain devenues sèches… et se rendit compte aussitôt de son erreur en apercevant l'éclair de désir dans les yeux de Jake. Celui-ci esquissa un mouvement du bras auquel elle répondit en s'écartant brusquement.

— Non, Jake !

— C'est la seconde fois que tu me rejettes, murmura-t-il d'une voix rauque, la mâchoire crispée.

Il posa la main à l'arrière de la nuque frêle de la jeune femme, sous la masse de boucles dorées, et l'attira vers lui.

— Laisse-moi, je t'en prie, protesta Caro qui, à ce contact, se mit à trembler.

Elle se sentait paralysée, incapable du moindre geste, prisonnière de l'intensité du regard de Jake.

— Je ne peux pas.

— Comment cela ? bredouilla-t-elle en levant vers lui des yeux incrédules.

— Je ne peux pas…, se contenta-t-il de répéter comme s'il se parlait à lui-même.

Toucher de nouveau Caro, effleurer sa peau douce et soyeuse renforçait en lui la volonté de la garder à jamais auprès de lui. Non, il ne pouvait pas la laisser s'éloigner.

— Je ne te crois pas… Depuis que je te connais, je t'ai toujours vu maîtriser le cours des événements et contrôler tes émotions pour mieux parvenir à tes fins.

— Oui, mais là, c'est au-delà de mes forces.

Il se pencha au-dessus d'elle et s'empara de sa bouche avec la passion d'un homme qui en aurait rêvé depuis trop longtemps sans pouvoir satisfaire son envie.

Contrastant avec la raideur de sa nuque, ses lèvres étaient souples, douces et chaudes, répondant à l'appel impérieux des siennes. Elles avaient ce même goût de miel que dans son souvenir.

Jake serra Caro plus fort contre lui, l'enveloppant de ses bras puissants comme pour l'empêcher d'échapper à son étreinte. Il posa une main au creux de ses reins et pressa contre son ventre palpitant l'évidence de son désir.

Caro ne put retenir un gémissement. Instinctivement, elle se pressa contre son torse, s'accrochant à ses épaules, cédant au besoin qu'il avait d'elle, succombant à la promesse du plaisir.

Jake en profita pour forcer le barrage de ses lèvres. Il explora d'abord sa bouche presque timidement comme s'il la redécouvrait, puis son baiser devint de plus en plus exigeant. Leurs langues s'unirent en un baiser profond et intime.

Caro se plaqua davantage contre lui, s'arc-bouta en une invite silencieuse à poursuivre la caresse. Elle sentit les mains de Jake descendre jusqu'au bas de ses reins, enserrer ses rondeurs féminines, imprimant à leurs deux corps le même rythme érotique.

La jeune femme oublia tout ce qui l'entourait pour ne se concentrer que sur cette crispation familière qui naissait au creux de son ventre, n'écouter que les exigences de son désir, s'abandonnant à lui.

Les doigts de Jake s'aventurèrent sous le fin lainage de son pull, remontèrent jusqu'à son sein dont la pointe se raidit sous le mince tissu du soutien-gorge. Pour Caro, plus rien ne comptait que cette caresse insistante qui envoyait des ondes dans tout son être.

Il y avait si longtemps qu'elle n'avait pas laissé ses sens s'exprimer plus fort que la raison. Chaque nuit, depuis un an, le souvenir de leurs étreintes revenait la hanter et chaque matin, elle s'éveillait frustrée et malheureuse.

Elle n'avait plus qu'une seule envie : se donner plus complètement à cet homme qui savait si bien la faire vibrer, se retrouver nue contre lui et l'accueillir en elle.

Un bruit la rappela brutalement à la réalité.

Magdalena !

Le gazouillis joyeux de la fillette s'échappait du babyphone.

La jeune femme se figea instantanément et repoussa Jake. Son expression reflétait un mélange d'effroi et de remords.

Jake inspira profondément, tentant de reprendre ses esprits, et réprima à grand-peine un soupir de contrariété en surprenant la mine horrifiée de Caro, laquelle détourna aussitôt la tête pour fuir son regard peiné et accusateur.

— Bon sang ! gronda-t-il. Que se passe-t-il, Caro ?

— Tais-toi, s'il te plaît ! Je... Je ne comprends pas comment j'ai pu faire une chose pareille ! murmura-t-elle sur un ton qui trahissait une sorte de dégoût d'elle-même.

— Tu ne comprends pas !

— Ce que j'essaie de te dire, s'écria la jeune femme d'une voix angoissée, c'est que je n'aurais jamais dû laisser cette situation se produire et que cela n'arrivera plus !

Jake l'observa attentivement et son examen lui confirma ce qu'il avait ressenti lors de ce baiser passionné. Le reflet trouble de ses yeux, l'éclat de son teint, le léger tremblement de ses mains, tout en elle lui prouvait qu'il n'avait pas rêvé : Caro partageait son désir.

— Tu en es vraiment sûre ? s'enquit-il non sans une certaine ironie.

— Absolument certaine, répliqua-t-elle, le défiant du regard. Je vais monter chercher Magdalena. Une fois que je l'aurai changée et lui aurai donné son biberon, j'appellerai un taxi et nous rentrerons à Londres.

— Tu n'iras nulle part, Caro.

Elle se campa devant lui, rouge de colère.

— Je ne te conseille pas de tenter quoi que ce soit pour m'empêcher de partir !

— Tu sais pertinemment que si j'avais à le faire, je n'hésiterais pas une seule seconde.

— Toujours aussi arrogant, à ce que je vois !

— Pas le moins du monde, rétorqua Jake avec un sourire ironique. Il se trouve que j'ai une alliée naturelle, aujourd'hui. Je t'invite à jeter un petit coup d'œil par la fenêtre.

Caro s'exécuta et ce qu'elle vit acheva de la démoraliser.

Dans la pâle lumière hivernale du jour qui déclinait, de gros flocons tombaient sans discontinuer. Un épais manteau blanc recouvrait la pelouse, dissimulant presque les arbustes du jardin. Il devait neiger depuis un bon moment sans qu'elle s'en soit rendu compte.

Impossible de s'en aller dans de telles conditions, qui plus est avec un bébé et une tonne de bagages !

Jake esquissa discrètement un sourire de satisfaction, se réjouissant de cet heureux concours de circonstances qu'il avait bien l'intention de mettre à profit pour reconquérir sa femme.

5.

« Pendre Gavin haut et court serait une sentence bien trop douce pour le punir de son irresponsabilité », décida Caro, furieuse, tandis qu'elle faisait les cent pas dans la chambre attenante à celle de Magdalena.

Mme Weaver l'y avait conduite afin qu'elle puisse se préparer avant le dîner. Haute de plafond, la pièce était décorée avec beaucoup de goût, dans des tons jaune pâle et or. Une grande fenêtre donnait sur les plates-bandes ornant le jardin situé en façade.

Enfin, du moins, sur le peu de végétation qui n'avait pas encore disparu sous une couche de neige dépassant par endroits les dix centimètres !

Impossible de partir avec ces conditions météorologiques. Surtout en emmenant avec soi un bébé de six mois…

Caro ne parvenait pas à chasser de son esprit la scène qui s'était déroulée entre Jake et elle, un peu plus tôt dans l'après-midi. Elle se revoyait sans cesse lovée dans ses bras, répondant à ses baisers et à ses caresses. Mon Dieu ! S'il ne s'était agi que d'elle, elle aurait immédiatement plié bagages, neige ou pas !

Magdalena se trouvait maintenant en bas, en compagnie

de Jake. Elle avait pris un bain et avait dîné de bel appétit. Quand Caro les avait laissés pour suivre la gouvernante, le père et la fille, assis par terre sur l'épais tapis du salon, s'amusaient à découvrir la kyrielle de nouveaux jouets apportés par le Père Noël avec un peu d'avance.

Comment avait-elle bien pu permettre à Jake de l'embrasser et de la toucher aussi intimement ?

Suffisait-il qu'il pose ses lèvres sur les siennes pour qu'elle cède aussitôt ?

— Souhaites-tu que je te fasse couler un bain, comme au bon vieux temps ?

Surprise, Caro sursauta et se retourna d'un bond. Jake se tenait dans l'embrasure de la porte, nonchalamment appuyé contre le chambranle. Il devait l'observer à son insu depuis plusieurs minutes. La jeune femme se sentit rougir sous le regard ardent de cet homme qui l'examinait des pieds à la tête avec une lenteur délibérée.

Elle se rappelait aussi l'époque où son mari lui préparait son bain, veillant à ce que l'eau soit à la température adéquate… et venait l'y rejoindre !

— Non merci, répondit-elle sèchement. Où est Magdalena ?

— Il semble que Mme Weaver se soit découvert une vocation de grand-mère, plaisanta-t-il tout en approchant du lit pour y déposer la valise de Caro. Elle m'a proposé de « montrer » à notre fille comment l'on réalise le glaçage des biscuits de Noël. Une formation un peu précoce, mais qui sait ? Cette petite pourrait devenir un cordon-bleu, plus tard ! Quant à moi, j'ai bravé la tourmente pour aller récupérer tes bagages dans la voiture. As-tu tout ce qu'il te faut ?

En réalité, ce dont Caro avait le plus besoin, après ce

qui s'était passé entre eux, c'était de prendre ses jambes à son cou et de mettre le plus de distance possible entre Jake Montgomery et elle.

Si seulement la neige voulait bien s'arrêter de tomber…

— Oui, je crois, murmura la jeune femme non sans un certain embarras… Et merci d'avoir monté ma valise, ajouta-t-elle après une légère hésitation.

— Bel effort ! s'exclama Jake avec une grimace moqueuse. J'espère que cela n'a pas été trop pénible !

Caro lui répondit par un sourire un peu triste.

— Pas trop. Beaucoup moins que pour toi en tout cas, qui as dû sortir par un temps pareil !

Elle n'avait pas manqué de remarquer qu'en fondant, la neige faisait boucler les cheveux de Jake au niveau des tempes et de la nuque.

Cette chevelure épaisse et douce où, il y a trois heures à peine, elle enfouissait ses doigts avec délice…

— Nous pourrions peut-être mettre à profit ces quelques instants de calme pour discuter, Caro, suggéra Jake.

— A quel sujet ? lança celle-ci, aussitôt sur ses gardes, avec plus de vivacité qu'elle n'en avait l'intention.

— Tu le sais parfaitement, soupira-t-il en haussant les épaules. Pourquoi ne pas commencer par la première question de toutes : as-tu quelqu'un dans ta vie en ce moment ?

Jake s'efforçait de garder un ton calme, mais le simple fait d'imaginer Caro dans les bras d'un autre homme provoquait en lui des envies de meurtre !

La jeune femme baissa les yeux afin qu'il ne puisse pas deviner son trouble.

— En dehors de Magdalena, tu veux dire ?

— Je t'en prie, ne fais pas semblant de ne pas avoir compris ! rétorqua Jake sèchement.

— Inutile de t'énerver pour si peu, murmura Caro en s'approchant de la fenêtre pour contempler les gros flocons de neige qui virevoltaient au-dehors. Vois-tu, s'occuper d'un bébé ne laisse guère de temps pour quoi que ce soit ou qui que ce soit d'autre.

Ce qui ne répondait pas franchement à la question de Jake…

— As-tu, oui ou non, une relation avec quelqu'un, répéta ce dernier en s'exhortant à la patience.

Elle se retourna brusquement vers lui et lui fit face, plantant ses magnifiques yeux bleus dans les siens.

— Et *toi* ? s'enquit-elle sur le ton du défi.

Jake ne marqua pas une seconde d'hésitation.

— Non.

— Ah ! souffla la jeune femme, désarçonnée par la facilité de sa repartie. C'est curieux, je n'aurais pas pensé que tu puisses passer un Noël seul…

— A qui la faute ? ! Je m'étonne même que tu aies daigné t'interroger sur la façon dont j'occupais mes journées, *a fortiori* les fêtes de fin d'année ! J'ai comme l'impression que tu ne t'es pas beaucoup souciée de mon sort ou de celui de notre mariage depuis un an.

— Plus que tu ne le crois, protesta-t-elle. D'ailleurs, « soucier » est exactement le terme qui convient compte tenu des circonstances.

Jake poussa un soupir de frustration. Caro ne lui avait toujours pas dit s'il y avait un homme dans sa vie à Majorque.

Il avait le sentiment qu'elle cherchait à éluder sa question, ce qui ne signifiait pas forcément qu'elle ait rencontré quelqu'un…

De toute façon, il avait bien l'intention d'écarter tout prétendant potentiel. L'avenir de Caro serait avec lui, et avec personne d'autre !

Il opta pour une tactique différente.

— Tu ne veux vraiment pas d'aide pour ton bain ? insista-t-il, moqueur.

— Non, *vraiment* pas.

— Dommage…

Une rougeur intempestive envahit les joues de la jeune femme.

— Ecoute, répliqua-t-elle, il semble que nous soyons coincés ici, ensemble, à cause des intempéries. Ni toi ni moi n'avons choisi cette situation. Aussi, inutile de nous jouer la comédie. Il suffit de prendre notre mal en patience.

Son cœur se mit à tambouriner dans sa poitrine lorsqu'elle vit Jake traverser tranquillement la chambre et s'arrêter à quelques centimètres d'elle.

Si près qu'elle pouvait presque sentir la chaleur de son corps, son souffle sur son visage. Malgré la demi-pénombre de la pièce, elle distinguait les fils blancs qui striaient ses tempes et la ride qui barrait son front.

Caro se fit de nouveau la réflexion que Jake semblait marqué par ces douze derniers mois. Mais au fond des prunelles vert émeraude brillait toujours cette étincelle dorée qui l'avait séduite au premier regard.

— Si je peux me permettre un petit commentaire, ironisa-t-il, cette expression ne me paraît pas appropriée car, si j'ai bonne mémoire, aucun de nous deux n'avait remarqué qu'il neigeait tout à l'heure.

En son for intérieur, Caro l'admettait volontiers. Elle-même n'y avait guère prêté attention, trop occupée à…

« Quelle idiote ! se sermonna-t-elle. Quand je pense que je me suis précipitée dans ses bras ! Comme si je n'avais pas déjà assez souffert… »

Non, elle ne commettrait pas deux fois la même erreur. Sa réaction lui avait démontré à quel point elle restait encore fragile. Elle devait absolument tenir Jake à distance. Il lui avait fallu une année entière pour se forger un semblant d'équilibre et elle n'allait pas tout remettre en cause pour satisfaire sa libido, en berne depuis trop longtemps !

Caro redressa les épaules.

— Je partirai dès que la météo se sera améliorée, décréta-t-elle sur le ton du défi.

Jake jeta un rapide coup d'œil à l'extérieur avant de planter son regard dans celui de la jeune femme.

— Que d'égoïsme ! Tu ne voudrais tout de même pas priver des milliers d'enfants d'un vrai Noël, protesta-t-il, feignant l'indignation. Les petits *adorent* réaliser des bonshommes de neige, se livrer bataille à coups de boules de neige et faire de la luge.

— Eh bien tant pis pour eux, riposta Caro. Ils n'auront qu'à attendre l'an prochain !

— Au risque de te décevoir, très chère, renchérit Jake en s'esclaffant, j'ai allumé la télévision pour regarder le bulletin météo et les nouvelles ne sont pas bonnes pour toi : il prévoit de nouvelles chutes de neige pour cette nuit et demain toute la journée.

La gorge de la jeune femme se serra. Ainsi, ce huis clos allait durer non pas quelques heures, comme elle l'espérait au départ, mais plusieurs jours peut-être. Cette perspective l'inquiétait au plus haut point.

— Eh bien, dans ce cas, il ne me reste plus qu'à prier très fort pour que les météorologues se trompent, marmonna-t-elle, furibonde.

Jake salua sa remarque d'un grand éclat de rire. Ses traits parurent soudain beaucoup plus jeunes, plus détendus. Ainsi, il ressemblait de nouveau au Jake dont Caro s'était éprise dès leur première rencontre, deux ans plus tôt…

« Pourtant, ce n'était pas le vrai Jake », songea la jeune femme avec nostalgie.

L'homme qu'elle avait aimé, celui qu'elle pensait avoir épousé, n'était que le fruit de ses fantasmes. Ce mari n'avait jamais éprouvé pour elle des sentiments qu'elle croyait, alors, partagés.

Le *vrai* Jake Montgomery était un être déloyal, égocentrique, calculateur, et totalement incapable de tomber réellement amoureux d'une femme, du moins de la sienne.

Et Caro se garderait bien de l'oublier aussi longtemps qu'ils devraient séjourner sous le même toit, prisonniers des intempéries.

Jake l'observait attentivement et il pouvait presque lire sur le visage de la jeune femme le combat qu'elle livrait contre elle-même. Il devinait qu'elle passait en revue tous les arguments lui permettant de dresser des barrières infranchissables entre eux.

Il ne doutait pas de réussir à éliminer ces obstacles, toutefois le temps lui était compté et sa patience commençait à s'émousser. Plus vite Caro se rappellerait qu'elle était non seulement sa femme, mais aussi la mère de son enfant, mieux ce serait pour tous les trois !

Désireuse d'échapper à son regard inquisiteur, Caro entreprit de déballer ses affaires.

— Tu ne t'attends pas à ce que je m'habille pour le dîner, j'espère ! lança-t-elle par-dessus son épaule.

— Cela ne me dérangerait pas le moins du monde que tu partages mon repas en tenue d'Eve, répondit-il, moqueur. En revanche, je crains que Mme Weaver n'y trouve à redire !

— Très drôle ! Comme je pensais passer la semaine avec Gavin pour qui faire des frais de toilette consiste à changer de T-shirt, je n'ai emporté aucun vêtement élégant, expliqua la jeune femme. Juste un jean de rechange et quelques pulls.

— Cela ne me pose aucun problème, assura Jake.

Pour ce qui le concernait, elle pouvait tout aussi bien rester habillée ainsi si cela lui chantait, car ce pantalon moulant et ce cachemire épousaient à merveille ses courbes adorables, mettant néanmoins ses sens à rude épreuve.

Lorsqu'il avait serré Caro contre lui, l'avait embrassée, l'avait caressée, c'était comme si toute cette fichue année n'avait jamais eu lieu. Le désir physique qu'elle lui inspirait depuis qu'il avait posé les yeux sur elle n'avait pas diminué, bien au contraire : l'absence l'avait décuplé. Jake avait l'intuition qu'il en allait de même pour Caro. Sans le réveil inopiné de Magdalena, ils auraient certainement fini par faire l'amour, là, dans le salon, oublieux de tout ce qui les entourait, ne se souciant que du plaisir de l'autre, comme avant…

Magdalena, cette adorable fillette haute comme trois pommes…

Il n'arrivait pas encore à s'habituer à l'idée d'être le père de ce petit être sans défense, mais déjà tellement plein de vie. L'enfant provoquait chez lui des sentiments inconnus, et très déstabilisants. A six mois à peine, elle avait déjà un charme fou et Jake ne doutait pas qu'elle ferait tourner bien des têtes plus tard. Comme sa mère…

Magdalena, ce superbe bébé que Caro et lui avaient conçu ensemble, le fruit de leur amour…

A cette évocation, Jake se sentit de nouveau gagné par la révolte. Il avait manqué ses premiers moments, son premier sourire, sa première dent, son premier éclat de rire. Il n'avait pas été présent pour calmer ses premières angoisses nocturnes ou la bercer quand elle n'arrivait pas à s'endormir. Tous ces instants privilégiés dont Caro l'avait délibérément privé pour une raison qu'il ignorait étaient à jamais du domaine du passé. Aussi avait-il la ferme intention, à l'avenir, de rattraper le temps perdu et de ne pas se laisser exclure de l'existence de sa fille.

— Comportons-nous en adultes et essayons de faire contre mauvaise fortune bon cœur, suggéra-t-il sur un ton dont la froideur surprit la jeune femme.

— D'accord, à condition qu'il reste entendu que je partirai dès que le temps s'y prêtera et que je prendrai ensuite le premier vol disponible pour Majorque.

— L'Angleterre ne te manque-t-elle pas un tout petit peu ? Tu y as tes amis, ton frère, ajouta Jake avec perfidie, connaissant l'affection que la jeune femme portait à Gavin depuis leur plus tendre enfance.

— Si, bien sûr, toutes ces personnes me manquent, à commencer par mon frère, admit-elle prudemment, peu désireuse de s'aventurer sur ce terrain.

— Mais pas assez pour revenir vivre dans ton pays natal ? demanda-t-il, l'obstination de Caro à repartir vers ce qu'il considérait, en l'occurrence, comme le bout du monde, lui paraissant de plus en plus suspecte.

Qu'est-ce qui l'attirait autant sur cette île : sa bicoque, son métier ? Non, certainement pas. Alors quoi ?

« Ou plutôt qui ? » songea-t-il tandis que l'aiguillon de la jalousie recommençait à le tourmenter.

— Non, confirma platement Caro.

— Est-ce parce que j'y vis ?

Inutile qu'elle formule une réponse. Le regard qu'elle lui lança le confirma dans ses craintes.

— Bon sang, Caro ! Que t'ai-je donc fait pour mériter un tel rejet ?

Un voile de tristesse assombrit les beaux yeux bleus.

— J'aimerais prendre mon bain, murmura-t-elle, n'ayant pas la force de poursuivre cette discussion.

Trop de souvenirs douloureux remontaient à la surface.

Ces retrouvailles inattendues avec Jake à l'aéroport, ce séjour forcé dans son manoir à cause des intempéries, cette promiscuité et ses tentatives de séduction mettaient à mal l'armure qu'elle avait réussi à se forger, à force de volonté.

Pourquoi avait-il insisté pour la conduire ici, dans cette demeure ?

Tout à coup, une idée s'insinua sournoisement dans son esprit.

« Non, se dit Caro, il n'aurait tout de même pas osé m'infliger *ça* ! »

Elle devait en avoir le cœur net.

— Depuis combien de temps possèdes-tu cette propriété ? s'enquit-elle sur un ton faussement détaché.

Perplexe, Jake fronça les sourcils.

— Pourquoi cette question ?

— Simple curiosité de ma part. Je ne me souviens pas que tu m'aies jamais parlé du projet d'acheter une maison de campagne. Cette décision m'étonne compte tenu de ton caractère, d'autant plus que tes activités professionnelles te retiennent plutôt à Londres.

— Il s'agit d'un… investissement, répondit Jake, fixant sur elle un regard étrange.

— Vraiment ?

Devait-elle le croire ou, au contraire, avait-elle raison d'écouter cette petite voix intérieure qui lui soufflait une tout autre explication ?

Lorsque Jake s'était envolé pour les Etats-Unis après leur dispute, Caro s'était amèrement reproché de ne pas l'avoir accompagné comme prévu. Après tout, l'actualité politique pouvait bien attendre et le journal se passer d'elle quelques jours ! Au bout de quarante-huit heures sans aucune nouvelle de son mari, elle avait réservé un billet dans le premier avion en partance pour New York, le lendemain. Ainsi, elle arriverait juste à temps pour leur anniversaire de mariage, apportant avec elle le plus beau cadeau qu'elle puisse lui offrir : l'annonce de sa grossesse. Une merveilleuse surprise qu'elle tenait absolument à lui faire de vive voix.

Elle préparait sa valise lorsque le téléphone avait sonné. Un agent immobilier cherchait à joindre Jake. *A priori*, les propriétaires du domaine que Jake souhaitait acquérir avaient accepté son offre. L'homme avait félicité Caro et l'avait assurée qu'elle adorerait ce charmant manoir dans le Surrey…

S'agissait-il de la demeure dans laquelle ils se trouvaient en ce moment ?!

Avant le coup de fil de l'agence, Caro ignorait tout du projet de Jake. Pourquoi tant de mystère ?

Inutile de se tourmenter pour si peu, avait-elle décidé. Ils en discuteraient à New York.

Caro avait alors composé le numéro de l'hôtel afin de prévenir de son arrivée imminente. La réception avait transféré son appel sur la ligne directe de la suite occupée par Jake… et une femme dont Caro ne connaissait pas la voix avait décroché.

Manifestement, son mari ne l'attendait pas…

6.

Jake s'alarma aussitôt en voyant le visage de Caro devenir livide et ses yeux, d'ordinaire si limpides, s'assombrir sous l'effet de la douleur.

Qu'avait-il dit ? A quoi réfléchissait-elle qui puisse avoir provoqué en elle une telle réaction ?

Ils avaient simplement parlé de la raison qui l'avait incité à acheter ce manoir.

Il avait gardé le secret au sujet de ce projet d'acquisition pendant plusieurs mois, jusqu'à ce qu'il ait la confirmation de la vente. Il s'apprêtait à lui annoncer l'excellente nouvelle à son retour de New York, mais elle ne lui en avait pas donné l'occasion. A peine avait-il poussé la porte d'entrée de l'appartement qu'elle s'était avancée vers lui et, avec une froideur incompréhensible, l'avait informé de son départ. Elle avait déjà fait ses valises, qui l'attendaient, en bas, dans sa voiture.

Déjà, à l'époque, elle savait qu'elle portait leur enfant…

— Je descends m'occuper de Magdalena, déclara-t-il brusquement. Rejoins-nous quand tu seras prête.

Joignant le geste à la parole, il tourna les talons et quitta la pièce sans un regard pour la jeune femme.

Avant de laisser éclater sa colère et de prononcer des paroles qu'il regretterait par la suite.

Pétrifiée, Caro le regarda partir. Le souvenir du passé avait rouvert des plaies béantes qui, sans doute, ne cicatriseraient jamais. Elle avait eu beau s'efforcer durant un an d'effacer de sa mémoire les derniers moments de sa vie avec Jake, elle avait échoué : elle s'en rendait compte à présent.

Elle ignorait combien de temps Jake avait entretenu une relation avec sa maîtresse, suffisamment longtemps en tout cas pour qu'il décide d'acheter une demeure où il pourrait lui rendre visite en toute discrétion.

S'agissait-il de *ce* manoir ?

Plus Caro y réfléchissait, plus elle devenait convaincue du bien-fondé de ses soupçons. Jake l'avait donc conduite dans la maison qu'il avait initialement acquise pour loger cette femme pendant la durée de leur liaison.

Pire encore, il y avait amené Magdalena !

A cette pensée, le cœur de Caro se révulsa.

Comment avait-il pu leur faire un tel affront ?

Comment avait-il *osé* ?

Lorsque Caro descendit dans le salon rejoindre Jake et Magdalena qui mettaient la touche finale à la décoration du sapin de Noël, elle semblait avoir repris le contrôle de ses émotions. Du moins c'est ce qu'estima Jake en surprenant la lueur de détermination qui animait de nouveau son regard. La tristesse qui, une heure auparavant, bouleversait ses traits avait disparu et ses joues avaient retrouvé leur joli teint.

Ses cheveux brillants, fraîchement lavés, tombaient en cascade sur ses épaules menues et une touche de gloss pêche faisait briller ses lèvres sensuelles comme un fruit défendu que Jake avait une envie folle de croquer. Ses longs cils noirs que Caro ne maquillait jamais rehaussaient la limpidité de ses prunelles azur.

La jeune femme portait un jean noir dont la coupe accentuait la finesse de sa taille et de ses jambes, assorti à un pull du même bleu que ses yeux.

Elle était belle, d'une beauté naturelle et intemporelle, et si jeune aussi que Jake avait peine à réaliser qu'elle était désormais une mère de famille, la mère de leur bébé de six mois.

En la contemplant, il éprouva cette sensation désormais familière, à la fois douce et douloureuse, où l'attirance le disputait au ressentiment.

La colère d'avoir été abandonné par la femme de sa vie et privé de son droit à la paternité.

Mais le désir charnel aussi, car il lui suffisait de poser les yeux sur elle pour tout oublier et ne plus penser qu'à faire vibrer ce corps aux rondeurs absolument parfaites.

Ces douze derniers mois où, rongé d'inquiétude, il avait attendu en vain un signe de Caro, auraient dû le vacciner à tout jamais. Hélas, il n'en était rien. Il avait toujours autant envie d'elle… Peut-être même plus encore qu'avant… Envie de la toucher, de l'embrasser, de la caresser, de respirer le parfum de sa peau… Envie de l'emprisonner dans ses bras et qu'elle lui appartienne pour toujours…

— Mieux vaut tard que jamais, grommela-t-il, furieux contre sa faiblesse.

— J'ai l'impression que vous ne vous êtes pas trop ennuyés tous les deux en mon absence ! répliqua-t-elle du tac au tac. Félicitations, votre sapin est superbe !

— Il y en aura beaucoup d'autres, décréta Jake, une pointe de défi dans la voix.

— Les Majorquins célèbrent Noël avec beaucoup moins d'emphase que les Anglais, précisa la jeune femme, surprise par l'agressivité du ton de Jake.

Un éclair presque métallique traversa le regard vert émeraude.

— Peu importe puisque Magdalena ne passera aucun Noël à Majorque. Autant lui apprendre tout de suite les bonnes vieilles traditions britanniques.

Caro se figea instantanément.

Aucun Noël ! Que voulait-il dire par là ?

Instinctivement, elle se pencha pour prendre la fillette dans ses bras et la serra contre elle, heureuse de sentir la chaleur de ce petit être si plein d'énergie dont la seule présence suffisait à la rassurer, à lui redonner confiance en l'avenir.

— J'ai conscience que nous allons devoir trouver une sorte… d'arrangement en ce qui concerne tes droits de visite. Mais de là à envisager que Magdalena passe tous ses Noëls en Angleterre avec toi, il y a un pas que je ne suis pas prête à franchir, objecta Caro prudemment.

Elle avait repoussé ce moment le plus possible, s'attardant dans le bain jusqu'à ce que la fraîcheur de l'eau l'incite à en sortir, prenant le temps de se sécher les cheveux, de s'enduire le corps d'un lait dont le doux parfum parvenait d'ordinaire à calmer son anxiété. Puis elle avait mis de l'ordre dans sa valise et rangé quelques affaires dans les tiroirs vides de la commode de la chambre avant de se résoudre à descendre.

Manifestement, cette trêve n'avait pas réussi à dissiper la tension entre elle et Jake.

Ni même à chasser son trouble face à cet homme dont la séduction éveillait ses sens bien malgré elle. D'autant qu'il avait troqué, pour la soirée, son jean délavé contre un pantalon noir à la coupe impeccable et revêtu un polo vert en cachemire qui faisait ressortir la largeur de sa carrure.

— Fais-moi confiance, Caro, nous *allons* trouver un arrangement, dit-il en prenant soin de détacher chaque syllabe.

La menace sous-jacente n'échappa pas à la jeune femme qui frémit intérieurement. Jake avait un pouvoir de conviction inné qui lui permettait d'arriver à ses fins par la négociation sans avoir à établir un rapport de force. En revanche, Caro devinait à présent un caractère implacable qu'elle ne lui connaissait pas jusqu'alors.

Et pour cause ! Durant leur vie commune, elle avait toujours cédé à ses moindres désirs, trop aveuglée par l'amour et l'admiration qu'elle lui vouait. Sauf à une occasion qui avait sonné le glas de leur union : le voyage à New York…

Même le jour où elle lui avait annoncé sa décision de le quitter, il n'avait pas manifesté une telle dureté à son égard. Il n'avait pas cherché à la retenir, abasourdi par la nouvelle, et persuadé, sans doute, qu'il s'agissait d'une crise passagère, qu'elle reviendrait une fois passé l'orage.

Cependant, depuis qu'il avait découvert l'existence de Magdalena et compris que Caro lui avait caché sa grossesse, sa patience indulgente semblait s'être muée en une rage froide qui n'augurait rien de bon pour leurs relations futures.

— Je suggère que nous abordions ce sujet un peu plus

tard, murmura la jeune femme au moment où Mme Weaver venait leur annoncer que le dîner était servi.

— Entendu, mais ce n'est que partie remise.

La perspective de leur future discussion suffit à couper l'appétit à Caro, qui se contenta de picorer dans son assiette. Pourtant, à l'occasion des retrouvailles du jeune couple, la gouvernante avait cru bon de mettre les petits plats dans les grands, donnant libre cours à ses talents culinaires.

La présence de Magdalena, assise à table sur sa chaise haute et très occupée à se soulager les gencives en mastiquant consciencieusement son anneau dentaire, aurait dû détendre l'atmosphère, mais il n'en fut rien. Un silence pesant s'installa entre eux, Jake ne desserrant pas les dents de tout le repas. La tension était devenue presque palpable lorsque le dîner prit fin.

Quand Caro avait accepté l'invitation de Gavin, elle était à cent lieues de s'imaginer dans une telle situation. Au lieu de célébrer joyeusement Noël à Londres avec son frère qu'elle adorait en dépit de tous ses défauts, elle se retrouvait coincée quelque part dans le Surrey avec un homme qui avait trahi sa confiance, bafoué ses sentiments, et qui prétendait maintenant bouleverser le cours de sa vie, au nom de son droit à la paternité.

Caro redoutait plus que tout le moment où, une fois Magdalena au lit, l'inévitable tête-à-tête tournerait à l'affrontement !

— Un alcool ? proposa Jake lorsqu'ils redescendirent dans le salon après avoir couché leur fille.

Magdalena, épuisée par cette journée pleine de péripéties, s'était endormie presque instantanément. Jake avait ressenti une vague de tendresse en contemplant cette enfant qui dormait paisiblement, inconsciente de la tempête qui menaçait d'éclater entre ses parents. Ainsi assoupie, elle semblait si vulnérable que Jake sentit croître en lui son instinct de protection bien qu'il eût encore du mal à réaliser ce que signifiait « être père ».

Caro se tenait sur le seuil, hésitante.

— Je vais plutôt monter me coucher, si tu n'y vois pas d'inconvénient.

— Eh bien si, justement ! déclara-t-il sur un ton qui n'admettait pas de réplique. Tiens, bois ça, c'est bon pour les nerfs, ajouta-t-il en lui remettant d'autorité un verre de brandy.

— Je ne me sens pas nerveuse, protesta la jeune femme.

— Pourtant, tu devrais !

— N'essaie pas de m'intimider, Jake ! s'exclama Caro en le fusillant du regard. Je n'ai pas peur de toi.

— Pourtant, tu devrais ! répéta-t-il, plus sombre que jamais. Tu n'imagines pas l'effort surhumain que je fournis depuis ton arrivée à Heathrow pour résister à l'envie folle de te bondir à la gorge et de t'étrangler !

Caro porta instinctivement une main à ce cou qu'il rêvait de serrer. Elle ne se laissa pas déstabiliser pour autant.

— Suis-je censée te remercier pour ton self-control ?

Jake partit d'un rire totalement dépourvu d'humour, presque cruel.

— De la reconnaissance de ta part ? Mon Dieu, je n'en espère pas tant ! s'écria-t-il en ponctuant sa repartie acerbe d'une grande lampée de brandy.

— Je doute que le fait de t'enivrer arrange la situation, observa la jeune femme, les sourcils froncés.

— Entièrement d'accord, gronda Jake. D'ailleurs, rien ne peut arranger le guêpier dans lequel tu t'es fourrée toute seule.

— *Moi!* Mais de quoi parles-tu ?

— Dis-moi pourquoi tu as agi ainsi. Explique-moi en vertu de quel principe moral tu t'es arrogé le droit de me cacher l'existence de Magdalena, ma propre fille.

« Nous y voilà, songea Caro. Le moment tant redouté est arrivé. »

Surprise par la violence contenue de Jake, elle recula d'un pas.

— C'en était fini de notre mariage.

— Ah oui ? Et qui en avait décidé ainsi ?

— Toi autant que moi, Jake ! s'écria-t-elle, bouleversée. Je t'en prie, ne remuons pas ces mauvais souvenirs. Il est trop tard... Tu ne comprends pas qu'il est trop tard ?

— Une seule personne m'importe dans toute cette histoire : Magdalena, répondit-il sans paraître s'émouvoir. Elle est autant ma fille que la tienne, même si tu n'as pas l'air de t'en rendre compte, même si tu as jugé bon de m'éjecter de sa vie en me cachant sa naissance.

— A l'époque, je n'avais guère le choix, protesta la jeune femme. J'ai opté pour la solution qui m'a paru la plus appropriée sur le moment.

— Mais que me reproches-tu, bon sang ? Que t'ai-je donc fait pour mériter un traitement aussi cruel ? *Parle !* s'exclama-t-il, exaspéré par le mutisme de Caro qui le fixait d'un regard accusateur. Explique-toi pour qu'au moins, à défaut de pardonner, je puisse essayer de comprendre ce qui t'a poussée à m'infliger une punition aussi inhumaine !

Jake avait tourné et retourné ces interrogations dans sa tête toute la journée. Il ne pouvait accepter l'idée que la Caro qu'il croyait connaître, la femme aimante et passionnée qu'il avait épousée, celle qui, il y a quelques heures à peine, avait répondu à ses baisers et ses caresses avec fougue, soit capable de tant de cruauté. Et pourtant, Magdalena en était la preuve vivante.

En entendant la voix de son mari, et non celle de son frère, à l'aéroport, Caro avait tout de suite su que cet affrontement aurait inévitablement lieu. En revanche, elle ne s'attendait pas à une telle animosité de la part de Jake.

Elle n'en voulait plus à Gavin d'avoir été l'instigateur involontaire de cette confrontation qui, de toute manière, aurait dû se produire tôt ou tard. Elle n'avait jamais eu l'intention de garder secrète l'existence de Magdalena *ad vitam aeternam*. En grandissant, la fillette n'aurait de toute façon pas manqué de poser la question de l'identité de son père.

« Autant que cela se produise maintenant, songea Caro, la gorge nouée, à un âge où Magdalena aura le temps de s'habituer. »

— Asseyons-nous, proposa-t-elle en poussant un profond soupir de tristesse.

— Non merci, je préfère rester debout !

Les jambes tremblantes, Caro estima plus prudent de prendre place dans un fauteuil car, ce qui allait suivre s'annonçait comme la discussion la plus pénible de sa vie.

— Je n'ai jamais cherché à te faire du mal, Jake, murmura-t-elle, et il n'y avait aucun calcul, aucune préméditation dans mes actes. Simplement, la fuite m'a semblé la seule option possible compte tenu des circonstances…

— *Quelles* circonstances ? l'interrompit-il sèchement.

A la seule pensée de la liaison de Jake avec cette femme, les yeux de Caro s'embuèrent de larmes. Elle avait tant aimé cet homme, se donnant à lui sans retenue, que cette trahison lui avait brisé le cœur. Le souvenir de sa mère, trompée de si nombreuses fois par son père, lui avait donné la force nécessaire pour rompre, et son amour pour Magdalena lui permettait de panser un peu ses plaies qui, néanmoins, ne se refermeraient jamais complètement…

Le ton incisif de Jake la tira de sa rêverie.

— Aurais-tu l'extrême obligeance de répondre à cette question ?

— J'essaie, je t'assure, Jake.

— Eh bien alors, j'attends !

— Ce n'est pas si facile…

— Ah, ça, je m'en doute ! Surtout dans le cas présent ! Mais une seule chose m'intéresse : la vérité… enfin, du moins, la tienne !

La jeune femme soutint le regard sombre de Jake.

La découverte de son infidélité l'avait bouleversée si profondément que, sur le moment, elle avait été incapable d'en discuter avec lui. Et aujourd'hui encore, après douze mois de séparation, aborder ce sujet se révélait beaucoup plus douloureux qu'elle ne l'avait imaginé.

Comme si mettre des mots sur ces événements leur donnait davantage d'acuité.

Comme si en parler risquait de faire exploser le fragile équilibre qu'elle s'était construit et de faire de nouveau saigner son cœur.

Caro reporta son attention sur les dessins du tapis, tâchant de se concentrer avant de se jeter à l'eau. Inconsciemment, elle humecta ses lèvres sèches.

Jake surprit le mouvement de sa langue sur sa bouche pulpeuse et une bouffée de désir l'envahit aussitôt.

Bon sang ! Même en plein chaos, il ne pouvait s'empêcher d'avoir envie de cette femme, malgré tout ce qu'il avait enduré !

— Inutile de tourner autour du pot et de te lancer dans de grandes phrases ! lâcha-t-il d'une voix rauque. Tu n'as qu'à t'en tenir aux éléments factuels. De toute manière, rien de ce que tu pourras dire maintenant ne me peinera plus que tu ne l'as déjà fait.

— Je t'ai blessé ? murmura Caro, manifestement décontenancée.

Jake eut un bref ricanement désabusé.

— Cela t'étonne ? Pour qui me prends-tu, Caro ? Pour un être trop insensible pour éprouver des émotions. Tu me crois incapable de souffrir ?

C'était exactement ce que Caro pensait de lui !

Et jusqu'à présent, le comportement de Jake lui avait plutôt donné raison.

Jake l'avait agressée dès son arrivée à l'aéroport et, depuis, tout dans son attitude démontrait qu'il n'éprouvait à son égard que de l'animosité et une volonté de revanche.

Tout, sauf peut-être cette passion qu'il lui avait témoignée en la serrant dans ses bras et en l'embrassant avec fougue tout à l'heure…

« Non, cela ne signifie rien, songea Caro. Les hommes savent très bien dissocier sentiments et désir charnel. »

— Jake…

La jeune femme s'interrompit brusquement en entendant le hurlement qui retentit dans le baby-phone.

Magdalena !

Sans perdre une seconde, elle bondit sur ses pieds et se précipita en direction de la chambre du bébé.

7.

— Qu'a-t-elle ? chuchota Jake d'une voix anxieuse en se penchant vers Caro.

Assise sur le lit d'appoint, celle-ci berçait doucement Magdalena dans ses bras. Le visage écarlate, l'enfant continuait de pleurer, blottie tout contre sa mère.

Jake s'était littéralement pétrifié en entendant le hurlement de la fillette, avant de se précipiter dans l'escalier à la suite de la jeune femme.

— Une nouvelle poussée dentaire, je pense, murmura Caro qui, pour confirmer son diagnostic, toucha le front brûlant de son bébé. J'ai un gel spécial à appliquer sur ses gencives pour soulager la douleur. Là, dans le sac, à côté du matelas, précisa-t-elle, en indiquant d'un mouvement du menton le bureau qu'elle avait transformé en table à langer. Pourrais-tu me l'apporter, s'il te plaît ?

Sans quitter sa fille des yeux, Jake s'exécuta et passa le tube d'onguent à Caro après en avoir dévissé le bouchon. Deux plaques rouges marbraient les petites joues rebondies où coulaient de grosses larmes de détresse.

Au comble de l'angoisse, Jake se sentit pour la première fois de sa vie totalement impuissant. Magdalena semblait souffrir le martyre, et il ne savait que faire pour y remédier. Comme pour se rassurer, il tendit la main pour caresser les cheveux de la fillette.

— Nous devrions peut-être appeler un médecin.

— Non, pas tout de suite. Attendons d'abord de voir si le gel agit.

— Mais…

Caro lui adressa un regard compréhensif.

— Je sais ce que tu ressens, Jake, mais inutile de paniquer, je t'assure. Mieux vaut attendre quelques minutes. Après, nous aviserons.

Jake se résolut à s'asseoir à côté de Caro. Pendant ces « quelques minutes » qui lui parurent une éternité, il ne cessa d'observer le visage de Magdalena, guettant le moindre signe d'amélioration.

Peu à peu, les traits de la fillette commencèrent à se détendre, ses sanglots s'espacèrent et les rougeurs s'estompèrent. Sa respiration devint plus régulière et ses paupières se fermèrent.

L'instant d'après, Magdalena dormait à poings fermés, son petit nez niché dans le cou de Caro, comme si rien de tout cela ne s'était produit.

En contemplant le tableau de la mère et de l'enfant, Jake éprouva une immense bouffée de tendresse et toute sa colère contre la jeune femme disparut comme par enchantement. Il avait devant lui les deux personnes les plus importantes au monde. Il se devait de les protéger. A eux trois, ils formaient un ensemble indivisible, que Caro le veuille ou non.

Et Jake avait bien l'intention de tout tenter pour l'en convaincre…

Caro se redressa lentement après avoir reposé Magdalena dans son lit de bébé puis, immobiles, Jake et elle patientèrent quelques instants afin de vérifier que le gel produisait bien l'effet escompté.

Le silence, la pénombre de la pièce et leur inquiétude partagée avaient tissé entre eux un lien invisible. Une sorte de complicité retrouvée, d'intimité.

La jeune femme croisa le regard de Jake qui s'attardait sur elle, et y reconnut la flamme du désir. Aussitôt, ses sens s'éveillèrent et elle éprouva l'envie irrésistible de se pelotonner au creux de ces bras réconfortants, d'oublier les querelles pour ne plus penser qu'au plaisir.

— Cela s'est-il passé de la même manière pour ses deux premières dents ? s'enquit Jake.

— Pire encore ! expliqua Caro avec un petit rire. J'ignorais totalement de quoi il retournait et je dois avouer que j'ai cédé à la panique. J'ai embarqué Magdalena dans la voiture et foncé à la clinique du bourg voisin. Après le diagnostic du pédiatre, je me suis sentie un peu ridicule.

— A ta place, j'aurais réagi de la même manière, soupira-t-il.

— Vraiment ?

— Oui. Je ne supporte pas de la voir dans cet état. Pauvre bébé ! Elle avait l'air d'avoir tellement mal.

— Tu l'aimes déjà, n'est-ce pas ? murmura la jeune femme d'une voix étranglée.

— Oui, répondit Jake sans l'ombre d'une hésitation. Depuis le premier instant où j'ai posé les yeux sur elle.

Caro en eut le cœur chaviré. Elle n'avait jamais abordé avec Jake le sujet des enfants, ni avant, ni pendant l'année qu'avait duré leur union, mais son envie de fonder une famille avec lui avait grandi au fil des mois, et sa grossesse était arrivée comme un cadeau du ciel. Pourtant, elle n'avait pu s'empêcher de se demander si cette nouvelle réjouirait autant Jake. Ce dernier lui vouait, du moins le croyait-elle à l'époque, un amour exclusif, et l'exemple de ses parents divorcés ne l'incitait sans doute guère à devenir père à son tour. Qui plus est, son entreprise accaparait le plus clair de son temps.

Aussi Caro avait-elle repoussé le moment de lui annoncer qu'elle attendait un bébé, jugeant plus opportun de lui en réserver la surprise à l'occasion de leur premier anniversaire de mariage…

Pourtant, lorsqu'elle voyait l'adoration dans le regard de Jake chaque fois qu'il contemplait sa fille, elle comprenait son erreur. Il avait suffi de quelques heures pour que Jake s'attache à cette enfant autant qu'elle-même.

— Jake, murmura-t-elle, la gorge nouée.

— Nous avons assez discuté pour ce soir, chuchota-t-il en tendant vers elle sa paume ouverte en signe de trêve. Parler n'a jamais été notre point fort, tu le sais bien.

Il avait raison, mais ils auraient dû communiquer davantage, surtout avant le mariage, sur leurs attentes respectives et leur façon d'envisager la vie à deux. Ainsi, peut-être Caro se serait-elle rendu compte avant de s'engager que Jake Montgomery n'était pas l'homme d'une seule femme, et aurait-elle pu éviter tout ce gâchis.

— Cesse de te tourmenter, ajouta-t-il en surprenant la lueur de tristesse mêlée d'inquiétude qui troublait le bleu limpide de ses yeux. Je te promets, nous reparlerons de tout cela demain matin.

— Mais…

— Chut, insista-t-il en posant son index sur les lèvres pleines et en se rapprochant d'elle jusqu'à la toucher presque.

Il percevait le parfum subtil qu'elle affectionnait particulièrement, auquel s'ajoutait la note citronnée du shampoing qu'elle avait dû utiliser. Le halo de lumière projeté par la petite lampe de chevet donnait à sa peau des reflets dorés. Ses prunelles, bordées de leurs grands cils sombres, brillaient d'une intensité nouvelle qui faisait surgir en Jake le souvenir des jours heureux.

Du dos de la main, il caressa avec tendresse sa joue douce et soyeuse, fixant d'un regard gourmand la bouche sensuelle dans laquelle il avait envie de mordre.

Il aurait tout donné pour y goûter de nouveau, forcer le barrage de ces lèvres frémissantes et se perdre dans l'univers chaud et douillet qu'elles protégeaient.

Caro sut qu'elle ne résisterait pas longtemps. Il avait suffi du contact léger de sa main sur son visage pour qu'aussitôt son cœur s'emballe et que le désir s'immisce en elle, enflammant ses sens et répandant une onde de chaleur dans tout son être, jusqu'au plus profond de son intimité.

Elle leva les yeux vers lui et lut sur ses traits la même attente fiévreuse, la même soif de l'autre.

— Non, Jake, non, il ne faut pas, murmura-t-elle en secouant la tête.

— Caro, je t'en prie, supplia-t-il d'une voix rauque tandis qu'il se penchait vers elle.

Ses lèvres frôlèrent les siennes avant de s'en emparer avec avidité, et ses bras se refermèrent autour de sa taille, l'empêchant de fuir ou de le repousser.

Caro, répondant à son appel, se pressa contre son torse puissant et rassurant. Elle saisit sa nuque, comme pour mieux le retenir, et enfouit avec délectation ses doigts dans ses cheveux épais, s'abandonnant à son étreinte, capitulant sans condition.

Demain… Ils parleraient demain… Mais, en cet instant, « demain » ne signifiait rien pour Caro. Seul comptait le moment présent, seul importait ce besoin impérieux de faire l'amour avec cet homme, pleinement, longtemps, éperdument.

Le baiser de Jake devint plus exigeant et ses mains s'aventurèrent sous le lainage de la jeune femme, explorant son dos parfait, s'attardant au creux de ses reins cambrés. La peau était douce comme de la soie.

Il la sentait vibrer sous la caresse et ce témoignage d'un désir partagé l'emplissait de bonheur et décuplait son ardeur. Il s'enhardit à dégrafer son soutien-gorge et captura un sein dont on aurait dit que le galbe parfait avait été fait pour la coupe de sa main. Aussi rond et ferme que dans son souvenir, mais peut-être un peu plus épanoui qu'autrefois. La pointe tendre durcit sous ses doigts et Caro poussa un gémissement étouffé.

Jake ne put s'empêcher de se demander quels autres changements avait entraînés la maternité sur ce corps superbe qu'il connaissait par cœur et dont il se rappelait chaque détail.

Il fallait qu'il le découvre, qu'il l'explore avec ses yeux, ses doigts, sa bouche…

Ses lèvres scellées à celles de Caro, comme incapables de s'en détacher, Jake souleva la jeune femme dans ses bras et la porta sans le moindre effort dans la chambre attenante où il la déposa sur le lit.

Caro lui lança un regard à la fois fiévreux et angoissé, comme si elle prenait soudain conscience de la réalité.

— Ne t'inquiète pas, lui murmura-t-il à l'oreille, je laisse la porte ouverte afin que nous entendions Magdalena au cas où elle se réveillerait.

Il vint s'allonger à ses côtés et, appuyé sur un coude, il prit le temps d'admirer son visage admirablement sculpté par les effets d'ombre et de lumière que projetait la lune à travers la fenêtre.

Caro savait qu'elle devait s'en tenir là, qu'en allant plus loin, elle commettrait une erreur monumentale mais, en cet instant précis, ses sens avaient pris le pas sur la raison, son cerveau semblait refuser d'obtempérer.

Jake souleva délicatement son pull pour dénuder sa gorge et se pencha au-dessus d'elle. De sa bouche, il saisit la pointe hérissée qui se tendait vers lui et la taquina du bout de la langue avant de la mordiller avec une infinie douceur, puis de passer à l'autre sein tout aussi gonflé de désir.

Caro sentit une onde électrique lui parcourir tout le corps. Elle s'arc-bouta et, au lieu de repousser cette bouche insistante, elle prit la tête de Jake entre ses mains pour que cette délicieuse torture continue encore et encore.

Mais il se redressa et, d'une main fébrile, entreprit de la déshabiller. En une minute, leurs vêtements se retrouvèrent éparpillés pêle-mêle sur le sol.

Ils se retrouvèrent nus comme au premier jour de leur union, et dans un même élan, ils se serrèrent fiévreusement l'un contre l'autre, hanche contre hanche, sexe contre sexe, jambes entremêlées, leurs deux corps mus par une impatience que la séparation avait exacerbée.

Puis Caro se redressa légèrement au-dessus de Jake qui,

obéissant à l'injonction muette des prunelles bleu azur, resta immobile, s'offrant totalement à l'examen de son regard.

La jeune femme le contempla sans aucune gêne avant d'explorer plus intimement son anatomie, du bout de ses doigts, de la pointe de sa langue et de la pulpe de ses lèvres.

Tout d'abord, le creux de son cou où palpitait une petite veine, la largeur de ses épaules et son torse musclé, saisissant au passage la pointe de ses seins, puis la plaine de son abdomen et le creux de son nombril avant de descendre plus bas encore, vers son sexe dressé.

Bras écartés, Jake empoigna le drap de satin et le froissa, cherchant à contenir la vague de plaisir qui menaçait de déferler. Sa respiration se fit plus saccadée et il poussa un gémissement sourd.

— Caro, viens, supplia-t-il d'une voix rauque.

Il leva légèrement la tête et le spectacle de la jeune femme agenouillée entre ses jambes, sa chevelure d'un blond doré cascadant sur la peau mate de son ventre et le frôlant délicieusement, amplifia encore son ardeur.

Mais la jeune femme, sourde à son appel, poursuivit sa caresse et de la langue s'amusa à effleurer son membre viril en s'attardant sur l'extrémité gonflée qu'elle devinait proche de la jouissance, avant de le prendre et de le sentir durcir dans sa bouche.

— Oh oui… Continue, ne t'arrête pas, grogna Jake en laissant retomber sa tête sur l'oreiller, comme terrassé par les assauts de la volupté.

Lui donner du plaisir décuplait le désir de Caro, un désir fort, impérieux, qui vibrait au creux de son ventre répandant une douce humidité au plus profond de son intimité.

— Je veux venir en toi… S'il te plaît, implora Jake au bord de l'explosion.

Il l'attira vers lui, mais avant de lui donner satisfaction, Caro caressa son torse de la pointe de ses seins, pressant son sexe contre le sien en de légers mouvements de va-et-vient.

— Laisse-moi venir en toi… maintenant, insista Jake d'un ton suppliant.

Il saisit la jeune femme par la taille et la souleva pour l'asseoir au-dessus de lui.

Alors, elle le guida en elle lentement, et ne put s'empêcher de gémir à mesure qu'il la pénétrait.

— Je te fais mal ? s'inquiéta Jake aussitôt.

Il fit un effort de volonté considérable pour rester immobile tandis que ses sens l'incitaient à la prendre plus complètement.

Depuis leur dernière étreinte, Caro avait porté un enfant, son enfant, et donné la vie. Peut-être ne s'était-elle pas encore totalement remise de son accouchement, six mois plus tôt ? Peut-être conservait-elle certaines séquelles qui disparaîtraient dans quelque temps ?

— Caro ?

La plainte se mua en un long gémissement de bonheur tandis que la jeune femme bougeait au-dessus de lui.

Jake cherchait à se contrôler. Il voulait attendre pour lui donner le plus de plaisir possible avant de prendre le sien, puis lui faire de nouveau l'amour jusqu'à ce qu'épuisés, ils s'endorment enlacés, comme avant…

La sentant prête à basculer, il accompagna son mouvement et, ensemble, agrippés l'un à l'autre, ils atteignirent le paroxysme de l'extase.

8.

Le jour commençait à poindre, éclairant la pièce d'un halo de lumière pâle. Jake restait immobile à contempler la femme assoupie à ses côtés, à plat ventre, le visage tourné vers lui et à moitié enfoui dans l'oreiller, ses cheveux épars formant comme une auréole dorée autour de sa tête. Le drap avait glissé, révélant la courbure parfaite de son dos.

Que Caro sommeille encore n'avait rien d'étonnant. Après leur première étreinte passionnée où le plaisir avait surgi vite, trop vite, ils avaient de nouveau fait l'amour, mais cette fois plus lentement, plus langoureusement, plus tendrement, avant de s'endormir au petit matin, épuisés et comblés, enlacés dans les bras l'un de l'autre.

Jake se sentait heureux, en paix avec lui-même et avec le monde entier.

Caro reposait tout contre lui.

Magdalena, sa fille, dormait paisiblement dans la chambre voisine, ainsi qu'il avait pu le vérifier une demi-heure plus tôt. *A priori*, ses gencives ne la tourmentaient plus.

Et pour comble de bonheur, un manteau blanc, plus épais que jamais, recouvrait le jardin. Il avait dû neiger une bonne partie de la nuit.

Jake songea que cette journée du 24 décembre s'annonçait sous les meilleurs auspices. Elle marquerait un nouveau départ pour son couple, du moins l'espérait-il de tout son cœur.

Oui, décidément, son univers n'avait jamais été aussi parfait.

Maintenant, tout ce qu'il lui restait à faire était d'en convaincre Caro…

Elle émergea peu à peu des limbes du sommeil, légèrement désorientée par le silence qui régnait autour d'elle. D'ordinaire, la rumeur matinale du village saluait son réveil : les femmes discutant haut et fort tandis qu'elles se rendaient à la boulangerie du coin de la rue pour y acheter le pain et les gâteaux qu'elles fourreraient dans la besace de leurs hommes avant qu'ils ne partent au travail ; les enfants se chamaillant à l'arrêt du bus qui les conduirait à l'école du bourg voisin ; les klaxons des voitures au loin : le grincement du rideau de fer de l'épicerie d'en bas ; l'aboiement des chiens…

Tout à coup, la jeune femme prit conscience de la réalité.

Oh, non !

Elle ne se trouvait pas à Majorque, mais en Angleterre, et plus précisément chez Jake avec lequel, la nuit dernière…

Paniquée, elle ouvrit grand les yeux avant de les refermer aussitôt, en apercevant Jake allongé à côté d'elle et qui, appuyé sur un coude, la regardait, arborant une expression de totale satisfaction.

La nuit dernière, ou plus exactement, la *majeure partie* de la nuit dernière, ils avaient…

Les doigts de Caro se crispèrent nerveusement sur

l'oreiller. La jeune femme serra plus fort les paupières essayant de chasser les réminiscences de leurs ébats.

Peine perdue !

A présent, les souvenirs affluaient à sa mémoire, trop précis pour être le fruit de son imagination. Elle se rappelait chaque baiser, chaque caresse, chaque instant de pur plaisir — avec une netteté qui ne laissait aucune place au doute.

Elle pouvait encore se remémorer l'érotisme du corps de Jake sous le sien, au-dessus du sien, dans le sien…

Caro sentit monter en elle une terrible bouffée d'angoisse.

Qu'il pleuve, qu'il neige, qu'il vente ou que les flocons aient formé des congères sur les routes, peu importait : elle partirait aujourd'hui, ou plutôt non, sur-le-champ !

— Je sais que tu ne dors plus, Caro, la taquina gentiment Jake en faisant courir son doigt le long de sa colonne vertébrale.

— Arrête, lui ordonna-t-elle d'un ton sec.

Elle ouvrit les paupières et lui lança une œillade furibonde tout en remontant hâtivement le drap pour couvrir sa nudité.

— Et cesse de me regarder de cette façon !, ajouta-t-elle.

— De quelle façon ? s'enquit Jake, taquin.

— Comme un chat se pourléchant les babines devant la souris qu'il s'apprête à croquer !

Jake se mit à rire. Il attrapa une boucle de ses cheveux blonds et s'amusa à l'enrouler autour de ses doigts.

— Tu as raison, je ne demanderais pas mieux que de te dévorer toute crue, *de nouveau*.

Une rougeur intempestive envahit les joues de Caro tandis qu'une image bien réelle s'imposait à son esprit :

celle de Jake explorant de ses lèvres chaudes les moindres recoins de son corps…

La jeune femme poussa un soupir d'exaspération et s'écarta afin qu'il ne puisse plus la toucher.

— La nuit dernière a été…

— Merveilleuse, l'interrompit Jake, soudain rêveur.

Au fond d'elle-même, elle ne pouvait pas lui donner tort. En revanche, elle se refusait à croire qu'il s'agissait d'autre chose que d'une pulsion, d'un acte irréfléchi, d'un concours de circonstances ayant favorisé leur rapprochement. L'exemple typique d'un couple séparé, curieux de vérifier si leur ancienne affinité sexuelle fonctionne toujours.

En ce qui les concernait, force lui était de reconnaître que ce taux de compatibilité dépassait allègrement les cent pour cent !

Mais de là à considérer leurs étreintes comme la résurgence d'une passion romantique, il y avait un pas qu'elle ne franchirait pas.

Les pleurs et les douleurs de Magdalena avaient suscité en eux une vive émotion et ils avaient cherché le réconfort dans les bras l'un de l'autre : voilà de quoi il retournait, tout simplement !

Il eût été plus facile de s'en persuader si Jake n'avait pas été aussi séduisant, avec sa barbe naissante, ses cheveux en bataille qui lui retombaient sur le front et la douceur de son regard qui avait remplacé la dureté de la veille. Son visage ne portait plus aucune trace de la tension qui, hier encore, marquait ses traits.

Entre ses paupières mi-closes, Caro l'étudiait discrètement sans oser aventurer son regard plus bas, vers son torse puissant, son abdomen musclé dont une fine toison accentuait la virilité et la partie inférieure de son anatomie heureusement dissimulée sous le drap…

Personne avant lui n'avait exercé sur elle une telle attirance.

« N'oublie pas, songea-t-elle amèrement, que derrière ce physique d'Apollon se cache un homme infidèle qui n'a pas hésité à trahir ta confiance. »

— Si tu n'y vois pas d'inconvénient, j'aimerais bien me lever et me doucher avant que Magdalena ne se réveille et ne réclame son petit déjeuner.

— Tu es sûre ? murmura Jake, une étincelle de désir naissant au fond de ses prunelles émeraude. Tu ne préférerais pas démarrer cette belle journée d'une tout autre manière ?

Elle se tourna vivement vers lui.

— Non merci ! La douche me paraît bien plus indiquée.

— Dommage, se lamenta-t-il en s'adossant contre son oreiller, les mains derrière la tête, sans pour autant la quitter des yeux.

Avec sa bouche légèrement meurtrie par la fougue de leurs baisers, ses cheveux en désordre et son regard souligné de cernes discrets, elle lui semblait encore plus belle, plus désirable. Ses épaules dénudées portaient encore quelques marques à la naissance du cou, là où il se rappelait avoir appuyé ses baisers tandis qu'il goûtait chaque parcelle de sa peau fine et soyeuse.

Jake ne put s'empêcher de se demander si son corps portait ailleurs aussi l'empreinte de leur folle, leur sublime nuit d'amour…

— Je préférerais que tu quittes ma chambre avant de sortir du lit, insista Caro.

— Tu devrais plutôt dire *notre* chambre, précisa Jake d'un air moqueur.

— Comment cela, *notre* chambre ! s'exclama-t-elle, décontenancée.

— De toute évidence, tu n'as pas pris la peine de regarder à l'intérieur de la penderie quand tu as défait ta valise hier soir. Sinon, tu y aurais découvert mes vêtements sagement accrochés à des cintres !

Caro n'avait aucune raison d'ouvrir les portes du dressing, le peu d'affaires qu'elle avait emportées pour elle et Magdalena tenant amplement dans les tiroirs vides de la commode.

— Je me trouve donc dans ta chambre ?

— Dans *notre* chambre, rectifia de nouveau Jake que le quiproquo semblait divertir au plus haut point.

— Mais…

— Rien de plus normal à ce que nous partagions la même. Je te signale que nous sommes toujours mariés.

— Au plan légal, je te l'accorde, concéda-t-elle à contrecœur.

— A *tous* les plans, Caro, que tu le veuilles ou non.

Jake s'empara de sa main gauche et la brandit devant son nez.

— D'ailleurs, tu vois, tu portes encore l'alliance que je t'ai offerte, ajouta-t-il avec une note de triomphe dans la voix, sûr de détenir une preuve irréfutable.

L'anneau d'or scintilla comme pour lui donner raison.

Après la trahison de Jake, Caro avait voulu se débarrasser de ce bijou qui lui rappelait trop de mauvais souvenirs en le jetant dans la Méditerranée. Toutefois, elle n'avait pas été capable d'accomplir ce geste hautement symbolique.

— Tout simplement parce que la religion catholique est encore bien ancrée à Majorque, objecta la jeune femme après un instant d'hésitation. Je ne pense pas que les Majorquins auraient volontiers accepté au sein de leur communauté une Anglaise célibataire et enceinte de plusieurs mois.

— Essaierais-tu, par hasard, de me pousser à bout ? lança Jake, les traits de nouveau crispés.

— Ai-je une chance d'y parvenir ? s'enquit-elle, perfide.

— Sur ce sujet-là, oui.

— Eh bien, tant mieux !

— Peut-être pourrions-nous discuter raisonnablement, comme deux adultes, sans obligatoirement en arriver à une joute verbale ?

— Mais moi, je n'ai rien à te dire de plus, Jake ! Bon, maintenant, aurais-tu l'extrême obligeance de sortir de *ton* lit afin de me permettre de me lever et de rejoindre la salle de bains ?

— Non.

— Je ne quitterai pas ce lit tant que tu resteras dans cette pièce, rétorqua-t-elle, exaspérée.

Jake l'observa avec un air de profonde incrédulité.

— Tu ne vas pas me faire croire qu'après ce que nous avons vécu ensemble cette nuit, la pudeur t'empêche de te promener nue devant moi ! ironisa-t-il.

Caro avait conscience du ridicule de la situation, surtout lorsqu'elle se remémorait certaines scènes plutôt torrides. Mais, elle devait bien se l'avouer : elle n'osait pas exposer son corps à l'épreuve du regard de Jake sous la lumière du jour.

La nuit dernière, la chambre était plongée dans la pénombre. Seule la lueur pâle de la lune, reflétée par la neige, pénétrait à l'intérieur, enveloppant leurs corps d'un voile d'ombre. Or, à présent, il faisait complètement jour et elle redoutait que Jake ne remarque les imperfections apparues depuis leur séparation. La grossesse avait laissé des marques subtiles, mais indélébiles, que Caro s'était escrimée, en vain, à gommer à grand renfort de crèmes et de lotions prétendument miraculeuses.

— Que cherches-tu ? demanda-t-elle dans un soupir. A me mettre encore plus mal à l'aise ?

Il fit un signe de dénégation.

— Pas le moins du monde. Je cherche simplement à te faire comprendre que j'aime ton nouveau corps.

— Vraiment ? murmura Caro sans cacher son étonnement.

— Oui. Tes seins sont plus épanouis qu'avant, plus beaux. Et puis j'ai noté sur ton ventre deux ou trois petites stries plus claires que ta peau, et dont certaines s'aventurent jusqu'à la naissance de ton…

— Cela suffit ! le coupa Caro d'une voix étranglée.

— La maternité t'a rendue encore plus belle et plus féminine qu'avant, déclara-t-il en s'approchant à quelques centimètres d'elle. Nous avons passé une nuit inoubliable, délicieusement érotique…

— Arrête, Jake ! protesta-t-elle, tandis qu'elle se rappelait comment il l'avait embrassée partout sans qu'elle en éprouve la moindre gêne. S'il te plaît, tais-toi. Ne parlons plus de ce regrettable incident.

— Hors de question, répondit-il sur un ton qui n'admettait pas de réplique. Et sache que, pour moi, il ne s'agit pas d'un « regrettable incident », mais d'un instant merveilleux !

Il lui saisit le bras au moment où elle s'apprêtait à rejeter la couverture et lança avec véhémence :

— Ne comprends-tu pas que cette nuit nous donne l'occasion d'un nouveau départ, d'une seconde chance pour notre couple ?

— Non, objecta Caro en se dégageant de son emprise. J'en ai assez entendu !

— Eh bien moi, je crois que si !

— Je me moque pas mal de ce que tu penses, Jake ! s'écria-t-elle, au bord des larmes. Pour moi, cette union est terminée. Je ne serai plus jamais ta femme. *Jamais.*

Sur ces mots, elle bondit hors du lit et se précipita vers la salle de bains.

Jake en profita pour admirer la plénitude de sa poitrine avant qu'elle ne lui tourne le dos, lui dévoilant un spectacle charmant.

Après qu'elle eut claqué la porte derrière elle, se dérobant à son regard, Jake resta étendu, les bras croisés, perplexe, fixant le plafond sans le voir.

Il avait beau fouiller ses souvenirs, il ne réussissait pas à s'expliquer l'animosité de Caro à son égard.

Que lui reprochait-elle ?

D'avoir raté leur anniversaire de mariage en reportant son retour de New York ?

Non. Il connaissait trop bien Caro pour imaginer qu'elle puisse lui en tenir rigueur à ce point.

Alors, quoi ?

Et si elle n'éprouvait plus rien pour lui, pourquoi s'était-elle donnée à lui comme seule une femme amoureuse s'abandonne ? Malgré l'année qui venait de s'écouler, ils avaient fait l'amour comme s'ils ne s'étaient jamais quittés. Mieux, encore !

Caro avait peut-être la ferme intention d'effacer cette nuit de sa mémoire, mais lui savait pertinemment qu'il n'y parviendrait pas…

9.

— Gavin a téléphoné pendant que tu prenais ta douche, annonça Jake comme Caro pénétrait dans la salle à manger.

Il prenait tranquillement son petit déjeuner en compagnie de Magdalena dont le sourire ravi montrait que ses douleurs dentaires n'étaient plus qu'un lointain souvenir.

Caro avait été étonnée, en arrivant dans la chambre d'enfant, de ne pas y trouver sa fille, mais il ne lui avait fallu que quelques secondes pour deviner qui l'avait devancée et s'occupait en ce moment même de la fillette.

En revanche, une nouvelle surprise l'attendait dans la cuisine où elle était descendue directement préparer le biberon du matin. Mme Weaver l'avait accueillie avec un sourire attendri et l'avait informée que M. Montgomery avait déjà fait le nécessaire et nourri la petite Magdalena.

Et maintenant, la scène qu'elle découvrait dans cette pièce achevait de la surprendre. L'image idéale de la petite famille unie !

Jake semblait prendre son nouveau rôle de père très au sérieux. En tout cas, beaucoup trop à son goût…

— Gavin m'a paru légèrement ennuyé que, à cause de sa distraction légendaire, j'aie appris l'existence de

Magdalena, reprit celui-ci sur un ton sarcastique, tandis que Caro se penchait pour embrasser sa fille.

La jeune femme se redressa lentement.

Gavin allait être un peu plus que « légèrement ennuyé » lors de leurs prochaines retrouvailles, se promit-elle en son for intérieur.

Si cet écervelé avait prêté un tant soit peu d'attention au monde qui l'entourait et notamment à sa montre, il aurait épargné à sa sœur aînée l'imbroglio de ces dernières vingt-quatre heures.

En toute honnêteté, Caro devait admettre qu'elle était injuste à l'égard de son frère car, de toute façon, il aurait bien fallu qu'elle rencontre tôt ou tard Jake et lui avoue la vérité au sujet de leur fille.

Elle se dirigea vers la console où trônait le plateau du petit déjeuner, se servit une tasse de café et un toast qu'elle n'était même pas sûre de pouvoir avaler tant sa bouche était sèche et son estomac noué.

Un coup d'œil par la fenêtre acheva de la démoraliser. La neige avait dû tomber pendant une grande partie de la nuit et recouvrait désormais toute la campagne environnante d'une bonne vingtaine de centimètres. Dans de telles conditions, il s'avérait impossible de partir comme elle en avait eu l'intention en ouvrant les yeux ce matin. Elle était coincée dans ce manoir avec Jake pour geôlier !

— Ton mutisme est-il le châtiment que tu as décidé de m'infliger en punition de la nuit dernière ? s'enquit Jake non sans une certaine impatience.

— Ne sois pas ridicule ! s'exclama-t-elle d'une voix sèche, sentant une rougeur intempestive envahir son visage.

La jeune femme prit place à table, à côté de Magdalena

et évita soigneusement de tourner la tête en direction de Jake, irrésistible dans son jean délavé et son pull noir assez ajusté.

— Donc, tu acceptes de me parler ? insista-t-il en cherchant à capter son attention.

— De certains sujets, oui…

— Quel honneur ! se moqua-t-il gentiment. Pas difficile de deviner quels thèmes tu considères comme tabous.

— Tant mieux. Ainsi je ne doute pas que tu sauras les éviter, répliqua Caro en le fusillant du regard par-dessus le bord de sa tasse.

Sa douche n'avait pas produit l'effet escompté. D'ordinaire, les jets d'eau tiède au saut du lit la mettaient dans une forme olympique, mais aujourd'hui, ils avaient plutôt aggravé son état de fatigue. D'autant plus que l'image renvoyée par le miroir de la salle de bains avait atterré la jeune femme : ses lèvres gonflées par l'excès de baisers, sa chevelure hirsute, emmêlée par les doigts fébriles de Jake tandis qu'il lui faisait l'amour… et qu'elle répondait à ses caresses !

Quant aux délicieuses courbatures qu'elle ressentait dans tout le corps, elle ne voulait même pas y penser !

A cette évocation, sa main fut saisie de tels tremblements que Caro dut reposer sa tasse de crainte de renverser du café sur elle.

— Et qu'a dit Gavin à propos de Noël ? demanda-t-elle pour faire diversion.

— « Joyeux Noël ! », rétorqua Jake avec un sourire indulgent.

Il éprouvait beaucoup d'affection et une vive reconnaissance pour son beau-frère, même si son côté extraterrestre ne laissait pas de l'étonner.

Caro esquissa une grimace de dépit.

— Joyeux Noël ! C'est tout ? Alors que par son inconséquence, il m'a mise dans une situation impossible ! Je n'aurais jamais dû accepter son invitation... Surtout avec Magdalena.

— Tu connais Gavin, soupira Jake, philosophe. A mon avis, il n'est pas près de changer.

— Pour le connaître, je le connais ! lança Caro, furieuse. Ce n'est pas la première fois qu'il me joue un tour pendable. J'aurais mieux fait de me méfier !

— Tu exagères, répondit Jake les lèvres pincées. Tu ne te retrouves pas dans une situation aussi catastrophique que tu le laisses entendre. Tout dépend de ta façon de la gérer.

— Non, Jake. Quel que soit l'angle sous lequel tu la considères, Gavin m'a fourrée dans un sacré guêpier !

Jake se recula contre le dossier de sa chaise pour mieux observer la jeune femme dont l'humeur ne s'était pas adoucie depuis leur discussion précédente. Caro cherchait manifestement à le faire sortir de ses gonds mais, pour sa part, il n'avait nullement l'intention d'entrer dans son jeu. Il ne se disputerait pas avec elle la veille de Noël, ni maintenant, ni jamais.

Il prit une profonde inspiration afin de garder son calme.

— Puisque nous avons fini de décorer le sapin..., commença-t-il.

— Que *tu* as fini de décorer le sapin, rectifia Caro, signifiant ainsi qu'elle refusait de prendre part aux préparatifs des festivités.

— Je parlais bien sûr de Magdalena et moi, répliqua Jake du tac au tac. Donc, maintenant que nous avons un bel arbre, il ne nous reste plus qu'à aller cueillir du houx dans le jardin.

— Du houx ! s'exclama la jeune femme sur le ton de l'incrédulité la plus totale. Tu auras sans doute remarqué qu'il y a une montagne de neige, dehors !

— Cela ne m'a pas échappé, en effet. Je dois admettre que certains auront plus de difficultés à marcher que d'autres, se moqua Jake en faisant une allusion claire au mètre soixante de Caro, mais cela pourrait être amusant tout de même, tu ne crois pas ?

Elle prit un air buté.

— Non, pas vraiment !

— Connais-tu l'expression « faire contre mauvaise fortune, bon cœur », dit-il en guise de plaisanterie.

— Il ne s'agit pas de « mauvaise fortune », Jake, mais d'une véritable calamité, précisa-t-elle avec véhémence.

D'horrifié, son air devint peiné quand Jake partit d'un grand rire.

— Qu'y a-t-il de si drôle ? s'enquit-elle d'une voix pincée.

— Toi.

— *Moi ?*

— Oui, toi, murmura Jake sur un ton attendri tandis qu'il emprisonnait ses mains sous les siennes et les caressait doucement. Caro, ne pourrions-nous pas tout simplement oublier le passé ? Cela rendrait les choses tellement plus simples.

— De quelles « choses » veux-tu parler exactement ? demanda-t-elle, méfiante.

— De notre couple, de nous deux.

— Il n'y a pas de couple et il n'y a plus de « nous deux », Jake ! objecta Caro d'un air aussi désespéré qu'exaspéré tout en réussissant à dégager ses doigts des siens. La nuit dernière a été…

— Je t'interdis de dire qu'elle a été une regrettable erreur ! l'interrompit-il.

— Toi et moi savons pertinemment qu'il s'agit d'une complication supplémentaire, et bien superflue.

Devant tant d'obstination, Jake doutait de pouvoir garder son sang-froid encore très longtemps.

— Je te répète que je suis tout disposé à tirer un trait sur le passé.

— Toi, peut-être, moi pas !

— Je ne continuerai pas à me disputer avec toi devant Magdalena, soupira Jake avec lassitude. J'ai assisté à trop de querelles entre mes parents pendant mon enfance pour avoir envie d'infliger le même traitement à notre fille. Et toi aussi, si je ne m'abuse !

Caro ne se rappelait pas à quel âge elle avait pris conscience de la discorde entre son père et sa mère, mais certainement pas à celui de Magdalena. En revanche, elle n'ignorait pas qu'un bébé de six mois est capable de percevoir la tension autour de lui…

— D'accord. Nous poursuivrons cette discussion plus tard dans la matinée, quand elle fera sa sieste.

— En attendant, pourquoi ne pas sortir pour cueillir du houx, proposa-t-il de nouveau, plus détendu.

— Je ne me souviens pas que Noël t'inspirait une telle ferveur, susurra Caro avec une ironie perfide.

— Il y a maintenant un enfant dans cette maison, se contenta de répondre Jake.

« Voilà donc la raison pour laquelle il se dit prêt à faire table rase du passé ! », songea la jeune femme, le cœur lourd.

Jake n'avait caché ni son amour pour Magdalena, ni le fait qu'il ne voulait plus s'en séparer. Or, il avait probablement conscience qu'à six mois, un enfant avait besoin de soins maternels. Pour avoir la fille, il devait de nouveau séduire la mère…

— Reconnais que nous avons passé un bon moment, Caro, déclara Jake, un peu plus tard.

Confortablement installés auprès du feu de cheminée dans le salon, ils dégustaient un chocolat chaud afin de se réchauffer après leur expédition dans le parc en quête de houx, tandis que Magdalena dormait paisiblement à l'étage, épuisée après ce grand bol d'air.

Au fond de l'immense jardin paysager, ils avaient trouvé assez de houx pour décorer toute la maison. Ils avaient également découvert une vieille corde permettant de grimper en haut d'un vénérable chêne dont les plus grosses branches abritaient une cabane de bois.

Cette propriété, et les espaces verts en particulier étaient faits pour une famille. Un véritable paradis pour les enfants qui pouvaient s'y ébattre en toute liberté…

Tout bien réfléchi, elle n'avait rien d'une maison qu'un homme achète pour y loger sa maîtresse.

Cette pensée surgit de façon inopinée à l'esprit de Caro, qui s'empressa de la chasser, n'imaginant aucune autre raison pour laquelle Jake aurait acquis ce manoir.

Jake surprit l'éclair de détermination dans les prunelles bleues de Caro, qui se leva et alla se poster devant la large baie vitrée. Le pâle soleil de décembre rehaussait l'éclat de sa chevelure dont la teinte dorée rappelait celle de l'ange perché au sommet du sapin.

Malgré leur difficulté à communiquer, c'était le Noël le plus heureux que Jake ait passé. Il avait cependant le pressentiment que la félicité de cet instant n'allait pas durer…

— Comme j'ai essayé de te le faire comprendre tout à l'heure, la nuit dernière ne changera rien du tout entre nous, déclara Caro, le dos tourné.

— Il se peut, au contraire, que si, rétorqua-t-il doucement, aucun de nous n'ayant utilisé de moyen de contraception.

La jeune femme se retourna brusquement, les yeux écarquillés. Elle rougit, puis devint livide en voyant le regard de Jake fixé sur son ventre qui avait abrité Magdalena pendant neuf mois et qui, après les événements récents, risquait d'accueillir un autre petit être…

— Oh, mon Dieu, non ! s'écria Caro d'une voix étranglée par l'angoisse, sentant la tête lui tourner et ses jambes fléchir.

Jake se précipita à son secours et la rattrapa de justesse. Il la souleva dans ses bras et, la serrant très fort contre lui, il s'assit sur le sofa, Caro sur ses genoux.

Abattue à la perspective d'une seconde grossesse, celle-ci n'esquissa pas le moindre mouvement pour s'échapper, allant même jusqu'à appuyer sa tête contre cette épaule secourable.

Au comble de l'inquiétude, Jake scruta son visage, heureux de constater qu'elle reprenait quelques couleurs.

— Serait-ce une si mauvaise nouvelle ? s'enquit-il avec beaucoup de douceur.

— Ce serait une catastrophe, gémit la jeune femme, totalement bouleversée.

— Tu ne veux pas avoir d'autres enfants ? insista-t-il en s'écartant pour mieux observer sa réaction.

— Si, bien sûr, c'est juste que…, répondit Caro comme si elle se parlait à elle-même.

Une ombre hantait son regard d'ordinaire si limpide.

— … que tu préfères les avoir avec un autre que moi, compléta Jake sans parvenir à masquer son amertume.

Il avait l'impression que l'univers qu'il s'efforçait de rebâtir venait de nouveau de s'écrouler. Le monde qu'il trouvait si parfait l'instant d'avant volait en éclats.

Caro cherchait à reprendre ses esprits.

Comment la conversation avait-elle pu dévier sur un sujet aussi douloureux ? Elle devait à tout prix se ressaisir, sinon le contrôle de la situation risquait de lui échapper complètement. Surtout si elle restait blottie dans les bras protecteurs et rassurants de Jake !

Elle secoua la tête d'un air résolu et se leva, quittant la chaleur de ce corps qui savait si bien la combler.

— Je suis sûre de ne pas tomber enceinte. Pas après une seule nuit, décréta-t-elle avec plus de conviction qu'elle n'en éprouvait réellement.

— Et dans le cas contraire ? M'en informeras-tu cette fois ou t'arrogeras-tu le droit de me priver d'un autre de mes enfants ? lança-t-il, la mine sombre.

Caro accusa le coup devant la douleur manifeste de Jake.

— Je n'ai jamais souhaité que les choses se déroulent ainsi, dit-elle tristement, serrant ses mains l'une contre l'autre. Tout aurait pu se passer différemment…

Sa voix se brisa.

— J'étais si heureuse lorsque le médecin m'a confirmé que j'attendais un bébé de toi. Je n'ai plus alors eu qu'une seule idée en tête : prendre le premier avion pour New York afin de t'annoncer la bonne nouvelle. Je voulais t'offrir ce cadeau pour notre anniversaire de mariage et…

— Une minute, Caro, l'interrompit Jake d'une voix sourde.

Il paraissait soudain extrêmement tendu. Il se redressa et, se plantant devant elle, plongea son regard dans le sien comme s'il cherchait à y lire la vérité.

— Tu es en train de m'expliquer que tu avais changé d'avis au sujet de ce voyage aux Etats-Unis et que tu t'apprêtais à m'y rejoindre ?

Elle acquiesça d'un hochement de tête.

— J'avais prévenu le journal, réservé mes billets et je bouclais mes valises quand ce… coup de téléphone a bouleversé tous mes plans.

Jake avait l'air totalement abasourdi.

— Quel coup de téléphone ? J'ai fait exprès de ne pas t'appeler.

— Je ne le sais que trop ! répliqua Caro, les larmes aux yeux.

— Je me réjouissais tant à l'idée de passer quelques jours à New York, juste avant Noël. J'avais déjà tout prévu : les restaurants dans lesquels je t'aurais invitée, les boutiques dans lesquelles nous aurions fait des folies, la patinoire, un concert de jazz… Enfin, tout ! Aussi quand tu m'as annoncé que finalement tu ne pouvais pas m'accompagner à cause du scandale politique qui venait d'éclater, j'avoue que j'étais vraiment furieux. Voilà pourquoi je ne t'ai pas téléphoné une seule fois. Une attitude complètement puérile, je le reconnais volontiers. Et pour comble de malheur, je n'ai pas pu rentrer à temps pour célébrer notre anniversaire.

— Cela t'importait peu. Tu avais sans doute mieux à faire, lança Caro d'un ton rancunier.

— Faux ! Je t'interdis de le penser ! protesta Jake avec véhémence. A mon retour, je voulais te demander pardon d'avoir réagi de façon aussi ridicule, mais tu avais déjà empaqueté toutes tes affaires ; tu attendais simplement mon retour pour m'informer que tu me quittais.

Ses traits se crispèrent à l'évocation de cette scène.

— Tu ne m'as même pas laissé le temps de te faire la surprise.

— Quelle surprise ? l'interrompit la jeune femme.

— Cela n'a plus d'importance maintenant, soupira Jake en haussant les épaules, l'air désabusé.

— Tu as raison, il est trop tard pour revenir en arrière, acquiesça-t-elle. Dès le début de notre relation, les dés étaient pipés. Nous avions des aspirations trop différentes pour pouvoir les concilier. Toi, tu adorais vivre à Londres, dans ton luxueux appartement, assister à des soirées mondaines sans intérêt où les femmes se pavanaient dans des tenues hors de prix et passaient leur temps à parler de leurs dernières emplettes tandis que les hommes discutaient affaires et politique… J'en avais assez de ces frivolités, ajouta-t-elle au bout de quelques minutes, assez de ce monde citadin, branché et superficiel. Moi, j'aurais aimé une maison avec un jardin et une famille. Une *vraie* famille que j'aurais fondée avec toi, Jake.

— Tu penses que je l'ignorais ? rétorqua celui-ci d'une voix où la peine le disputait à la colère. Pourquoi crois-tu, sinon, que je me serais intéressé à cette propriété ?

— Je sais pertinemment pour quelle raison tu l'as acquise, répliqua Caro vertement.

— Ah oui ? Et pour quelle raison, alors ? !

— Comment as-tu pu me faire ça ? s'écria-t-elle, s'efforçant de refouler les sanglots qui lui montaient à la gorge. Comment as-tu pu nous conduire Magdalena et moi dans cette demeure que tu avais destinée à ta maîtresse ?

— Quoi ! Bon sang, qu'est-ce que tu racontes ! s'exclama Jake en la prenant par les épaules et en la regardant droit dans les yeux. Ce manoir, je l'ai acheté pour toi, Caro. J'avais prévu de te l'offrir à notre retour de New York.

Ce fut au tour de la jeune femme de rester totalement médusée.

10.

— Soit tu es enceinte, soit cela devient une habitude, chuchota Jake en plaisantant lorsqu'il sentit Caro remuer légèrement.

Une fois encore, il avait réussi à la rattraper avant sa chute. Il l'avait alors soulevée et, tout en la serrant contre lui, l'avait assise sur ses genoux sur le canapé. Immobile, il la contemplait d'un air soucieux. Ce malaise avait duré plus longtemps que le précédent et la jeune femme s'était vraiment évanouie.

Caro avait repris conscience depuis quelques minutes, mais elle gardait les yeux obstinément clos, retardant l'instant fatidique où elle devrait renoncer à la chaleur de ses bras.

Car Jake ne manquerait pas de la rejeter quand elle lui aurait révélé la terrible, l'impardonnable erreur qu'elle avait commise un an plus tôt, quand elle lui aurait dévoilé la raison de sa fuite et de son silence au sujet de la naissance de Magdalena…

Il était trop tard pour s'avouer qu'elle n'aurait jamais dû quitter Jake ce jour-là, sans lui laisser la moindre chance de s'expliquer, sans même écouter ce qu'il avait à lui dire. Trop tard pour regretter d'avoir disparu dans la nature alors qu'elle portait son enfant et de l'avoir privé de son droit à la paternité.

Trop tard aussi pour retenir les larmes de dépit et de chagrin qui forcèrent le barrage de ses paupières et se mirent à couler sur ses joues pâles tandis que des sanglots convulsifs soulevaient sa poitrine.

Désespérée, elle enfouit son visage bouleversé au creux du cou de Jake.

— Chut, murmura ce dernier qui la berçait tendrement dans l'espoir de l'apaiser. Ne pleure pas Caro, je t'en supplie. Je ne supporte pas de te voir malheureuse.

— Pourtant, je mérite de l'être, balbutia la jeune femme en se redressant et en le regardant avec un chagrin immense. Si tu savais comme j'ai honte de moi. Quand… quand l'agent immobilier a téléphoné pour annoncer que les propriétaires de ce manoir acceptaient finalement de te le vendre…

— Quel idiot ! grommela Jake. Je lui avais pourtant spécifié de façon très claire de n'en parler à personne d'autre que moi, allant même jusqu'à lui expliquer qu'il s'agissait d'un cadeau d'anniversaire pour mon épouse.

— Laisse-moi finir, Jake, il faut que tu saches, reprit Caro. Il a suffi de ce seul coup de téléphone pour que je m'imagine… Enfin, non, rectifia-t-elle aussitôt, car j'avais aussi appelé ta suite à New York et c'est une femme à la voix rauque très sensuelle qui m'a répondu. Elle m'a appris que tu ne pouvais pas prendre la communication, car tu étais sous la douche…

— Attends, attends, Caro, ne va pas si vite ! l'interrompit Jake, la mine grave. Qu'as-tu exactement tiré comme conclusions à la suite de l'appel de l'agence ?

Caro se leva, incapable de lui avouer l'énormité de sa méprise si elle restait blottie dans ses bras.

— En fait, l'idée s'est imposée quand j'ai compris qu'une femme se trouvait avec toi à l'hôtel.

— Mme Williams m'accompagne en effet dans tous mes déplacements professionnels. Il ne pouvait s'agir que d'elle.

— Non, dit Caro avec un signe de dénégation. Je n'ai pas reconnu sa voix.

— Forcément, la pauvre était fortement grippée. Elle a commencé par attraper une bronchite et un mal de gorge carabiné à cause du froid glacial de l'hiver new-yorkais. Pas étonnant que tu n'aies pas réussi à l'identifier. Elle a même dû garder le lit pendant trois jours et n'a pas pu m'aider avec la paperasserie administrative. D'où mon retard de quarante-huit heures.

« Mon cas s'aggrave de minute en minute », songea Caro, au désespoir.

Car la femme qui avait décroché le téléphone dans la suite de Jake *aurait pu* effectivement être Mme Williams.

Non, inutile de se chercher des excuses : *c'était* Mme Williams !

Compte tenu de la situation, Jake n'avait aucune raison de lui mentir. De même qu'il fallait le croire au sujet de l'acquisition de cette propriété. Elle avait fait fausse route depuis le début, accusant son mari d'une trahison qu'elle avait inventée de toutes pièces.

Mon Dieu ! Même le plus indulgent des hommes n'accepterait pas de son épouse un tel manque de confiance.

— Dois-je comprendre, s'enquit Jake prudemment, avec une lenteur calculée comme pour éviter tout nouveau malentendu entre eux, que tu m'as quitté parce que tu t'imaginais, sur la base de deux appels téléphoniques, que j'avais une liaison ?

Caro déglutit avec difficulté.

C'était exactement ce qu'elle avait pensé et son erreur de jugement avait privé Jake de la joie d'assister à la naissance de sa fille et des six premiers mois de son existence.

— Oh, Caro, murmura-t-il, pourras-tu jamais me pardonner ?

— Te pardonner ? répéta-t-elle, complètement décontenancée. Tu veux dire que mes soupçons étaient fondés ?!

— Non, absolument pas ! s'exclama Jake en se levant à son tour.

Il s'approcha tout près d'elle et prit ses mains dans les siennes.

— Caro, chuchota-t-il d'une voix étranglée par l'émotion, sais-tu seulement à quel point je t'aime ?

Elle ouvrit la bouche, mais aucun son n'en sortit. Elle restait là, plantée devant lui, à le fixer d'un air totalement incrédule.

— Non, bien sûr que non, marmonna-t-il. Comment pourrais-tu le savoir puisque pas une seule fois depuis notre première rencontre, je ne t'ai avoué mes sentiments ?

— Non, c'est vrai, confirma Caro tristement.

— Je suis un imbécile, voilà la vérité. Je voulais me protéger, éviter de souffrir comme mes parents… Car je crois qu'ils s'aimaient malgré tout, simplement, ils n'ont jamais réussi à vivre ensemble. Pourtant, je suis tombé amoureux de toi à l'instant même où nos regards se sont croisés pour la première fois. Si je t'avais déclaré mon amour plus tôt, rien de tout cela ne se serait produit.

— Tu inverses les rôles, murmura la jeune femme.

C'est moi qui ai rompu sans te laisser une seule chance de m'expliquer, moi qui ne t'ai plus donné aucun signe de vie et t'ai caché l'existence de Magdalena. Je suis impardonnable.

— Laisse-moi en décider, d'accord ? Certes, je regrette de ne pas avoir été à tes côtés pendant ta grossesse, lors de l'accouchement et durant les premiers mois de notre adorable bébé, toutefois…

— *Tu* regrettes ! Mais, Jake, tout est ma faute. J'ai eu tort sur toute la ligne, et à cause de ma stupidité…

— Cesse de te faire des reproches. Ma chérie, m'aimes-tu encore un peu ?

— Je… Tu…, bredouilla Caro, la gorge nouée, incapable de formuler une phrase intelligible.

— Non, certainement plus, soupira Jake, le cœur lourd. Cependant, accepterais-tu de me donner une seconde chance ? Pas uniquement pour Magdalena, mais parce que je t'aime plus que tout au monde. Depuis douze mois, ma vie n'a plus aucun sens, avoua-t-il, baissant sa garde et se mettant à nu devant elle pour la première fois. Tu pourrais habiter ici avec Magdalena, dans cette maison que j'ai achetée pour toi et, si tu es d'accord, je viendrais vous y rendre visite. Peut-être même y passer un week-end de temps en temps. Ainsi, nous réapprendrions à nous connaître…

Comme la jeune femme restait muette, il ajouta :

— Je te demande juste de réfléchir à ma proposition et de ne pas la rejeter tout de suite.

Les idées se bousculaient dans l'esprit de la jeune femme. Elle avait tant de choses à lui dire qu'elle ne savait par laquelle commencer. Et surtout, elle avait encore du mal à croire à son bonheur. Jake l'aimait, il l'avait toujours aimée.

Que de temps perdu !

— Je ne peux pas…

Jake s'écarta brusquement et une expression de profonde douleur se peignit sur son visage.

— Tu ne peux pas… éprouver de nouveau des sentiments pour moi, c'est cela ? Je comprends… Je mérite ce qui m'arrive, conclut-il en passant une main tremblante dans ses cheveux. J'aurais dû t'ouvrir mon cœur au moment où je t'ai demandé de devenir ma femme. Il aurait juste fallu que je fasse preuve, pour une fois, d'un peu de spontanéité.

— Non Jake… Ou plutôt, oui, Jake, rectifia-t-elle aussitôt en le voyant pâlir, tu aurais dû, en effet. Toutefois, tu ne portes pas seul la responsabilité de ce fiasco. Nous sommes tous le produit de notre éducation. En l'occurrence, tes parents, bien que divorcés, passaient des vacances ensemble pour ton bien. Les miens restaient ensemble à cause de Gavin et moi.

— Ce qui ne valait guère mieux, commenta Jake.

— Non, acquiesça Caro avec un sourire nostalgique. T'ai-je déjà raconté que mon père trompait régulièrement sa femme ? En toute discrétion, certes, mais en grandissant ni Gavin ni moi n'étions dupes. Chaque fois qu'il prenait une nouvelle maîtresse, il se montrait d'une gentillesse inhabituelle avec ma mère, nous emmenait au cinéma, nous couvrait de cadeaux. Histoire de se donner bonne conscience, de se persuader du fait qu'il s'occupait bien de sa famille alors qu'il enchaînait les liaisons.

Caro se mordillait la lèvre nerveusement.

— Je ne me cherche pas d'excuses pour le comportement que j'ai eu à ton égard, reprit-elle, mais je crois qu'au fond de moi, j'ai toujours redouté de subir le même sort que ma mère. Je craignais que mon mari finisse par se lasser de moi et se tourne vers d'autres femmes. Mais quand je t'ai rencontré et que je suis tombée follement amoureuse de toi, j'ai oublié d'un coup toutes mes peurs. J'étais tellement persuadée que nous formerions un couple parfait. Une équipe soudée et indivisible.

— Au lieu de quoi tu as épousé un homme incapable de te déclarer ses sentiments, ce qui a fait resurgir tes vieux démons, continua Jake. A tel point que l'acquisition de ce manoir et la présence d'une femme dans ma suite à New York t'ont convaincue que je suivais l'exemple de ton père.

— Oui, avoua-t-elle dans un soupir.

— Depuis le premier jour, je n'ai d'yeux que pour toi, il n'y a que toi qui m'intéresses ; je ne regarde même plus les autres femmes, protesta-t-il d'un ton solennel. Mais à quoi bon me battre ! J'aurai beau te le dire encore et encore, cela ne changera rien… puisque tu ne m'aimes plus !

— Mais si, je t'aime !, s'écria Caro d'une voix vibrante d'émotion. Je n'ai jamais cessé de t'aimer et je t'aimerai toujours.

Et, joignant le geste à la parole, elle se jeta dans ses bras et se blottit contre lui.

— Tu sais, reprit-elle, ces douze derniers mois ont été très difficiles à vivre pour moi aussi. Seule la venue au monde de Magdalena m'a permis de tenir le coup.

Jake se pencha vers elle et l'embrassa longuement, tendrement, ne pouvant détacher ses lèvres des siennes, goûtant à cet instant merveilleux, promesse d'un avenir radieux.

Lorsqu'il redressa la tête, il paraissait transfiguré.

— Quand tu es partie, j'ai vraiment cru que tu ne tarderais pas à changer d'avis, lui confia-t-il en appuyant son front contre le sien. J'imaginais que tu m'en voulais de ne pas être rentré des Etats-Unis à temps pour célébrer notre anniversaire de mariage. Gavin, lui-même, ignorait que tu m'avais quitté et n'avait aucune idée de l'endroit où tu pouvais te cacher.

— J'ai jugé préférable, au début, de ne rien lui dire, expliqua la jeune femme. Ainsi, si tu te donnais la peine de me rechercher, il n'aurait pas besoin de mentir et ne se retrouverait pas en porte-à-faux par rapport à toi.

— Si je me donnais la peine ! répéta Jake, au comble de l'incrédulité. Plus le temps passait, plus ton silence me torturait. Il m'a fallu deux ou trois jours pour me rendre compte que tu ne reviendrais pas. Alors, j'ai contacté tous tes amis, tes collègues de travail, mais aucun d'eux ne savait où te trouver. J'ai littéralement harcelé ton frère dans l'espoir que tu lui aurais donné de tes nouvelles. En vain.

Jake poussa un profond soupir à l'évocation de ces souvenirs douloureux.

— Il a fait preuve de beaucoup de patience à mon égard, conclut-il. Jusqu'au jour où l'un de ses commentaires m'a fait réfléchir et cesser de me comporter comme un fou furieux.

— Gavin ?

— Oui. Il m'a expliqué carrément que si tu avais souhaité que je retrouve ta trace, tu te serais arrangée pour m'informer d'une manière ou d'une autre de ta nouvelle adresse. J'ai tout à coup compris qu'il avait raison et que tu m'avais définitivement rayé de ta vie, considérant notre mariage comme terminé.

— Oh, Jake ! gémit Caro en se pressant plus fort contre lui. Si tu savais comme je regrette ma décision. Pourras-tu jamais me pardonner ?

— Oui, je pense que je devrais y parvenir. Et puis, de

deux choses l'une, ajouta-t-il avec un clin d'œil : soit je continue à te reprocher ton manque de confiance, auquel cas nous perdrons encore un an ou deux à bouder chacun dans notre coin, soit nous admettons que, sans cet énorme malentendu qui nous a autant fait souffrir l'un que l'autre, nous n'aurions jamais eu ce genre de discussion.

— Que veux-tu dire ? demanda Caro, les larmes aux yeux.

— Sans ce coup de téléphone de ce stupide agent immobilier, sans ta méprise au sujet de Mme Williams, tu aurais pris l'avion pour New York, m'aurais annoncé que nous attendions un enfant et aurais mis au monde notre petit bout de chou. Et moi, égoïste que je suis, j'aurais continué à taire mes sentiments pour toi.

— D'accord, mais…

— En ce qui me concerne, je ne demande pas mieux que d'oublier tout ce qui vient de se passer. Et toi ?

Réussiraient-ils vraiment à faire table rase du passé ? A repartir sur de nouvelles bases pour reconstruire de nouveau ?

Caro voulait y croire de toutes ses forces.

Et si Jake se sentait prêt à tenter l'expérience, elle aussi !

— Je suis d'accord. Accordons-nous une seconde chance. Nous serons heureux dans cette maison, je le sais, et nous la remplirons d'amour et de rires d'enfants. Car Magdalena sera ravie d'avoir des frères et sœurs.

— Merci, oh merci, ma chérie ! lui chuchota Jake à l'oreille. Je t'aime tant. A l'avenir, je te le répéterai tous les jours. En contrepartie, je t'interdis de douter de nouveau de moi ou, pire encore, de m'abandonner.

Caro eut un petit rire joyeux et plongea son regard dans le sien.

— Je m'y engage sur tout ce que j'ai de plus cher. Dorénavant, nous ferons de chaque journée une fête aussi belle que ce Noël.

Jake prit son visage entre ses mains avec une tendresse infinie.

— Mon amour, murmura-t-il d'une voix rauque. Je ne peux plus me passer de toi.

— Et moi, de toi…

Un baiser fougueux, passionné, scella leurs promesses.

BRENDA NOVAK

Le miracle qu'elle attendait

éditions HARLEQUIN

Cet ouvrage a été publié en langue anglaise
sous le titre :
A DUNDEE CHRISTMAS

Traduction française de
SOPHIE BRUN

83-85, boulevard Vincent-Auriol, 75646 PARIS CEDEX 13 — Tél. : 01 42 16 63 63

Service Lectrices — Tél. : 01 45 82 47 47
www.harlequin.fr

1.

Le vieux camion poussif se hissa péniblement au sommet de la colline qui dominait Dundee, petite localité perdue au fin fond de l'Idaho. En découvrant le paysage désolé et rude, enseveli sous un bon mètre de neige, Cierra Romero faillit laisser échapper un juron en anglais. Elle en avait plusieurs à son répertoire, les ayant appris de la bouche même des touristes américains durant son enfance au Guatemala. Seulement, elle avait promis à Dieu de renoncer à toutes ses mauvaises habitudes si jamais elle parvenait saine et sauve jusqu'ici.

— Pu… naise ! s'exclama-t-elle, en retenant de justesse le gros mot qui lui venait spontanément à l'esprit. J'y crois pas !

Le fermier et son fils adolescent qui l'avaient prise en stop à Boise, là où l'avait déposée le précédent automobiliste, échangèrent un regard amusé avant de partir d'un grand éclat de rire.

Cierra plissa les yeux et les observa à la dérobée, ne sachant que penser de leur réaction. Depuis son arrivée aux Etats-Unis, elle avait entendu cette expression un bon nombre de fois.

L'aurait-elle mal prononcée ? Ou bien, peut-être ces montagnards du Nord-Ouest n'avaient-ils tout simplement pas l'habitude de l'accent espagnol ?

La jeune femme n'aurait su le dire, mais maintenant qu'ils se moquaient ouvertement d'elle, elle se félicitait de ne pas avoir pris la peine de retenir leurs noms. Elle avait pour principe de garder le plus possible ses distances vis-à-vis des personnes qu'elle ne connaissait pas. *A fortiori* lorsqu'il s'agissait de Blancs. De toute façon, leurs routes se sépareraient à Dundee. Elle n'aurait plus jamais l'occasion de revoir ces hommes qui poursuivraient leur chemin jusqu'à leur destination finale, au nom beaucoup trop compliqué pour son anglais rudimentaire.

Compte tenu des circonstances, mieux valait ne pas s'attacher à quiconque ou à quoi que ce soit. Pas même au chaton que Charlie lui avait offert en cadeau de bienvenue à Las Vegas et à qui elle avait dû trouver un nouveau foyer. Comment aurait-elle pu s'occuper de ce petit animal dans une situation aussi précaire que la sienne ? Tous ses projets avaient volé en éclats au décès de son fiancé américain.

Ce dernier ne lui avait même pas laissé le temps de le connaître suffisamment pour commencer à l'apprécier. De cinquante ans son aîné, il l'avait choisie sur un site de rencontres et, après l'avoir ramenée avec lui dans son pays, il avait passé le plus clair de ces deux derniers mois au bureau.

Pourtant, sa disparition avait peiné Cierra. Peut-être y avait-il, comme beaucoup l'avaient alors prétendu, un côté pervers à vouloir épouser une jeune femme ayant l'âge d'être sa petite-fille. Pour autant, Charlie avait fait preuve de gentillesse à son égard, et de générosité en envoyant de l'argent à ses trois sœurs qui vivaient tant bien que mal dans l'appartement familial miteux, n'ayant qu'elle pour subvenir à leurs besoins.

Et voilà qu'une attaque l'avait emporté, la veille de la noce ! Si son divorce ne s'était pas éternisé, ils se seraient mariés dès leur retour à Las Vegas et Cierra ne se retrouverait pas à errer en Amérique avec un visa arrivé à expiration, en quête d'un moyen de se sortir de cette impasse.

— Vous imaginiez Dundee autrement ? demanda le fermier.

Quelle question !

La jeune femme réprima à grand-peine une réponse plutôt cinglante. Elle devait veiller à n'offenser personne. Après tout, elle n'avait plus le droit de séjour ici. Si jamais quelqu'un la démasquait, elle serait aussitôt renvoyée dans son pays. Il fallait à tout prix refréner sa fougue typiquement latine si elle voulait s'intégrer en tant qu'étrangère au sein de cette petite communauté provinciale. Sans quoi, comme ses parents, tous deux décédés brutalement de la malaria, le lui avaient prédit, elle risquait d'aller au-devant de gros ennuis.

— Un peu… mais ça ira, se contenta-t-elle de murmurer sur un ton docile.

— Vous n'avez même pas de valise ? s'étonna l'homme, insistant.

Et pour cause ! Cierra avait lâché la sienne en cours de route, après avoir surpris l'homme qui l'avait conduite jusqu'à Salt Lake City, caché derrière la station-service en train de téléphoner alors qu'il prétendait devoir aller aux toilettes. Craignant qu'il ne la dénonce aux autorités de l'immigration, elle avait déguerpi sans demander son reste, abandonnant le peu qu'elle possédait, dont ses maigres économies, dans le coffre de la voiture.

— Quelqu'un m'attend, expliqua-t-elle en espérant que cette réponse satisferait la curiosité de son chauffeur.

« Pourvu qu'il en soit ainsi ! supplia-t-elle en son for intérieur. Pourvu que je n'aie pas fait tout ce chemin pour rien ! »

Bien qu'assez peu sympathique, l'ex-épouse de Charlie, Arlene, s'était chargée des formalités des obsèques et, dans un élan de mansuétude lié sans doute au fait qu'elle héritait du défunt — lequel n'avait pas eu le temps de changer ses dispositions testamentaires —, elle avait recommandé Cierra à l'un de ses frères habitant près de Dundee et qu'elle n'avait pas revu depuis des années. Celui-ci avait accepté de procurer du travail à la jeune femme malgré sa situation irrégulière.

Pourtant, Arlene n'avait pas caché au voisinage sa désapprobation au sujet de ce projet d'union qu'elle qualifiait de « dégoûtant ». Elle estimait injuste d'avoir été « jetée dehors comme une malpropre » après tant d'années de mariage, tout cela parce qu'elle n'avait pas pu donner d'enfant à son mari, trop vieux maintenant selon elle pour fonder une famille…

— Tant mieux, commenta le fermier, parce que, avec cette foutue neige, un petit bout de femme comme vous ne tiendrait pas longtemps. Surtout habillée comme vous l'êtes. Au moment de Noël, cette région enregistre des records de froid.

Noël… Ce Noël-ci, Cierra s'attendait à recevoir une alliance, un gâteau et un foyer, du moins pour les quelques années à venir. Elle s'imaginait que, pour la première fois de son existence, elle aurait assez d'argent pour acheter des cadeaux. Au lieu de quoi…

Mais peut-être avait-elle mérité ce qui lui arrivait, pour avoir tant hésité à épouser un vieillard alors que le sort de ses sœurs en dépendait ?

— Quel jour sommes-nous ? s'enquit-elle.

A force de vivre ainsi, elle commençait à perdre la notion du temps et, avec cette maudite faim qui lui tenaillait le ventre, elle avait de plus en plus de mal à se concentrer.

— Le 16 décembre, répondit l'adolescent.

Déjà ? Cierra éprouva une bouffée de nostalgie. Dans son pays, cette date marquait le début des fêtes de Las Posadas. La jeune femme aimait assister à ces processions hautes en couleur où les fidèles, un cierge à la main, défilaient derrière les statues des saints dans les rues de la ville.

Le fermier arrêta son camion devant un drugstore.

— Ça vous va si je vous dépose ici ?

— Oui, *gracias señor*, murmura Cierra qui, de toute façon, ignorait encore comment s'y prendre pour trouver le frère d'Arlene.

Elle remercia ses compagnons de route d'un sourire et, rassemblant tout son courage, sortit du véhicule. Frissonnante, elle tira de son petit sac à main le bout de papier sur lequel figurait l'adresse de son futur employeur. Cet homme représentait son dernier espoir.

— Nous avons de la visite ! lança Brent. J'irais bien ouvrir mais, pour le moment, j'ai les mains prises.

Ken Holbrook s'interrompit pour écouter. Il déballait

des cartons tandis que son frère s'efforçait de réparer le poêle à bois.

— Je n'ai rien entendu.

— Tu devrais aller vérifier. Il s'agit peut-être de maman et de Gabe, même si nous leur avons demandé de nous laisser le temps de nettoyer un peu le chalet.

— Impossible, ils avaient d'autres plans.

Si vraiment quelqu'un se tenait sur le seuil de la porte, ce ne pouvait être que leur père. Depuis le retour de Ken, Russ harcelait littéralement son fils afin de le convaincre de lui accorder un nouveau prêt pour l'aider à financer un projet sans doute tout aussi voué à l'échec que les précédents.

— Non, il n'y a personne, reprit Ken. Qui voudrait mettre le nez dehors par un temps pareil ? D'autant que la météo a lancé un avis de tempête.

Allongé sur le dos, la tête sous le fourneau, Brent fourragea à tâtons dans sa boîte à outils et en extirpa une clé à molette.

— Ça recommence ! s'exclama-t-il.

Cette fois-ci, Ken avait également perçu les coups discrets frappés à la porte.

« Brent aurait-il invité Russ ? se demanda-t-il. Cela lui ressemblerait assez. »

Son frère ne partageait pas son ressentiment pour leur père. A l'époque où Russ Holbrook s'était employé à gâcher la vie de sa famille, Brent fréquentait encore l'école primaire. Trop jeune alors pour se rendre compte, il avait pardonné plus facilement.

Ken se garda de lui poser la question, Russ étant le seul sujet de discorde entre les deux frères. Le bruit provenait certainement d'un volet mal fixé que le vent faisait battre.

— Bon, j'y vais, soupira-t-il. De ton côté, tâche de venir à bout de ce satané poêle.

A contrecœur, il traversa le salon, s'approcha de la porte d'entrée et se pencha pour regarder par l'œilleton que Gabe avait installé lors des premières vacances d'été passées avec leur mère. Il n'ouvrirait que s'il y était obligé. Il faisait déjà assez froid à l'intérieur du chalet pour ne pas en rajouter.

En revanche, lorsqu'il aperçut une frêle jeune fille aux longs cheveux noirs, sans chapeau, sans bottes et sans manteau, il n'hésita pas une seule seconde et sortit sur le perron.

Stupéfait, il examina rapidement leur visiteuse qui, pour tous vêtements, portait un sweat-shirt zippé plutôt fin pour la saison, un jean et des tennis en toile couvertes de neige. Pourtant, à l'exception de son Land Rover que, faute de place, il n'avait pu laisser dans le garage, aucune voiture ne se trouvait garée à proximité du chalet. Comment et, surtout, *pourquoi* cette jeune fille s'était-elle aventurée toute seule dans la montagne, sans véhicule et sans la tenue appropriée ?

— Puis-je vous aider ? s'enquit Ken, perplexe.

Deux prunelles d'un brun profond, soulignées par des cils épais et sombres, se fixèrent sur lui.

La jeune femme devait avoir dans les vingt-cinq ans, estima rapidement Ken, et elle était jolie, *vraiment très jolie*, avec sa peau mate et ses grands yeux en amande. En revanche, la pâleur de ses lèvres ne lui disait rien qui vaille.

— Bon… Bonjour, balbutia-t-elle en roulant le « r ». Je… je m'appelle Cierra.

Elle lui tendit un morceau de papier tout chiffonné dont

il n'eut pas le temps de se saisir car elle chancela soudain et serait tombée si Ken ne s'était pas précipité pour la rattraper.

— Brent ! cria-t-il.

Un grand bruit lui confirma que celui-ci avait lâché son outil, et un juron lui indiqua qu'il s'était heurté la tête dans le poêle en se relevant. Malgré ses vingt et un ans, Brent avait encore tout d'un adolescent, exception faite de sa stature, car bien que Ken dépasse le mètre quatre-vingts, son jeune frère le dominait d'une demi-tête.

Manifestement, l'inconnue luttait pour ne pas s'évanouir. Un combat perdu d'avance car une minute plus tard, elle sombrait dans l'inconscience.

— Que se passe-t-il ? s'enquit Brent d'une voix inquiète.

Ken, tenant Cierra dans ses bras, se tourna vers lui et vit la stupéfaction s'inscrire sur le visage du jeune homme.

— Bon sang ! s'exclama ce dernier. Exactement le cadeau dont je rêvais pour Noël ! Comment as-tu deviné ?

— Ce n'est pas le moment de plaisanter, rétorqua Ken. Ramasse son sac à main et va débarrasser le lit de la pièce du fond. Je pense qu'elle souffre d'hypothermie.

Brent obtempéra et fonça dans la chambre au bout du couloir. D'un geste brusque, il ôta la housse en plastique qui protégeait le matelas de la poussière. Le chalet était resté inhabité pendant longtemps et il régnait une vague odeur de renfermé. Le jeune homme s'apprêtait à mettre des draps lorsque Ken le rejoignit, serrant son précieux fardeau contre lui.

— Ne perdons pas de temps, précisa-t-il. Retire-lui plutôt ses chaussures.

— Sa veste aussi ?

— Non, inutile. Seules ses tennis sont trempées.

Brent déchaussa la jeune fille que Ken déposa précautionneusement sur le lit.

Cierra semblait revenir peu à peu à elle. Elle marmonnait des mots sans suite en espagnol. Elle ouvrit lentement les yeux et les observa avec une sorte de résignation muette qui mit Ken mal à l'aise. N'importe quelle autre femme aurait manifesté de la peur de se savoir enfermée dans une bicoque en pleine montagne en compagnie de deux inconnus taillés comme des armoires à glace !

Elle, non. Peut-être préférait-elle courir ce risque plutôt que de se retrouver dehors sous la neige ? Ou peut-être n'avait-elle plus la force de réagir ?

— Il faut la réchauffer, lança Ken en attrapant les couvertures empilées sur la commode.

Il fit signe à Brent de s'étendre à côté de Cierra et s'allongea de l'autre. C'était le seul moyen qu'ils avaient pour faire remonter la température du corps de la jeune étrangère dont, par chance, les vêtements étaient secs. Sinon, elle n'aurait pas tenu bien longtemps.

Elle n'esquissa pas un mouvement de protestation. Ses paupières se refermèrent, et elle demeura parfaitement immobile, aussi froide que le marbre.

— Tu crois qu'elle va s'en sortir ? murmura Brent au bout de quelques minutes de silence.

— Son cœur a l'air de battre régulièrement, répondit Ken après avoir contrôlé le pouls de Cierra en posant deux doigts à la base de son cou.

— Tant mieux, souffla Brent, soulagé, qui s'écarta légèrement pour pouvoir observer le visage de la jeune fille. D'où crois-tu qu'elle vienne ?

— Sans doute du Mexique.

— Arrête de te payer ma tête. Je veux dire, *aujourd'hui*.

— Comment veux-tu que je le sache ? rétorqua Ken avec un petit rire.

Depuis quelque temps, il se sentait beaucoup plus proche de ce frère de neuf ans son cadet et il avait hâte que l'année universitaire de celui-ci se termine afin de mener à bien leur projet commun : organiser des stages de football américain pour les enfants, l'été suivant.

Brent rompit de nouveau le silence.

— Je trouve cela plutôt bizarre.

— Quoi donc ? Qu'une jeune beauté surgie de nulle part vienne frapper à notre porte ?

— Non, de me retrouver dans le même lit que toi avec une fille entre nous deux…

Au lieu de se mettre à rire, Ken poussa une exclamation étouffée. Dans un geste inconscient, Cierra avait glissé ses mains gelées sous son sweat-shirt et les pressait contre sa peau nue, à la recherche de chaleur. Instinctivement, elle se blottit le plus près possible de Ken. De longs frissons parcouraient tout son corps.

— J'ai l'impression qu'elle commence à se réchauffer.

— On dirait, en effet ! persifla Brent sur un ton réprobateur.

— Tu ne vas tout de même pas me faire une crise de jalousie, se moqua Ken.

— O.K., mais pourquoi toi et pas moi ?

— Parce que, aujourd'hui, c'est mon jour de chance !

— Je doute qu'Isolde apprécierait de te voir ainsi, serrant une inconnue dans tes bras ! insista Brent.

Fasciné par la nuée de femmes qui évoluaient autour des footballeurs, comme autant de papillons attirés par la lumière, il s'intéressait de très près à la vie sentimentale de son frère aîné. D'autant plus qu'il n'accéderait jamais lui-même au niveau professionnel. D'ordinaire, Ken répondait à ses questions sans rechigner. En revanche, il n'aimait guère parler de son ex-petite amie.

— Je l'ai quittée avant de revenir ici, et tu le sais pertinemment.

— Pour de bon ?

Sa liaison avec Isolde avait duré deux ans. Il avait même invité sa fiancée à venir passer le Noël dernier à Dundee. L'expérience n'avait pas été très concluante, la jeune femme préférant New York et sa carrière dans la mode à la beauté sauvage de cette région qu'elle qualifiait de « trou perdu ». Aussi Ken avait-il jugé plus sage de rompre après avoir refusé la proposition des New York Jets de renouveler son contrat. Il aspirait désormais à vivre différemment, loin des projecteurs, et envisageait de monter diverses entreprises dans sa ville natale, dont un ranch-hôtel, et, pourquoi pas, de fonder une famille.

— Oui, confirma-t-il, pour de bon.

— Tu ne crains pas de regretter ta décision ?

Des regrets, Ken en nourrissait plus d'un. Non seulement au sujet d'Isolde, mais aussi à propos du football. Il avait préféré prendre sa retraite pendant qu'il se trouvait encore au sommet de sa gloire et au summum de sa forme physique. Il ne voulait pas terminer comme Roger Liggett, sorti du terrain sur une civière sous les hourras des supporters, l'état de ses genoux lui interdisant à jamais de rejouer, même en amateur. Et pourtant, il n'y avait pas un seul jour où le doute ne le tarabustait pas. N'avait-il pas agi prématurément ? Peut-être aurait-il pu poursuivre sa carrière, ne serait-ce qu'un an ou deux ?

— Ni regret, ni remords, mentit-il.

2.

Son sang courait à toute vitesse dans ses veines, et Cierra éprouvait des picotements à la limite du supportable, accompagnés d'une sensation de brûlure aux doigts et aux orteils.

Lorsque l'homme l'avait portée à l'intérieur du chalet, elle n'avait même plus la force d'avoir peur. Une seule chose comptait : se retrouver à l'abri du froid. Mais, maintenant que la chaleur reprenait peu à peu possession de son corps, son cerveau se remettait lui aussi à fonctionner, et elle se rendait compte de la situation. *A priori*, en dehors de ces deux hommes couchés contre elle, il n'y avait personne d'autre, ici…

— *Gracias*, murmura-t-elle d'une voix faible. Je peux me lever maintenant… Je me sens mieux.

Elle avait marché pendant des heures dans le vent glacial, suivant le ruban de bitume censé la conduire à l'adresse griffonnée sur le papier. Par ailleurs, elle n'avait rien avalé depuis la veille au matin. Arlene lui avait promis que son frère lui donnerait du travail, tout en précisant qu'elle devrait se rendre à Dundee par ses propres moyens. C'est ce qu'elle avait fait mais, en cours de route, elle avait perdu le peu que Charlie lui avait offert avant son décès. Désormais, elle ne possédait plus rien, mis à part son petit sac à main presque vide et les vêtements qu'elle avait sur le dos.

Ses voisins s'écartèrent et s'assirent chacun d'un côté du lit, lui permettant de se redresser à son tour. Espérant qu'ils connaîtraient ce fameux endroit et qu'elle pourrait ainsi s'y rendre sans tarder, avant que ne se déchaîne la tempête de neige, Cierra fouilla compulsivement ses poches à la recherche de la précieuse information. En vain.

— *Mi papel !* s'exclama-t-elle. Il a disparu !

Elle adressa un coup d'œil angoissé à l'aîné des deux inconnus. Cet homme lui rappelait le cow-boy du western qu'elle avait vu avec Charlie. Non pas à sa façon de s'habiller, mais à sa coiffure, sa stature et au côté rassurant qui émanait de sa personne. Depuis son arrivée, la jeune femme avait regardé une bonne vingtaine de films, mais celui-ci avait particulièrement retenu son attention. Selon son futur époux, cela faciliterait son apprentissage de la langue anglaise et compléterait parfaitement les cours particuliers que lui dispensait son professeur. En réalité, Charlie en profitait pour s'enfermer dans son bureau et travailler.

— S'agit-il du papier que vous m'avez tendu tout à l'heure ? demanda son hôte.

Sans attendre sa réponse, il bondit du lit et sortit de la pièce comme s'il savait où le retrouver.

L'autre, plus jeune, adressa un sourire plein de gentillesse à Cierra.

— D'où venez-vous ? s'enquit-il en prenant soin de détacher chaque syllabe.

Aussitôt sur ses gardes, Cierra s'en tint à la version qu'elle avait fournie jusqu'à présent.

— De Las Vegas.

— Las Vegas ! répéta le jeune homme avec un sifflement impressionné. Comment avez-vous fait pour venir de si loin jusque dans l'Idaho ?

— C'est… une longue histoire… pas intéressante, se contenta-t-elle de rétorquer pour le dissuader de poursuivre son interrogatoire.

Comme il ouvrait la bouche pour protester, elle ajouta :

— Tous les deux, vous êtes frères ?

— Oui. Je m'appelle Brent, et lui, Ken… Et vous ?

Avec sa chevelure claire et ses yeux noisette, Brent ne ressemblait guère à son frère, plus sombre de cheveux, plus mat de peau… et aussi beaucoup plus séduisant.

— Cierra Romero.

Le dénommé Ken revint sur ces entrefaites et, au souvenir de la douceur de sa peau et de la musculature de son abdomen où elle avait posé ses mains, la jeune femme éprouva une curieuse sensation au creux de son ventre qu'elle attribua à la faim et au froid.

— Désolé, je n'ai rien retrouvé dehors. Le vent a dû l'emporter.

Cierra eut l'impression que son sang se retirait de ses veines. Ce bout de papier représentait son ultime espoir de se tirer d'affaire.

Désireuse de préserver le peu de dignité qui lui restait, elle enfouit son visage dans ses mains, mais les privations et l'épuisement, conjugués à ce dernier coup du sort, eurent raison de son amour-propre. De grosses larmes franchirent le barrage de ses paupières closes et roulèrent sur ses joues.

Un silence pesant se fit dans la pièce. Ces deux hommes ne savaient quelle attitude adopter, et Cierra se doutait qu'ils n'avaient pas connu et ne connaîtraient jamais de toute leur existence une misère telle que la sienne. Jamais quiconque ne les avait considérés comme des indésirables sur une terre étrangère, jamais ils n'avaient dû dormir dans la rue ou faire du stop par nécessité. La personne la plus pauvre qu'elle ait rencontrée dans ce pays serait passée pour riche dans son village natal. Ces deux hommes ignoraient la famine et devaient la prendre pour une folle ou, pire encore, pour une mendiante jouant la comédie pour susciter la pitié et leur soutirer un peu d'argent.

Depuis la mort de ses parents, tout allait de mal en pis. Si seulement son frère ne l'avait pas obligée avec ses sœurs à quitter Todos Santos, ils auraient peut-être réussi à survivre en cultivant un lopin de terre, comme les autres villageois. Mais il s'était persuadé qu'en partant s'installer en ville, il deviendrait riche. Or, ses rêves de grandeur n'avaient pas tardé à l'expédier derrière les barreaux.

Mais Cierra, elle, n'était pas malhonnête. Alors pourquoi s'humilier ainsi devant ces Américains ? Aurait-elle oublié toute notion de fierté ? En se comportant de la sorte, elle ne faisait honneur ni à son pays, ni à sa famille.

Elle inspira profondément, s'essuya les yeux du revers de la main, releva la tête et soutint le regard désemparé de ses hôtes.

— Je… Je m'excuse de vous avoir dérangés, articula-t-elle péniblement.

Joignant le geste à la parole, elle se leva et entreprit d'enfiler ses tennis détrempées.

Les deux frères échangèrent un coup d'œil qui semblait

signifier : « Bon, et que fait-on maintenant ? » Puis, l'aîné s'approcha d'elle.

— Qu'y avait-il de si important sur ce document ?

— Rien. Je vous en prie, ne vous inquiétez pas pour moi. Je… C'est ma faute.

Si elle ne s'était pas égarée, rien de tout cela ne se serait produit. La dernière personne à qui elle avait demandé son chemin lui avait indiqué de prendre à droite à l'embranchement suivant, mais elle avait eu beau marcher pendant des heures, elle n'avait rencontré aucune bifurcation. Elle l'avait certainement ratée et aurait dû revenir sur ses pas au lieu de poursuivre sa route.

— La tempête de neige va bientôt nous tomber dessus, déclara Brent tandis qu'elle achevait de nouer ses lacets. Cela ne me paraît pas une bonne idée de ressortir par un froid pareil, surtout dans cette tenue. Comment êtes-vous arrivée jusque-là ?

Comme s'il ne l'avait pas encore deviné !

— A pied.

— Et d'où veniez-vous ?

— De Dundee.

— Bon sang ! s'exclama-t-il. Cela fait une sacrée trotte !

— Dites-nous où vous comptiez vous rendre et nous pourrons vous y conduire en 4x4, proposa Ken.

Il fallait s'en douter ! Depuis qu'elle vivait aux Etats-Unis, Cierra avait l'impression que *tous* les Américains possédaient ce type de véhicule !

Elle leva vers lui un regard dépité.

— L'adresse se trouvait sur la feuille…

— Vous ne vous la rappelez pas ? insista-t-il, l'air préoccupé.

La jeune femme s'efforça de son mieux de leur répéter les rares indications dont elle se souvenait.

— Ce carrefour peut se trouver n'importe où entre Dundee et ici, soupira Ken. Il nous faudrait des informations plus précises.

Hélas, sur la note rédigée par Arlene, Cierra n'avait réussi à déchiffrer que les chiffres. Elle ne maîtrisait pas assez l'anglais pour le lire. Son professeur avait jugé préférable de lui apprendre d'abord à le parler avant de s'attaquer à la lecture et l'écriture. Malheureusement, Charlie ne lui en avait pas laissé le temps.

— Avez-vous une solution de repli ? questionna Brent.

Repli ? Cierra ignorait ce mot, mais elle en devina le sens.

Non, bien sûr qu'elle n'en avait pas ! Elle avait vu juste : ces deux hommes n'avaient pas la moindre idée de ce que signifiait « se trouver dans une situation *désespérée* ». L'espace d'un instant, elle fut tentée de leur avouer que la seule autre option possible consistait à rentrer à Guatemala City et à vendre ses charmes dans la rue. Mais elle savait d'avance qu'ils ne l'auraient pas crue et, dans le cas contraire, ils risquaient de la prendre pour une prostituée et de vouloir profiter d'elle.

Elle se retrouvait, certes, en situation irrégulière sur le territoire américain, mais elle y était arrivée de façon totalement légale. Elle avait le droit de survivre, elle aussi, et le devoir de protéger ses sœurs qui, si elle ne pouvait subvenir à leurs besoins, se verraient acculées à la même extrémité que celle qu'elle envisageait pour elle-même.

— Oui, j'ai une autre solution, mentit-elle. Merci pour tout… Je vais partir, maintenant.

Brent et Ken la suivirent dans l'entrée.

— Voulez-vous que nous vous emmenions en voiture ? proposa de nouveau ce dernier.

Cierra ne se sentait pas la force de marcher jusqu'à Dundee. Pourtant, il n'y a que là qu'elle parviendrait éventuellement à dénicher un emploi de serveuse, de cuisinière, voire de plongeuse. Malgré leur nationalisme, bon nombre d'Américains n'hésitaient pas à embaucher des immigrés clandestins qu'ils payaient beaucoup moins cher que leurs compatriotes. Et au plan culinaire, personne ne lui arrivait à la cheville : son frère le lui avait répété des milliers de fois !

— Oui, *por favor*. Si cela ne vous dérange pas trop de me déposer à Dundee.

— Pas de problème, répondit Ken qui semblait soulagé par cette solution. Tenez, prenez-le, ajouta-t-il en lui tendant un manteau en lainage épais qui traînait sur une pile de cartons.

— Il vous appartient ? dit la jeune femme, non sans une certaine réticence.

— Je ne le mettrai plus… Nous ne partirons pas tant que vous ne l'aurez pas enfilé, insista-t-il comme elle hésitait à accepter son offre.

Cierra s'exécuta. Après tout, elle pourrait le lui rendre une fois à Dundee. Le caban lui descendait au-dessous du genou et ses mains disparaissaient dans les manches. Elle éprouva une telle bouffée de reconnaissance qu'elle faillit se remettre à pleurer et détourna la tête.

— Allons-y avant que la météo n'empire, décréta Brent.

Ils traversèrent un garage encore plus encombré que les autres pièces du chalet.

— Vous déménagez ? s'enquit la jeune femme se demandant ce qu'autant de cartons pouvaient bien contenir.

— En réalité, j'emménage, rectifia Ken. Je viens juste de racheter le chalet à mon beau-père. J'ai l'intention de m'y installer en attendant de me décider sur l'endroit où j'aurai vraiment envie d'habiter.

— Ah, d'accord, murmura-t-elle, l'air soudain absent.

Elle avait cessé de s'intéresser à la discussion pour concentrer son attention sur tout autre chose : le parfum de Ken dont les effluves embaumaient encore le col du manteau.

« Cesse tes enfantillages », se morigéna Cierra, sentant son pouls s'accélérer.

Cet homme, aussi séduisant soit-il, n'avait rien de commun avec le héros du western qui habitait ses rêves. Il vivait dans un monde complètement différent du sien et aurait tôt fait de l'oublier après l'avoir déposée à Dundee. Il ne comptait pas pour elle. Mieux valait profiter du trajet dans la chaleur de la voiture pour réfléchir à un plan d'action.

Car ce serait bientôt l'heure du dîner. Une impressionnante couche de neige ensevelissait la vallée et de fortes chutes étaient attendues dans la nuit.

Un temps à ne pas dormir dehors…

3.

La neige tombait dru, et circuler sur ces routes de montagne nécessitait une bonne dose de prudence et d'habitude, même au volant d'un véhicule adapté à ce type de climat. Si Cierra avait entrepris son périple depuis Dundee un peu plus tard dans la journée, elle serait certainement morte de froid et il aurait fallu attendre le redoux pour qu'on retrouve son corps. Ken avait du mal à imaginer qu'elle puisse avoir survécu à une telle épreuve.

Tandis qu'il s'efforçait de concentrer son attention sur la conduite, la jeune femme restait silencieuse, assise très droite sur le siège passager, à côté de lui.

Sentant le regard de Ken posé sur elle, elle lui adressa un sourire formel, le genre de sourire qui permet de dissimuler ses sentiments tout en se montrant poli. Ken et Brent avaient tous deux essayé de converser avec elle, mais soit elle prétendait ne pas comprendre leurs questions, soit elle répondait en des termes suffisamment vagues pour les dissuader de poursuivre leur interrogatoire. Au bout d'une heure de trajet, ils n'en avaient pas appris davantage sur l'inconnue qui avait bouleversé le cours de leur après-midi.

— Où voulez-vous que je vous dépose ? demanda Ken comme ils atteignaient enfin la ville.

Il avait décidé de cesser de s'inquiéter à son sujet. Après tout, elle était adulte et manifestement intelligente. Et puis, il avait déjà assez à faire comme cela. Cette jeune femme n'était pas *son* problème. Il ne la connaissait même pas.

Se mordillant la lèvre, celle-ci examinait les immeubles d'un air indécis jusqu'à ce qu'elle remarque le drugstore. Quand elle l'indiqua du doigt, Ken eut l'impression qu'elle avait choisi une destination complètement au hasard, ce qui acheva de le déstabiliser.

Il y avait *forcément* quelque chose ou quelqu'un qui l'avait incitée à se rendre à Dundee. Elle ne pouvait pas se trouver aussi seule au monde, sans amis et sans ressources. La personne qu'elle était venue rejoindre finirait bien par s'inquiéter de son retard et se lancer à sa recherche. Il *fallait* qu'il en soit ainsi !

— Ici ? insista-t-il en se rangeant le long du trottoir.

— *Sí. Gracias.*

Lorsqu'elle commença à déboutonner le caban, manifestement prête à le lui rendre, il interrompit son geste avec fermeté.

— Non, gardez-le. J'insiste.

Rouge comme une pivoine, elle lui fit comprendre d'un signe qu'elle n'avait pas de quoi le payer.

De gré ou de force, elle devait garder ce manteau, songea Ken. Sinon, il n'en dormirait pas de la nuit !

— Je n'en veux plus. Vraiment. Je n'en ai pas besoin. De toute façon, j'avais l'intention de le jeter.

— *A la poubelle !* s'exclama-t-elle d'une voix où perçait la plus profonde incrédulité.

Un tel gaspillage semblait la choquer au plus haut point. Mais Ken se moquait pas mal de son opinion. Une seule chose lui importait : qu'elle conserve ce fichu manteau.

— Oui, confirma-t-il. Alors, autant que vous le preniez.

Cierra acquiesça d'un hochement de tête, sortit de la voiture et agita la main pour les saluer et les remercier tout à la fois. Voyant que le Land Rover ne démarrait pas, elle parut perdre un peu de l'assurance qu'elle s'efforçait d'afficher et, après un instant d'hésitation, pénétra à l'intérieur du drugstore.

— Qu'en penses-tu ? lança Brent depuis l'arrière du véhicule tout en suivant le balai des essuie-glaces contre le pare-brise.

— Comme toi probablement, lui répondit Ken qui observait d'un air dubitatif l'entrée du magasin. A mon avis, elle ne connaît personne ici, ni à Dundee d'ailleurs.

— Elle a voulu nous bluffer… Je me demande bien pourquoi !

Préoccupé, Ken se passa la main dans les cheveux.

— Moi aussi, j'aimerais bien le savoir.

— Nous aurions peut-être dû lui proposer de l'argent.

— Son amour-propre l'aurait empêchée d'accepter. Tu as bien vu sa réaction quand je lui ai donné le caban. Elle a d'abord commencé par refuser et il a fallu que je prétende vouloir m'en débarrasser pour qu'elle revienne sur sa décision. Sa fierté, c'est tout ce qui lui reste…

Brent vint s'installer à l'avant, à côté de son frère.

— Que fait-on, maintenant ? Inutile de lui expliquer que nous avions l'intention de jeter aussi nos bottes ! Non seulement elle n'en croirait pas un mot, mais en plus, question pointure, cela poserait un léger problème !

Ken se rappela soudain les pieds glacés de la jeune femme et surtout ses doigts tout aussi froids qu'elle avait glissés sous son sweat-shirt. Tout ce qu'elle recherchait alors, c'était un peu de sa chaleur. Aucune femme n'aurait pris ce genre de liberté avec un inconnu à moins d'être une jeune écervelée ou trop désespérée pour se soucier des convenances. Or, Cierra n'avait rien d'une personne naïve. Bien que vraisemblablement plus jeune que lui, elle avait déjà dû traverser pas mal d'épreuves. Il l'avait lu dans son regard.

— Je ne vois pas ce que nous pourrions faire de plus, murmura-t-il en essayant de s'en convaincre.

— Dans ce cas, ne traînons pas ici. Sinon, les routes risquent de devenir carrément impraticables.

Ken démarra et engagea son 4x4 dans la circulation, plus fluide à cette heure de la journée. Cependant, obéissant à sa conscience qui lui ordonnait de rebrousser chemin pour en avoir le cœur net, il n'alla pas très loin et, au lieu de se diriger vers les montagnes, il se contenta d'effectuer le tour du pâté de maisons.

— Hé ! s'exclama Brent. Je croyais que nous devions rentrer !

— Avant, j'ai juste envie de savoir ce qui va lui arriver.

Ken gara sa voiture à un endroit où Cierra ne pourrait pas la découvrir et sortit. Brent dut courir pour le rattraper.

Les décorations de Noël illuminaient chaque immeuble de la rue principale, de la mairie au restaurant de Jerry. Sur le trottoir devant l'épicerie, quelques volontaires de l'Armée du Salut, bravant le froid, sollicitaient la générosité des passants à grand renfort de clochettes.

Ken se fit la réflexion qu'en trente ans, sa ville natale

n'avait guère changé. Il y régnait toujours cette atmosphère provinciale bon enfant qu'Isolde avait jugée, pour sa part, pesante et ennuyeuse. Elle détestait cette petite communauté soudée, qui, selon elle, tuait le temps en se mêlant des affaires des autres, et notamment des siennes. Ken, lui, ne partageait pas son opinion : son ex-fiancée confondait solidarité et curiosité mal placée. Ici, il se sentait bien, il était chez lui. Il voulait que sa mère, son beau-père et son frère puissent voir ses futurs enfants grandir. Son père biologique ne figurait pas vraiment dans ce portrait de famille. Cependant, à cause de ses excès de boisson, Russ connaîtrait vraisemblablement une vieillesse difficile. Il souffrait d'ailleurs déjà de problèmes hépatiques. Et Ken, en tant que fils aîné, se doutait qu'il lui incomberait de s'occuper de son père, bon gré mal gré.

Il atteignait l'entrée du drugstore lorsqu'il aperçut Cierra à l'intérieur. Aussitôt, il s'immobilisa et obligea Brent à l'imiter.

La jeune femme se trouvait devant le rayon des confiseries. Elle avait à la main une barre chocolatée qu'elle avait manifestement l'intention de s'offrir. Dans l'autre, elle avait déversé le maigre contenu de son porte-monnaie. Elle comptait et recomptait ses pièces. A priori, il lui manquait de l'argent car elle se mit à fouiller chacune de ses poches, y compris celles du caban de Ken, avant de se résoudre à reposer la friandise.

Ken poussa un juron étouffé.

— Quoi ? Que se passe-t-il ? s'inquiéta Brent.

— Dire que nous ne lui avons même pas proposé quelque chose à manger !

— Tu crois qu'elle a faim ?

— Bien sûr que oui ! Elle est littéralement affamée.

S'il s'était moins soucié de la conduire à bon port, il s'en serait rendu compte plus tôt. En l'occurrence, l'efficacité avait pris le pas sur l'humanité…

— Je te signale que nous n'avons pas tellement de provisions au chalet, objecta Brent. Juste ces steaks que nous avions prévus pour le dîner. Ce qui suppose que Cierra aurait dû rester le soir pour partager notre repas.

Brent avait raison : le soir et probablement toute la nuit, la prudence les empêchant de s'aventurer sur les routes de montagne en pleine tempête. Pourtant, Ken ne supportait pas l'idée que la jeune femme n'ait pas de quoi se nourrir. Depuis quand n'avait-elle rien avalé ? Au moins depuis ce matin, car il lui avait fallu la journée pour effectuer le trajet entre Dundee et le chalet. Et il doutait fort qu'elle ait emporté un pique-nique.

— La pauvre, marmonna Brent. J'ai comme l'impression qu'elle n'a pas un sou.

Cierra parcourut plusieurs autres allées du drugstore, espérant certainement que Brent et Ken seraient repartis au moment où elle quitterait le magasin. Et puis, rester au chaud, à l'intérieur, valait mieux de toute façon que d'affronter le froid glacial de la rue, surtout si elle n'avait nulle part où aller…

Soudain, elle sursauta et tourna la tête vers la caisse. L'employé avait dû lui demander s'il pouvait l'aider car elle fit un signe de dénégation et, après un dernier regard d'envie au rayon des confiseries, elle se dirigea vers la sortie.

— Bon alors, que décides-tu ? s'enquit Brent.

— Nous allons lui donner à manger.

En voyant les deux hommes venir à sa rencontre, Cierra

prit la direction opposée et se mit à marcher à bonne allure. Comme ils lui emboîtaient le pas, elle accéléra, puis finit par courir, ce qui incita Ken à ralentir pour ne pas l'effrayer davantage.

— Cierra ! appela-t-il.

La jeune femme stoppa net et se retourna.

— Vous voulez… récupérer votre manteau ? lança-t-elle en luttant contre les bourrasques de vent.

Elle n'imaginait sans doute aucune autre raison pour laquelle ils auraient eu l'idée de la suivre.

— Pas du tout, expliqua Ken, une main en visière pour se protéger les yeux des flocons de neige. En fait, nous nous apprêtions à aller grignoter un morceau et nous avons pensé que… peut-être vous… accepteriez de vous joindre à nous.

« Mon Dieu, songea-t-il, quel exercice périlleux ! »

Il n'avait certes jamais manqué de compagnie féminine mais, généralement, il n'avait pas besoin d'insister, ni de prendre autant de gants pour inviter une femme au restaurant. En raison de sa carrière prestigieuse de footballeur, il se trouvait plutôt confronté à la situation inverse : celle où il devait trouver des prétextes élégants pour s'esquiver. Il ne se rappelait pas avoir rencontré quiconque, du moins à Dundee, que son parcours sportif n'impressionne pas. Voilà pourquoi il ne savait comment s'y prendre avec cette jeune femme rétive, en permanence sur la défensive, et qu'il avait fort peu de chances d'éblouir par ses exploits professionnels.

— On y mange vraiment très bien, renchérit Brent, désireux de la convaincre.

Ken devinait à son hésitation qu'elle se laisserait volontiers tenter. Toutefois, alors qu'il la croyait prête à céder, elle se rebiffa.

— Je… Je ne suis pas une prostituée, lança-t-elle. Je ne vendrai pas mon corps contre de l'argent ou un manteau… Ni contre de la nourriture.

— Mais, ce n'est pas du tout dans nos intentions ! s'indigna Brent. Nous souhaitons simplement que vous puissiez…

Ken l'interrompit avant qu'il ne commette l'une de ces bévues dont il avait l'habitude. Leur aide ne devait en aucun cas passer pour de la charité.

— Nous ne demandons aucune faveur en contrepartie, Cierra, déclara-t-il d'une voix ferme. En réalité, nous espérions que… vous nous donneriez un coup de main à nettoyer le chalet afin que je puisse m'y installer au plus vite.

Il avait obéi à l'inspiration du moment. Sans doute cette explication paraîtrait-elle plus plausible. Après tout, le marché semblait équitable : des heures de travail contre le gîte et le couvert. Par ailleurs, cela lui donnerait le temps de retrouver ce prétendu contact censé accueillir la jeune femme.

— Alors, qu'en dites-vous ? ajouta-t-il.

— Vous me proposez un emploi chez vous ? articula Cierra.

Son ton et son visage exprimaient tant d'espoir et de soulagement que Ken en eut le cœur serré. Jamais, même lorsque son père avait quitté le foyer conjugal et s'endettait pour satisfaire ses penchants alcooliques, il n'avait manqué de quoi que ce soit.

— Exact. En échange, vous serez logée et nourrie gratuitement.

— Vous ne le regretterez pas, décréta Cierra. Je sais très bien faire le ménage.

Ken lui adressa un grand sourire. Il ne doutait pas une seule seconde de sa conscience professionnelle. Le sens de l'honneur et l'honnêteté morale semblaient guider chacun des actes de la jeune femme.

— Parfait. Dans ce cas, vous êtes exactement celle dont j'ai besoin. Alors, marché conclu ?

— *Sí.* Marché conclu, répéta-t-elle en lui tendant la main pour sceller leur accord.

4.

Les deux femmes arrivées au restaurant peu de temps après eux et installées à une table du fond ne cessaient de les observer, mais Cierra n'y prêta guère attention. Elle avait trop faim pour se laisser distraire. Jamais en Amérique, elle n'avait dégusté un mets qui lui parut aussi savoureux que ce pain de viande accompagné d'une délicieuse purée de pommes de terre. A peine l'eut-elle terminé que Ken lui proposa de finir son steak apparemment trop gros pour son appétit. Comme elle hésitait, il lui expliqua que, sinon, cette pièce de bœuf irait tout droit aux ordures. Un argument qui eut raison de ses dernières réticences.

Ken faisait décidément partie de ces Américains un peu trop gâtés par la vie et capables de gaspiller sans compter. Pourquoi avoir choisi un plat tellement copieux s'il doutait de pouvoir en venir à bout ? Brent, en revanche, semblait aussi affamé qu'elle ; il avait englouti ses lasagnes en un temps record.

Lorsqu'elle eut achevé le succulent pavé, Ken leur commanda du crumble à la banane nappé de crème anglaise et, là encore, Cierra ne sut résister à la tentation. Une fois la dernière miette disparue de son assiette, la jeune femme se rendit compte qu'elle avait dévoré encore plus vite que Brent. Elle avait réussi à se raisonner au début du repas, prenant soin de bien se tenir, mais le bien-être aidant, elle avait fini par céder à la gourmandise.

Légèrement honteuse, elle leva les yeux vers Ken et aperçut son regard posé sur elle avec insistance. Il n'avait presque pas touché à son dessert.

— Vous n'aimez pas ? lui demanda-t-elle, surprise.

— Non, pas trop, répondit-il en poussant son assiette vers elle. Si cela vous tente…

Cierra s'apprêtait à se servir quand, soudain, elle se ravisa. Elle ne donnait vraiment pas une belle image d'elle-même en se précipitant ainsi sur la nourriture.

— Euh… Non, merci, je crois que j'ai assez mangé.

Elle reposa sa fourchette d'un geste sec.

— Dommage, car il va aussi finir à la poubelle, se lamenta-t-il.

Décidément, cela devenait un leitmotiv. Cependant, la jeune femme avait compris son manège.

— Comme le steak ?

— Exact.

— Comme le manteau, également ?

Il acquiesça d'un hochement de tête amusé.

— Est-ce une habitude chez vous de tout jeter ?

— Pas si je peux en faire profiter quelqu'un d'autre !

Cierra se serait probablement laissé convaincre si Brent ne l'avait pas devancée.

— Bon, eh bien dans ce cas, je me dévoue ! annonça-t-il avant de pousser un gémissement étouffé.

Elle devina aisément que Ken avait dû lui flanquer un coup de pied sous la table.

— Finalement, non, reprit le jeune homme, dépité. Il faut que je surveille ma ligne si je souhaite rester dans l'équipe de foot universitaire. A vous l'honneur, Cierra !

Celle-ci lui adressa un sourire complice.

Brent l'attendrissait presque avec son côté pataud, sa gentillesse et sa spontanéité débordante qui, parfois, devait l'entraîner à commettre des gaffes monumentales. Il semblait croquer la vie à pleines dents, sans se soucier des conséquences. Qu'avait-il à redouter ? Il n'avait probablement pas eu à affronter beaucoup d'épreuves au cours de sa jeune existence.

Ken, en revanche, se comportait très différemment, ce qui s'expliquait plus par une différence de caractère que de maturité. Il veillait à ne pas froisser l'amour-propre des autres. Voilà pourquoi il prétendait vouloir se débarrasser de son caban et ne pas avoir faim. Par ailleurs, il démontrait une grande finesse et semblait doté d'un sens de l'observation redoutable. Elle devrait se méfier de ses propres réactions à son contact et surveiller ses propos, sinon il ne tarderait pas à la démasquer.

Cierra décida d'intercéder en faveur de Brent.

— S'il vous plaît, laissez-le terminer votre dessert !

— D'accord, je capitule. Mais ne viens pas ensuite te plaindre, petit frère, que tu as pris cinq kilos pendant les vacances !

Brent ne se le fit pas dire deux fois et attaqua avec enthousiasme la dernière part de crumble. Pendant ce temps, Ken s'empara de l'addition.

— Combien ? s'informa Cierra.

Ken haussa les sourcils pour marquer son étonnement.

— *Dinero*, précisa-t-elle. Combien je vous dois ?

— Je m'en charge. Je vous rappelle que vous travaillez pour moi, désormais.

— Justement, j'ai besoin de savoir.

Sinon, comment s'assurer qu'elle respectait bien sa part du contrat ?

— Ne vous inquiétez pas, nous verrons cela plus tard, répondit Ken en balayant son objection d'un revers de main.

Elle s'apprêtait à protester quand les deux convives qu'elle avait remarquées précédemment s'approchèrent de leur table. La blonde mesurait dix bons centimètres de plus que Cierra, qui la trouva extrêmement jolie avec ses cheveux dorés, ses grands yeux bleus et sa peau claire. Son amie, une petite brune aux courbes féminines, avait, elle aussi, beaucoup de charme.

— Ken ! s'exclama la blonde d'une voix suave. Quel plaisir de te revoir !

— Cela fait un bail, renchérit Ken en se levant pour embrasser les deux jeunes femmes. Comment vas-tu, Tiff ?

— Très bien. Ma nouvelle boutique de fleurs me prend beaucoup de temps. Et toi ?

— J'ai pas mal de projets en cours…

Sans chercher à dissimuler sa curiosité, la dénommée Tiff examina Cierra des pieds à la tête, puis adressa un bref sourire à Brent, avant de reporter son attention sur Ken.

— Tu es ici en vacances ?

— Non. Je reviens m'installer à Dundee pour de bon.

— Vraiment ! Et depuis quand es-tu rentré ?

Toute à son admiration pour la blondeur des cheveux et la clarté des prunelles de Tiffany, Cierra ne remarqua pas tout d'abord que Brent paraissait aussi impressionné qu'elle par la beauté de cette jeune femme. Il ne cessait de s'agiter, fourrant ses mains dans ses poches pour les en ressortir aussitôt, se balançant d'un pied sur l'autre, tirant sur le pan de sa chemise…

— Cette semaine.

Cierra savait que, tout comme elle, les deux amies trouvaient Ken extrêmement séduisant. De toute façon, quelle femme aurait pu rester insensible à son charme ? Au souvenir de la chaleur de sa peau contre ses mains gelées, de la puissance de ses muscles, elle éprouva un étrange sentiment qui ressemblait à une pointe de jalousie…

— Et où loges-tu ? s'enquit de nouveau Tiffany.

— Chez mes parents jusqu'à présent.

— Chez… Russ ? dit-elle, son ton exprimant une profonde incrédulité.

— Mon Dieu, non ! D'autant qu'il vient de rompre avec Roxanne pour la énième fois. Je me suis installé temporairement chez maman et Gabe. Et j'ai emménagé aujourd'hui même dans l'ancien chalet de Gabe.

— En pleine montagne ? Oui, je me le rappelle… Eh bien, si vous avez l'intention d'y retourner ce soir, j'espère que vous avez un véhicule bien équipé !

Manifestement, Tiffany connaissait très bien Ken et sa famille. S'agissait-il de sa petite amie ? Non, certainement pas, sinon elle aurait su qu'il rentrait à Dundee cette semaine. Pourtant, il existait un lien entre eux, Cierra l'aurait parié.

— Avec mon Land Rover, le canyon ne devrait pas poser trop de problèmes, commenta Ken.

Tiff finit par reporter son attention sur Cierra et la gratifier d'un regard intéressé tout en continuant à s'adresser à Ken.

— Et qui est-ce ?

— Je vous présente Cierra. Cierra, voici Tiffany Wheeler et Stephanie Jernigan.

Stephanie salua Cierra d'un sourire sympathique tandis que Tiffany cherchait à en apprendre davantage.

— Cierra comment ?

Pensant que Ken avait oublié son nom de famille — tout comme elle, le sien —, celle-ci prit les devants.

— Romero, précisa-t-elle.

Puis, se sentant complètement déplacée et misérable face à ces deux créatures splendides, dans ses vêtements humides et fripés, elle ajouta dans son anglais le plus formel :

— Ravie de faire votre connaissance.

— Moi de même, répondit Tiffany que cette entrée en matière sembla décontenancer. D'où… venez-vous ?

La question fit naître une vague de nostalgie chez Cierra. Le mal du pays, de *son* pays dont elle taisait le nom pour sa propre sécurité. Elle devait s'en tenir à la version officielle et prétendre être de Las Vegas, la ville de Charlie Spanos, cette métropole tentaculaire qu'elle jugeait grise et inhospitalière en comparaison de son village. Le seul moment où elle lui trouvait un certain panache, c'est quand les multiples décorations lumineuses se mettaient à clignoter dans la nuit le long de l'immense artère que Charlie appelait le « Strip ».

— Las Vegas.

— C'est là que vous vous êtes rencontrés ? demanda encore Tiffany en se tournant de nouveau vers Ken.

Cierra prit alors conscience du fait qu'elle portait le manteau de Ken. Le caban étant deux fois trop grand pour elle et Brent ayant sa doudoune, Tiffany ne tarderait pas à deviner qui en était le propriétaire. Cierra faillit l'enlever et le rendre à Ken, mais elle se ravisa, craignant que ce geste n'attire encore davantage l'attention sur elle et n'amène les deux jeunes femmes à de fausses conclusions. Mieux valait se faire le plus discrète possible afin que cette incorrigible curieuse de Tiffany ne cherche pas trop à fouiner dans son passé.

— Non, expliqua Ken. Un ami… me l'a recommandée comme gouvernante.

Cierra ignorait ce qui l'avait poussé à mentir, mais elle lui sut gré de ne pas avoir raconté à ces superbes créatures à qui la vie souriait qu'il l'avait découverte quasiment évanouie, mourant de froid et de faim, sur le seuil de sa maison.

— Ah, je vois, murmura Tiffany d'un ton un brin suspicieux.

Puis, se penchant vers Cierra, elle ajouta :

— Eh bien, bonne chance ! J'espère pour vous qu'il range mieux ses affaires que lorsque nous étions au lycée ensemble.

Elle adressa à tous un sourire charmant, puis conclut :

— Bon, je me sauve ! Brent, tu as l'air en pleine forme, comme toujours. Et toi Ken, viens me rendre visite à la boutique ou passe-moi un coup de fil dès que tu auras fini d'emménager.

— Compte sur moi, Tiff, assura ce dernier. Je suis content de t'avoir revue.

Un sillage de parfum entêtant s'attarda quelques instants après le départ de Tiffany.

— Bon sang, elle est tout simplement divine ! soupira Brent, paraissant enfin sortir de son état hypnotique. Vas-tu lui demander de sortir de nouveau avec toi ?

Le détestable et inexplicable aiguillon de la jalousie piqua de nouveau Cierra en plein cœur. Au lieu de répondre, Ken se dirigea vers la caisse pour régler l'addition, puis leur fit signe de le rejoindre à la sortie.

Brent, lui, ne cessait de parler.

— Je ne comprends toujours pas pourquoi vous avez rompu. Tu étais tellement amoureux d'elle, je me souviens. Maman disait même que vous étiez faits l'un pour l'autre.

— Je n'étais pas mûr pour le mariage, expliqua Ken, et cela ne m'a pas semblé juste de l'inciter à s'engager alors que je ne me sentais pas prêt moi-même.

— Depuis, les occasions ne lui ont pas manqué. Elle a eu de nombreuses propositions de mariage, mais n'a donné suite à aucune. Ici, les gens racontent qu'elle t'attend.

— S'il fallait écouter tous leurs potins ! grommela Ken, désireux de changer de conversation. Allez, en voiture !

Ils s'apprêtaient à démarrer pour reprendre le chemin des montagnes lorsqu'un gros pick-up rouge s'arrêta à côté du Land Rover.

— Tiens, c'est Gabe ! s'exclama Brent.

Ken baissa sa vitre, imité par l'autre conducteur. D'après l'estimation de Cierra, ce dernier devait approcher de la soixantaine. Il n'en restait pas moins un homme extrêmement séduisant, avec son épaisse chevelure d'un noir de jais, striée de quelques fils blancs, et ses yeux d'un bleu perçant.

— Où vas-tu par un temps pareil ? lança Ken d'une voix forte afin de couvrir le grondement des moteurs et le sifflement du blizzard.

— Ta mère m'a chargé de m'occuper des courses. Elle

n'avait pas envie de s'aventurer dans les rues sous une telle tempête.

— Je la comprends !

— Je te croyais au chalet en plein emménagement. Que fais-tu en ville ?

— Des courses.

Cierra aperçut un fauteuil roulant plié dans l'habitacle du pick-up.

— Où est Brent ? s'enquit Gabe qui avait repéré la jeune femme et l'examinait avec insistance.

Ken indiqua d'un mouvement de la tête la banquette arrière.

— Bonjour ! lança son jeune frère en s'avançant pour saluer son beau-père.

— Bonsoir, mon grand.

Gabe, s'aidant de poignées fixées au plafond, s'assit de manière à mieux voir à l'intérieur du Land Rover. Cierra eut ainsi la confirmation de ce qu'elle soupçonnait : cet homme était paralysé.

— Et à qui ai-je l'honneur ? demanda celui-ci en fixant la jeune femme.

Ken prit les devants.

— Je te présente Cierra Romero, ma… gouvernante.

— Tu as bien dit *gouvernante* ! s'écria Gabe, manifestement au comble de la surprise.

— Oui.

— Ah… J'ignorais que tu avais l'intention d'embaucher quelqu'un… Et cette charmante jeune femme est originaire… d'ici ?

— A ce stade, nous ne savons pas encore d'où elle vient, comment elle est arrivée dans la région et pour quelle raison.

Cierra ne s'attendait pas à une telle réponse de la part de Ken qui, jusqu'à présent, l'avait plutôt protégée de la curiosité des autres.

— Je suis de Las Vegas, s'empressa-t-elle de préciser, bien qu'elle doutât que Gabe puisse l'entendre.

Au lieu de relayer l'information comme elle l'espérait, Ken se tourna vers elle et planta son regard dans le sien.

— Est-ce la vérité ?

— Bien sûr ! protesta-t-elle.

— O.K. Dans ce cas, Cierra, vous allez certainement pouvoir me dire dans quel Etat se trouve Las Vegas.

Sa question la prit au dépourvu.

— Vous… Vous ne le savez pas ? balbutia-t-elle, décontenancée.

— Si, mais je me demande si *vous*, vous le savez !

Jamais encore personne ne lui avait posé une telle colle. Tout le monde semblait connaître Las Vegas que beaucoup se contentaient d'appeler tout simplement « Vegas ».

— Ken…, s'interposa Brent, cherchant à porter secours à Cierra.

D'un geste, Ken lui fit signe de se taire.

— Alors ? Vous connaissez la signification du mot « Etat », n'est-ce pas ?

— *Sí.*

Il devait s'agir de l'équivalent d'un département au Guatemala. En revanche, elle n'avait jamais entendu le nom de Las Vegas associé à celui d'un Etat. Ken essayait probablement de l'induire en erreur.

— Las Vegas se trouve dans l'Etat de… Vegas, conclut-elle, hésitante.

— Donc la ville et l'Etat ont le même nom ?

Cela lui semblait plausible. Tout comme Guatemala City, au Guatemala.

— Oui, affirma-t-elle avec plus d'assurance qu'elle n'en ressentait.

Ken esquissa une grimace.

— Tu vois ce que je veux dire, lança-t-il à son beau-père.

— Comment ? hurla Gabe que les bourrasques de vent empêchaient d'entendre.

— Je finirai bien par avoir le fin mot de cette histoire, grommela Ken comme s'il se parlait à lui-même.

5.

« Tu vois ce que je veux dire… », avait-il lancé la veille au soir à l'homme dans le gros pick-up rouge. Depuis lors, Ken gardait ses distances.

Cierra avait mal répondu à sa question, elle en avait maintenant la certitude. La peur de s'être trahie et des conséquences qui pouvaient en découler la tenaillait. Dans sa tête, elle tenait un décompte précis de ses dettes vis-à-vis de son nouvel employeur. En milieu d'après-midi, elle devait à Ken Holbrook — il avait fini par lui apprendre son nom de famille — trois repas, le manteau, un toit pour se protéger de la tempête et un lit. Sans oublier la brosse à dents, le dentifrice, le shampoing et le savon qu'il avait chargé Brent de lui apporter dans sa salle de bains, hier soir.

Quel bonheur d'avoir de nouveau quelques objets à elle, de pouvoir se doucher, laver ses vêtements et se brosser les dents ! Elle éprouvait une profonde reconnaissance envers Ken et avait la ferme intention de respecter sa part du marché. Elle resterait et travaillerait ici, le temps qu'il ait terminé son installation ; après, elle partirait. De toute façon, il n'aurait plus assez de tâches ménagères pour l'occuper à plein temps. Par ailleurs, quand il commencerait à trouver sa présence chez lui encombrante, il risquait de la dénoncer aux autorités de l'immigration, ne serait-ce que parce qu'il ne saurait pas quoi faire d'autre. Elle serait alors renvoyée au Guatemala et finirait probablement avec ses sœurs, sur le trottoir.

Mais une autre raison poussait Cierra à quitter cet endroit aussitôt sa mission achevée : l'attirance que Ken exerçait sur elle. Elle ne cessait de penser à son parfum, à sa façon de rire, à la facilité avec laquelle il déplaçait les cartons afin de les vider de leur contenu. Elle n'avait aucune chance d'intéresser un tel homme, surtout comparée à ces créatures de rêve qu'ils avaient rencontrées au restaurant, la veille. Toutefois, elle se connaissait assez pour savoir que, si elle n'y prenait garde, elle allait tomber amoureuse de lui. Et pourtant, il ne lui avait guère prêté attention, aujourd'hui.

Plutôt que de se perdre dans ces rêveries puériles, elle ferait mieux de réfléchir à la façon d'aider Chantico, Nelli et Xoco à s'en sortir. Leurs problèmes ne se résoudraient pas d'eux-mêmes. Même son frère avait lamentablement échoué en se laissant éblouir par l'argent sale de la drogue, ce qui l'avait mené tout droit en prison. Or, sans un homme pour travailler la terre, inutile de retourner à Todos Santos. Par la voie légale ou non, elle ferait en sorte de réussir son intégration, de gagner de l'argent là où elle trouverait du travail et d'envoyer une partie de son salaire à sa famille. Le mieux serait sans doute de dénicher un emploi stable au lieu de vivre d'expédients…

— Quelque chose ne va pas ?

Cierra sursauta. Ken venait d'entrer dans la cuisine, la surprenant en pleine réflexion. Après ces jours où dormir et manger étaient devenus un luxe, la jeune femme n'était plus aussi vaillante qu'avant. Elle se remit aussitôt à astiquer le parquet, craignant qu'il la prenne pour une paresseuse.

— Non, *nada*.

Avec son jean délavé qui lui descendait sur les hanches et le T-shirt qui mettait en valeur la musculature de son torse, il lui semblait encore plus sexy que d'ordinaire. Il avait beau avoir travaillé sans relâche toute la journée, à déplacer d'énormes cartons, déballer ses affaires et monter des étagères dans le garage, il semblait frais et dispos. Il avait dû prendre une douche car des mèches humides lui retombaient sur le front. Il venait d'allumer le feu dans la cheminée du salon et avait l'odeur des bûches odorantes. Une excellente initiative qui, de l'avis de la jeune femme, rendait le chalet encore plus cosy.

— Cierra…, dit Ken en s'approchant d'elle.

Celle-ci pivota pour lui répondre.

Il l'avait ignorée toute la journée, chargeant Brent de lui transmettre ses messages. Alors pourquoi, tout à coup, cherchait-il à communiquer ? Pensait-il qu'elle manquait d'efficacité ou qu'elle ne savait pas s'y prendre ?

— Oui ?

— C'est l'heure de vous arrêter.

— Arrêter ?

Impossible : elle n'avait pas encore terminé le sol de la cuisine.

— Exact. Hormis quelques heures de sommeil, vous n'avez pas cessé de vous activer depuis que nous sommes rentrés, hier soir. Ce chalet va devenir un palace en un temps record si vous continuez à ce rythme. Cela suffit pour aujourd'hui. Il est temps de vous reposer.

S'impatientait-il pour le dîner ?

Cierra avait demandé à Brent d'aller acheter de quoi confectionner des *empanadas* mais, à sa connaissance, il n'était toujours pas revenu de Dundee.

— *Sí. Un momento.* J'ai presque terminé.

Alors qu'elle se remettait à frotter de plus belle, il s'avança vers elle.

— Vous finirez *demain*, d'accord ? décréta-t-il sur un ton qui n'admettait pas de réplique.

— Brent est rentré ? s'informa la jeune femme, ne comprenant pas l'insistance de Ken.

— Non, pas encore.

— Alors, pourquoi ne pas me laisser continuer ?

— Parce que… j'ai envie de regarder un match, expliqua-t-il en lui posant une main sur l'épaule pour l'inciter à s'interrompre, et que je me sentirais coupable de vous savoir en train de travailler. Allez vous détendre dans votre chambre, lisez un livre ou, je ne sais pas, moi… profitez du jacuzzi. Mais je vous en supplie, arrêtez le ménage !

Cierra obtempéra, mais dès qu'il eut le dos tourné, elle reprit son chiffon. Elle entendit le son de la télévision et pensa que Ken oublierait sa présence tout comme Charlie en avait l'habitude lorsqu'il s'enfermait dans son bureau.

Erreur ! Cinq minutes plus tard, il revint à la charge.

— Que faites-vous *exactement* ? s'enquit-il sèchement.

Cette fois-ci, Cierra ne se retourna pas pour lui faire face. Elle lui avait désobéi et, maintenant, il semblait irrité.

— Cierra ?

La jeune femme bondit sur ses pieds, attrapa le bidon de cire et tenta de s'éclipser, mais il l'avait devancée, lui bloquant le passage.

S'imaginant qu'il attendait des excuses, elle bredouilla avec un sourire plein d'espoir :

— Je… Je suis désolée. J'aime le travail bien fait… *Comprende ?*

Il la fixa avec une telle intensité qu'elle se sentit rougir malgré elle. Elle avait emprunté un crayon trouvé dans l'un des tiroirs du buffet pour retenir ses longs cheveux rassemblés en un chignon lâche. Peut-être la jugeait-il sans-gêne d'avoir fouillé dans ses affaires.

Elle l'ôta aussitôt et sa chevelure retomba en cascade sur ses épaules.

— C'est… à cause du crayon que vous êtes en colère contre moi ?

— Mais non, voyons ! D'ailleurs, je ne suis pas en colère.

Il l'examinait maintenant des pieds à la tête et son regard confirmait clairement ce que Cierra savait déjà : elle manquait franchement d'élégance avec ses vieux vêtements, trop larges depuis qu'elle avait maigri.

Elle s'apprêtait à épousseter son vieux jean râpé lorsqu'il interrompit son geste en lui saisissant la main.

— Vous méritez tellement mieux, soupira-t-il.

Sur ces mots, il tourna les talons et quitta la pièce.

Le chalet embaumait littéralement. Il y flottait un parfum de cire, une plaisante odeur de propreté et, surtout, de délicieux fumets qui s'échappaient de la cuisine.

Ken avait toutes les peines du monde à se concentrer sur le jeu. Pourtant, Tony Romo venait de lancer une attaque qui promettait d'être décisive contre ses anciens coéquipiers des New York Jets. Manifestement dans le même état que lui, Brent ne cessait de s'agiter.

— Tu peux te calmer, s'il te plaît, lui intima Ken avec une pointe d'énervement.

— A ton avis, qu'est-ce qu'elle fait ? lança son frère cadet.

Il avait suffi de vingt-quatre heures à Cierra pour gagner l'affection de Brent et s'assurer son soutien indéfectible. Il faut dire que ce colosse tout juste sorti de l'adolescence avait le cœur tendre. Leur père, Russ, en avait d'ailleurs bien profité, n'hésitant pas à manipuler son plus jeune fils pour conserver un allié au sein de sa famille.

— Ne t'inquiète pas pour elle, grommela Ken.

Il n'y avait, en effet, pas lieu de s'inquiéter… tant qu'elle resterait ici. Mais combien de temps pourrait-il veiller sur elle ? Et après ? Il ne parvenait à comprendre comment une jeune femme aussi superbe, fière, courageuse, intelligente… — et, sans doute, entrée illégalement aux Etats-Unis —, pouvait se retrouver sans argent, sans foyer, sans amis, perdue dans les Rocheuses. Avait-elle trempé dans un trafic de drogue ? Un père ou un mari violent avait-il abusé d'elle ? Peut-être avait-elle été kidnappée dans son pays et vendue à un proxénète ?

Non, impossible, aucun de ces scénarios ne collait avec la personnalité de cette ravissante inconnue. Elle était profondément honnête et trop farouche pour se laisser exploiter par des individus malintentionnés.

Une bourrasque de vent rabattit le volet, tirant Ken de ses pensées.

— On dirait qu'une deuxième tempête se prépare, observa Brent.

— Oui, merci, j'avais remarqué ! rétorqua Ken. Bon, maintenant, pourrais-tu avoir l'obligeance de me laisser regarder ce match, s'il te plaît.

— Oh, inutile de monter sur tes grands chevaux ! répliqua Brent sur le même ton.

— Tu as raison, soupira Ken, excuse-moi. Pour me faire pardonner, je vais nous chercher une bière. Ça te va ?

— Super.

Cierra avait arrêté de frotter le plancher et entrepris de préparer le dîner. Elle avait failli mourir d'hypothermie pas plus tard que la veille, mais refusait de se reposer. Elle tenait absolument à rembourser sa dette, comme si trois malheureux repas et un lit représentaient un cadeau extraordinaire…

Elle ne l'avait pas entendu arriver, et il la découvrit assise devant la gazinière, remuant le contenu d'une casserole d'une main et, de l'autre, se massant les tempes. Toute son attitude trahissait une immense fatigue.

Une lame de parquet craqua, ce qui eut pour effet de la faire bondir de sa chaise.

— Le repas sera prêt dans quelques minutes, dit-elle précipitamment, s'efforçant de cacher sa lassitude et sa migraine.

Ken s'approcha de la marmite où frémissait un mélange composé de viande hachée, d'oignons, d'œufs et autres ingrédients qu'il ne reconnut pas.

— Hum, cela sent délicieusement bon !

— *Empanadas*, précisa la jeune femme. Vous en avez déjà mangé ?

— Non, je n'ai encore jamais eu cette chance.

— Vous allez adorer, affirma-t-elle avec plus de vigueur qu'elle n'en éprouvait.

Sans répondre, Ken se dirigea vers l'armoire à pharmacie où il venait tout juste de ranger vitamines et médicaments.

Il préleva deux comprimés de Tylenol, un remède souverain contre les douleurs et les maux de tête. A l'issue des matchs un peu difficiles, il avait l'habitude d'en prendre pour prévenir les courbatures.

— Tenez, avalez cela.

— *Muchas gracias*, murmura Cierra avec un sourire de gratitude.

Plus que chercher des bières, il était venu lui demander de jouer franc jeu avec lui, de lui avouer la vérité. Mais le fait de connaître son histoire risquait de compliquer davantage la situation, de l'impliquer plus encore. S'il avait affaire à une immigrée sans papiers, ce qu'il soupçonnait depuis le début, sa droiture l'obligerait à en parler aux autorités, ce dont il n'avait aucunement l'intention. Peut-être valait-il mieux ne rien savoir ? Et puis, c'était la trêve de Noël. Si cette jeune femme avait fui son pays, elle devait avoir une bonne raison. Il ne lui appartenait pas de la juger.

— Je me sens mieux, décréta Cierra comme si l'analgésique avait eu le temps de produire ses effets.

Ken eut l'impression qu'elle cherchait à « l'endormir » afin de le dissuader de lui poser des questions indiscrètes.

— C'est formidable. Avec vous, tout va toujours bien, lança-t-il d'une voix sarcastique.

A la lueur d'inquiétude qui voila furtivement ses beaux yeux en amande, il sut qu'elle avait parfaitement interprété le sens de sa phrase. Cependant, la réaction de Cierra ne fit qu'aiguiser sa curiosité. Pourquoi ce mystère autour de son passé ? De quoi avait-elle peur ? Du rapatriement ou d'un danger plus grand encore ? Pourquoi restait-elle en permanence sur ses gardes comme si elle se méfiait de tout le monde, y compris de lui ?

— *Sí, gracias*, répliqua-t-elle, aussitôt sur la défensive.

Indécis sur la suite à donner à leur entretien, Ken s'accorda un instant de réflexion en examinant le réfrigérateur à la recherche de la bière qu'il avait promise à Brent. Devait-il pousser la jeune femme dans ses derniers retranchements ? Depuis qu'elle avait surgi de nulle part dans sa vie, il se sentait fébrile, comme *insatisfait*. Il mourait d'envie de connaître le parcours qui l'avait conduite jusqu'au seuil de son chalet.

— Cierra ?

Pas de réponse. Celle-ci semblait absorbée par la préparation de ses fameux *empanadas*.

— *Cierra !* répéta-t-il avec plus de fermeté.

Elle ne se retourna pas, mais cette fois-ci lui répondit par un « oui » à peine audible.

— Regardez-moi.

Elle prit le temps de reposer le couvercle sur la casserole avant d'obtempérer avec une réticence manifeste.

— Il y a bien quelqu'un qui vous attend quelque part, dit-il doucement.

— Non, personne, murmura-t-elle en serrant si fort la spatule que ses jointures blanchirent.

— C'est impossible.

— Et pourquoi ?

Comme il s'approchait d'elle, il la vit se raidir comme si, l'affrontement devenant inévitable, elle s'apprêtait à faire face. Alors, Ken comprit pourquoi il ressentait de plus en plus d'admiration pour cette ravissante jeune femme, d'une redoutable efficacité : *elle avait du cran*.

— Parce qu'une femme telle que vous… ne passe pas inaperçue… ne s'oublie pas.

— Pourquoi ? répéta-t-elle.

— Que vous le vouliez ou non, vous êtes trop belle pour ne pas attirer l'attention.

Cierra ne sembla pas flattée par le compliment, mais, au contraire, alarmée.

— Je vais m'en aller bientôt, répliqua-t-elle aussitôt.

— Je ne vous demande pas de partir. Je souhaite simplement savoir qui veille sur vous.

— L'homme que je devais épouser est mort. Et, de toute façon, je me débrouille parfaitement toute seule, s'exclama-t-elle en jetant la spatule dans l'évier d'un geste rageur.

— Quand ?

— Il y a trois semaines.

— Où, à Las Vegas ? poursuivit Ken, décontenancé par l'absence de chagrin qu'exprimait le ton de Cierra.

— Oui.

— Dans quelles circonstances ?

— Une crise cardiaque.

Ken s'attendait à une tout autre explication. Il imaginait le fiancé de Cierra victime d'un accident de la route ou assassiné par une bande rivale, mais certainement pas terrassé par une attaque alors qu'il devait seulement avoir une trentaine d'années.

— Souffrait-il d'une maladie rare ?

— Il avait un problème à l'aorte et du diabète.

— Oh, désolé ! Quel âge avait-il ?

— Soixante-quatorze ans.

— Soixante-quatorze ans ! s'écria Ken sans même essayer de masquer sa stupéfaction et son dégoût.

Un éclair de colère traversa les prunelles sombres de la jeune femme.

— Et alors, lança-t-elle avec une pointe de défi dans la voix.

— Vous avez combien, vingt-cinq ans tout au plus, et vous vous apprêtiez à épouser un septuagénaire ! Cela me révolte !

Cierra s'avança vers lui et pointa un doigt accusateur sur sa poitrine. L'attitude de la domestique effacée, presque soumise, à laquelle elle s'astreignait depuis vingt-quatre heures avait cédé la place à une expression où l'amour-propre le disputait à la colère.

— C'est facile de juger quand on n'a jamais manqué de rien dans la vie, n'est-ce pas ?

Puis, elle lui tourna le dos et s'affaira de nouveau devant les fourneaux.

6.

— Qu'est-ce que tu lui as fait ?

Surpris, Ken se tourna vers son frère. Ils avaient fini de dîner et zappaient à l'aide de la télécommande, à la recherche d'un film susceptible de les intéresser.

— A qui ?

— Cierra…

— Je ne vois pas de quoi tu parles, mentit Ken.

Durant le repas, la jeune femme s'était montrée particulièrement charmante et prévenante à l'égard de Brent et avait littéralement rayonné de plaisir lorsqu'il l'avait complimentée sur ses talents culinaires. En revanche, elle avait ignoré Ken toute la soirée, se contentant simplement de le servir.

— Elle a pourtant l'air de t'en vouloir.

— Non, je pense qu'elle est tout simplement fatiguée et beaucoup trop fière.

— Et pas toi, peut-être ? répliqua Brent en partant d'un grand rire.

— Ce n'est pas pareil, protesta Ken.

— Bien sûr que si. Sauf que, pour elle, son amour-propre

est tout ce qui lui reste. Sinon, pourquoi le défendrait-elle avec autant de force ?

Ken s'étonna de la justesse de l'analyse. Brent avait parfois des reparties étonnamment mûres pour son âge, souvent dictées par son besoin de défendre Russ face à la coalition que formait le reste de la famille. Il avait plus d'une fois reproché à son frère sa froideur à l'encontre de leur père. Ce qu'il ignorait, c'est que Ken avait à de nombreuses reprises sauvé la mise à ce dernier, lequel s'était empressé de replonger dans les ennuis.

— Elle ira mieux demain, décréta Ken. Bon, je vais me coucher.

— Que comptes-tu faire pour Cierra ? s'enquit Brent sans lui laisser le loisir de s'esquiver.

— Comment cela ?

— Elle a besoin d'aide.

— J'en ai parfaitement conscience. Sinon, pourquoi crois-tu que je l'aurais accueillie ici ? Je n'ai pas pour habitude d'héberger tous les sans-abri qui viennent frapper à ma porte, même au moment de Noël !

— Mais cela demandera sans doute pas mal de temps, insista Brent en triturant nerveusement la télécommande. Or, la patience n'est pas ton fort, et moi, je ne peux guère lui être d'une quelconque utilité. A la fin des vacances, je repars pour l'université…

Ken comprit l'allusion. Son frère cadet abordait de nouveau l'unique sujet de discorde entre eux : Russ. Depuis quelque temps, Ken s'interrogeait sur la différence entre se montrer solidaire d'une personne et l'assister. Jusqu'à présent, le soutien qu'il avait apporté à leur père n'avait pas franchement porté ses fruits.

— Dundee est une petite ville. Je ne devrais pas avoir trop de difficulté à trouver sa destination initiale. Je m'en occuperai dès demain matin. Tu veux venir avec moi ?

— Je t'aurais volontiers accompagné, mais j'ai promis à Gabe de l'aider à repeindre le studio photo de maman et cela m'ennuie de lui faire faux bond. Pourquoi ne pas reporter à après-demain ?

Ken préférait ne pas attendre quarante-huit heures. Il ne s'expliquait pas pourquoi, mais il avait le sentiment que cette jeune femme représentait un danger pour sa propre stabilité. Peut-être craignait-il de se sentir encore plus responsable d'elle ou attiré par autre chose que ses qualités de fée du logis…

— Ne t'inquiète pas, je me débrouillerai, marmonna-t-il, en se dirigeant vers la porte.

Toutefois, Brent n'en avait pas terminé.

— Ken ?

Quoi encore ! Parfois, Ken détestait l'image que lui renvoyait son frère cadet. Celui-ci le considérait comme une personne autoritaire, trop sérieuse pour son âge et pas assez spontanée. Il ignorait que Ken n'avait pas eu le choix. Pour s'en sortir, il avait dû s'endurcir afin de soutenir sa mère, brisée par les mensonges incessants de son ex-mari, ainsi que son petit frère, alors très jeune. Et puis, la loi de la compétition sportive ne laissait aucun répit. Pour percer, il fallait se montrer meilleur que les autres.

— Oui ?

— Que se passera-t-il si tes recherches n'aboutissent à rien ?

— Cela ne se produira pas, répondit Ken avec plus d'assurance qu'il n'en ressentait.

Russ lui posait déjà suffisamment de problèmes. Avec un peu de chance, Cierra Romero dormirait ailleurs demain soir.

Ken dénicha l'endroit en un temps record.

S'imaginant en avoir pour toute une journée, il était parti en début de matinée, confiant la garde du chalet à Cierra, et avait déposé Brent en ville avant de se lancer dans ses recherches. Il ne lui avait pas fallu plus de deux heures pour dénicher la maison. Après avoir essayé sans succès une ou deux bifurcations, il s'était engagé sur une route escarpée et déserte qui conduisait au cœur de la montagne, jusqu'à ce qu'il aperçoive le numéro indiqué de mémoire par Cierra sur une boîte aux lettres rouillée pendant lamentablement à un poteau.

Une épaisse couche de neige durcie par le gel dissimulait la quasi-totalité de l'allée menant au perron. Dans un état de délabrement avancé, le chalet ressemblait davantage à une cabane qu'à une demeure habitée.

« Les propriétaires attendent sans doute l'arrivée de Cierra pour les aider à remettre en état », songea Ken, jugeant néanmoins ces lieux fort peu engageants.

Autre possibilité : il ne se trouvait pas à la bonne adresse.

Pourtant, celle-ci correspondait à toutes les informations que lui avait transmises Cierra. En son for intérieur, il espérait toutefois s'être trompé : peut-être y avait-il une autre maison ayant pour numéro 11384 dans les environs de Dundee ? Car celle-ci paraissait totalement abandonnée.

Un petit garage jouxtait le chalet. Construit avec toutes sortes de matériaux hétéroclites, de la brique à la tôle ondulée, il évoquait une habitation de bidonville, véritable verrue dans le paysage. A en juger par les congères accumulées contre la porte, cette dernière n'avait pas dû être ouverte depuis un bon moment.

Des tissus épais et délavés par le soleil masquaient les fenêtres, empêchant de voir à l'intérieur. Ni illumination, ni décoration : manifestement, Noël n'était pas d'actualité ici.

« Normal, songea Ken. Ce chalet est aussi isolé que le mien. Pourquoi décorer en l'absence de tout voisin pour admirer le résultat et profiter du spectacle ? »

A peine avait-il levé la main pour frapper à la porte qu'il vit l'un des rideaux bouger. Il y avait donc quelqu'un, et cette personne l'observait probablement depuis son arrivée, mais ne semblait pas ravie de sa visite.

Par politesse, il patienta une ou deux minutes avant de frapper de nouveau tout en annonçant d'une voix assez forte pour être entendu :

— Hé, je sais que vous êtes chez vous ! Pardonnez-moi de vous déranger. Je voudrais juste vous parler d'une jeune femme que, vraisemblablement, vous vous attendez à recevoir.

— Comment s'appelle-t-elle ? lui demanda une voix masculine.

A priori, l'accès à cette maison dépendait de sa réponse.

— Cierra Romero.

S'ensuivit un curieux remue-ménage, puis la porte s'entrouvrit suffisamment pour que Ken comprenne la raison de ce tohu-bohu. Le quinquagénaire qui le fixait avait dû enjamber et contourner toutes sortes d'obstacles pour parvenir jusque-là, car un désordre indescriptible régnait à l'intérieur.

Quel type d'individu pouvait bien se barricader ainsi dans sa propre maison ?

Ken prit alors conscience qu'il avait déjà rencontré cet homme à plusieurs reprises, sans toutefois lui prêter attention à l'époque. Il avait devant lui M. Baker, l'ancien concierge du lycée de Dundee. A en croire les rumeurs, celui-ci avait été renvoyé de l'établissement, il y a plusieurs années, pour avoir agressé sexuellement une lycéenne.

S'agissait-il de la vérité ? Ken n'aurait su le dire mais, fort du dicton selon lequel « il n'y a pas de fumée sans feu », il éprouva un désagréable malaise et se tint sur ses gardes.

— Ma sœur m'a téléphoné pour me prévenir de son arrivée, grommela son interlocuteur, *a priori* plus irrité qu'inquiet du retard de sa visiteuse.

Il avait le visage maigre et émacié, le crâne dégarni et ses cheveux clairsemés n'avaient manifestement pas vu de shampoing depuis pas mal de temps. Ses yeux profondément enfoncés dans les orbites et injectés de sang furetèrent de tous côtés, sans doute pour repérer la jeune femme.

— Où est-elle ? lança-t-il. L'hiver est rigoureux cette année, j'aurais bien besoin de compagnie pour réchauffer mes vieux os !

De compagnie ?

Ken feignit de ne pas comprendre. Cet individu lui donnait la nausée, et la puanteur ambiante, où l'alcool le disputait à la crasse et à l'urine de chat, n'arrangeait pas les choses.

— Vous venez de mentionner votre sœur, éluda-t-il. Où vit-elle ?

— A Vegas. Son ex projetait d'épouser cette fille qu'il avait ramenée du Guatemala. Cet imbécile n'a rien trouvé de mieux que de mourir la veille de son mariage… Tant mieux pour ma frangine… Enfin, toujours est-il que personne ne savait quoi faire de cette fille. Alors moi, j'ai dit que je voulais bien m'en occuper.

« Quel grand seigneur ! s'insurgea Ken. Il parle de Cierra comme d'un vulgaire objet encombrant. »

— Vous aviez l'intention de… vous marier avec elle ?

La vision de Cierra piégée dans cette cahute avec cet homme lui était insupportable. L'idée que cette femme jeune et belle puisse vivre dans ce taudis, au service de cet individu malsain était tout simplement *inconcevable*.

— Arlene n'a pas parlé de ça.

— Arlene ?

— Ma sœur, l'ex-femme de Charlie.

— Et Charlie est…

— Celui qui devait épouser la petite.

— Pourquoi un homme aussi vieux souhaitait-il s'unir avec une femme de cet âge-là ?

— Vous rigolez ? lança Stuart Baker avec un rire gras. Vous connaissez un seul type qui n'aime pas les jeunettes ?

— Et en ce qui vous concerne ? s'enquit Ken en réprimant à grand-peine l'envie de lui écraser son poing sur la figure.

— Faut voir… Je l'épouserai peut-être, à condition qu'elle et moi, ça colle…

Ken eut alors la certitude du contraire. Pourquoi cet homme qui, semblait-il, restait cloîtré chez lui, se donnerait-il la peine de descendre à la ville pour passer devant « M. le maire » ? Et, s'il s'y décidait, Cierra se retrouverait prisonnière de ce mari répugnant, au fin fond des montagnes.

— Je vois…

— Bon, elle est où ? demanda Baker qui commençait à s'impatienter.

— Je crains d'avoir à vous apprendre une mauvaise nouvelle, mentit-il, cachant son dégoût derrière un sourire forcé. En fait, elle ne viendra pas et elle m'a prié de vous l'annoncer.

— *Quoi !* Et pourquoi donc ? s'indigna son interlocuteur.

— Eh bien, elle a… changé d'avis et préféré rentrer chez elle.

— Au Guatemala ?

— Exact.

Un éclair de suspicion traversa furtivement le regard fuyant de Baker.

— Et ses sœurs, alors ?

« Bon sang, songea Ken, parce que en plus, elle a des sœurs ! »

— Quel rapport avec ses sœurs ?

— Arlene m'a expliqué qu'elles n'auraient aucune possibilité de subsistance si leur sœur aînée retournait là-bas. Les parents sont morts tous les deux, le frère croupit en prison. Bref, elles n'ont personne d'autre que Cierra sur qui compter.

Aïe… La situation se révélait bien pire que Ken ne l'avait imaginée.

— Vous auriez… aidé ses sœurs aussi ? questionna Ken.

— Ah non ! Faut pas exagérer ! Je n'ai pas les moyens de soutenir toute sa famille, mais je suis prêt à lui fournir un toit et de quoi manger. Au moins, elle ne crèvera pas de faim avec les autres.

Ken se demanda si Cierra, sachant ce qui l'attendait ici, aurait effectué ce long périple depuis Las Vegas dans de telles conditions. Non, certainement pas ! Cette Arlene, aussi peu recommandable que son frère, lui avait probablement fait miroiter l'espoir d'y trouver un emploi stable et de gagner de quoi soutenir financièrement ses sœurs.

— Eh bien, par chance, vous n'avez plus à vous préoccuper de son sort, déclara-t-il.

— Vous avez fait un sacré bout de chemin pour venir me porter son message, observa Baker, soupçonneux.

— Je le lui ai promis.

— Vous vous connaissez depuis longtemps ?

— Non, nous nous sommes rencontrés en ville.

— Ben oui, c'est ça ! s'exclama Baker avec un rictus mauvais qui découvrit une gencive édentée. J'aurais cru qu'une star du foot comme vous avait suffisamment de femmes à ses pieds pour ne pas aller piquer celles des autres.

Ken ne s'étonna pas qu'il l'ait reconnu. A Dundee, tout le monde, même ceux qui ne s'intéressaient pas au football américain, avait entendu parler de lui et vu à de nombreuses reprises sa photo dans le journal local. En revanche, l'allusion de cet homme lui déplut au plus haut point.

— Qu'insinuez-vous *exactement* ?

— Ne le prenez pas mal, mon vieux. Simplement, quand vous en aurez fini avec elle, ne m'oubliez pas. Amenez-la-moi… Je bouge rarement d'ici.

Ken serra les poings et lutta contre une furieuse envie de faire ravaler ses paroles à ce sinistre individu. La violence n'arrangerait pas la situation, bien au contraire, car Baker se vengerait aussitôt en alertant les services d'immigration, et Cierra se verrait rapatriée au Guatemala *manu militari*.

— Vous vous méprenez, décréta-t-il en s'efforçant de paraître le plus convaincant possible. *Cierra Romero est repartie dans son pays.*

— Bien sûr ! Bon, écoutez, rappelez-vous ce que je viens de vous dire : quand vous en aurez marre de l'avoir chez vous, envoyez-la-moi ; je serai toujours preneur.

Sur ces mots, il lui claqua la porte au nez.

7.

Qu'allait-il faire, maintenant ?

Cette question ne cessait de tourmenter Ken tandis qu'il descendait en voiture la rue principale à une allure d'escargot.

Impossible de déclarer la présence de Cierra aux autorités, surtout depuis qu'il connaissait sa situation. La renvoyer au Guatemala la condamnait, ainsi que ses sœurs, à la misère. Pas question, non plus, de la conduire chez ce Stuart Baker, un abject individu qui s'empresserait de profiter d'elle dans tous les sens du terme. Sa conscience le lui interdisait.

Pour autant, il ne pouvait pas la garder chez lui. Elle était trop jeune et trop séduisante pour qu'ils continuent à vivre sous le même toit. Les rumeurs ne tarderaient pas à aller bon train. Et puis, il devait se l'avouer : il se sentait attiré, *très* attiré, par Cierra. La nuit dernière, il avait eu beaucoup de mal à trouver le sommeil. Il ne cessait de s'imaginer en train de l'embrasser et de caresser son corps svelte aux rondeurs parfaites. Or, il était revenu à Dundee avec l'idée de s'installer dans la vie, de fonder une famille… avec Tiffany, pourquoi pas. Elle ferait une femme idéale pour lui. Ils se connaissaient bien, tous les deux, après être sortis ensemble durant leurs années de lycée.

Non, décidément, il aurait été malvenu de se lancer dans une aventure torride avec cette beauté latino-américaine. D'autant plus que cela n'aiderait en rien la jeune femme.

Un coup de klaxon le tira brutalement de sa rêverie, l'obligeant à se concentrer sur sa conduite.

Il ne s'agissait pas, hélas, d'un conducteur impatient, mais de Russ.

« Zut ! songea Ken. Avec un peu plus de vigilance, j'aurais pu l'éviter ! »

Il le salua d'un geste de la main, espérant que cela suffirait, mais son père répondit en lui faisant signe de s'arrêter. Ken obtempéra à contrecœur et se gara derrière lui. Après avoir slalomé entre les tas de neige qui encombraient le trottoir, il s'approcha de la vitre de la Camaro. Cette vieille guimbarde n'avait plus de chauffage depuis belle lurette. Aussi Ken avait-il offert pour Noël dernier un 4x4 flambant neuf à Russ qui s'était empressé de le vendre aussitôt ou de le céder à l'un de ses créanciers, car Ken ne l'avait plus jamais vu au volant de ce véhicule.

— Salut, fiston. Que fabriques-tu à Dundee ? Je te croyais en plein emménagement !

Se sentant coupable de ne pas avoir rappelé son père après les deux messages téléphoniques que celui-ci avait laissés sur son répondeur, trois jours plus tôt, Ken esquissa un sourire qu'il voulait chaleureux.

— J'avais des bricoles à acheter, expliqua-t-il. Je me dépêche de rentrer.

— Dommage, je pensais que nous pourrions déjeuner ensemble.

— Aujourd'hui, cela ne m'arrange vraiment pas. Il me reste une tonne d'affaires à ranger. Mais… bientôt, je te le promets.

— Fixons un jour, insista Russ. J'ai une opportunité en or à te proposer. Maintenant que tu ne joues plus, il faut penser à faire fructifier ton capital en le plaçant, sinon il ne tardera pas à fondre comme neige au soleil.

Ken n'avait pas attendu les recommandations paternelles pour investir. Il possédait déjà un magasin de jeux vidéo à Dundee ainsi que deux ou trois boutiques plutôt rentables. Hors de question de gaspiller de l'argent dans le tout nouveau projet de son père qui se solderait inévitablement par un échec. Ken le savait par expérience : après avoir perdu la somme avancée par son fils, Russ reviendrait à la charge avec un nouveau plan, tout aussi bancal que le précédent.

— Pourquoi pas après les fêtes ? suggéra Ken.

— Quand ?

— Disons… vers la mi-janvier.

— Il me faudrait une date plus précise, insista Russ, faisant mine, comme à son habitude, de ne pas remarquer la réticence évidente de Ken. Je souhaite te faire rencontrer quelqu'un d'important.

— Après les vacances, répéta Ken.

— O.K. ! J'espère que nous nous verrons tout de même avant cela.

— Bien sûr.

— Dis donc, tu as vu la déculottée que les Cowboys ont infligée aux Jets, hier soir ? J'ai essayé de t'appeler, mais je suis tombé une fois de plus sur ton maudit répondeur.

Trop préoccupé, Ken n'avait pas interrogé sa messagerie depuis deux jours. En l'occurrence, il avait bien fait ! En supporter acharné de l'équipe de Dallas, son père n'avait cessé de lui reprocher de jouer à New York, allant jusqu'à lui proposer d'organiser son transfert chez les Cowboys.

— Oui, admit Ken. Mes anciens coéquipiers ont manqué de panache.

— Tu parles ! s'exclama Russ. Depuis qu'ils ne t'ont plus, ils enchaînent les défaites.

Son père avait le don de l'exagération, mais il se garda bien de le contredire.

— Je n'ai jamais compris que tu ne rejoignes pas l'équipe de Dallas, ajouta Russ.

— Je sais, papa, soupira Ken, songeant que, pour sa part, il n'avait jamais compris que son père s'adonne autant à la boisson.

— Tu n'as vraiment pas le temps de manger un morceau avec moi ? insista Russ.

En jetant un coup d'œil à l'habitacle délabré de la Camaro, Ken éprouva un sentiment de pitié à l'égard de cet homme qui, malgré ses multiples défauts, n'en demeurait pas moins son père.

— Bon, d'accord, mais vite fait alors…

A mesure que les heures passaient, Cierra se sentait de plus en plus nerveuse. Ken et Brent étaient partis juste après le copieux petit déjeuner qu'elle leur avait préparé et, depuis, ils ne lui avaient donné aucune nouvelle. Avaient-ils trouvé l'adresse qui figurait sur le papier ? Aurait-elle finalement un travail stable, un endroit où se poser et la possibilité de donner un nouveau départ à sa vie et à celle de sa famille ?

Elle l'espérait de toutes ses forces, car les chances de

décrocher un emploi à Dundee s'avéraient minces sans aucune recommandation, surtout pour une femme à la peau un peu trop mate pour la région. Par la suite, il lui faudrait certainement déménager dans une ville plus grande, offrant davantage d'opportunités d'intégration. Mais, pour l'instant, elle devait gagner du temps et de l'argent. Déjà trois semaines qu'elle n'avait rien envoyé à ses sœurs. Si elle n'arrivait pas à leur expédier quelques dollars prochainement, leur propriétaire ne tarderait pas à les mettre à la porte.

Dès qu'elle entendit le grondement du moteur du Land Rover, Cierra se précipita à la porte.

— Alors ? demanda-t-elle sans même laisser à Ken le temps d'ôter son blouson. Qu'avez-vous trouvé ?

Les bras chargés de paquets, celui-ci se dirigea tout droit vers la cuisine.

— Rien, absolument rien, hélas. J'ai essayé tous les embranchements depuis Dundee. Sans succès. J'ai fini par abandonner. Nous n'avons pas assez d'informations pour dénicher cette fichue maison !

— Ah…, murmura Cierra en s'efforçant de refouler le désespoir qui menaçait de l'envahir. Vous avez fait tout ce que vous pouviez… Merci de vous être donné tant de mal.

Ken semblait s'intéresser davantage au contenu de ses sacs qu'aux propos de la jeune femme. Etait-il en colère ou simplement frustré d'avoir échoué ?

— Ne vous inquiétez pas, dit-il d'un ton assez sec. Il y a forcément une autre solution.

Toutefois, Cierra détestait l'idée de dépendre de quiconque, notamment d'un homme aussi séduisant que Ken Holbrook.

— Où est Brent ? s'enquit-elle afin de détendre l'atmosphère.

— Il aide Gabe, notre beau-père, à repeindre le studio photo de notre mère et ne rentrera pas ce soir. Peut-être même restera-t-il absent plusieurs jours.

— Oh !

— Je vous ai dit de ne pas vous en faire, O.K. ? Pour le moment, vous allez rester ici.

— Mais, objecta Cierra, j'ai presque fini de…

— Non, l'interrompit Ken. J'ai encore besoin de vos services.

— Pour faire quoi ? J'ai passé l'aspirateur partout, épousseté les meubles, mis de l'ordre dans les placards, et puis, j'ai aussi rangé votre chambre, lavé et repassé tous vos vêtements.

— Même mes jeans ! s'étonna Ken.

— *Sí.*

— Donc, annonça-t-il triomphalement, il vous reste à nettoyer la salle de gym et la pièce du jacuzzi. Mais, laissez cela pour plus tard, j'ai une autre mission pour vous, ajouta-t-il en désignant du doigt les emplettes qu'il avait rapportées de Dundee.

Il avait acheté une foule de décorations de Noël : des guirlandes électriques, des boules rouges et dorées, des anges, sans oublier l'incontournable étoile à fixer en haut du sapin.

— Vous voulez que j'accroche tout cela dans l'arbre ? s'enquit Cierra dont le ton trahissait l'incrédulité.

— Exact, confirma Ken en sortant d'un énième sac une adorable crèche. Je vous rappelle que Noël a lieu dans une petite semaine.

La jeune femme avait passé assez de temps aux Etats-Unis pour savoir que la plupart des Américains décoraient leurs maisons pour fêter la nativité. Comme au Guatemala, mis à part le fait que les adultes s'échangeaient les cadeaux au nouvel an. Cependant, elle n'aurait pas imaginé que Ken respecte la tradition à ce point. Elle pensait qu'il se contentait d'acheter des présents à sa famille. Peut-être le réveillon avait-il lieu chez lui ?

— Attendez-vous de la… compagnie ? demanda-t-elle dans son anglais hésitant.

— De la compagnie ?

— Oui. Des parents, des visiteurs.

Les délicats personnages en porcelaine appelés à rejoindre la crèche semblaient fragiles entre les mains puissantes de Ken qui les alignait avec précaution sur le bar de la cuisine.

— Non, personne.

— Pourtant, vous avez dû dépenser beaucoup d'argent, fit-elle observer.

L'initiative de Ken lui semblait peu conforme avec ce qu'elle avait perçu du caractère de son bienfaiteur pour qui pragmatisme rimait avec efficacité.

— Un peu, admit-il. Mais regardez comme ces figurines sont fines. La vendeuse m'a expliqué que les femmes adoraient ce genre d'ornements. Pas vous ?

— Oh si, bien sûr !

Aurait-il dépensé une petite fortune à seule fin de lui faire plaisir ? Car, pour l'instant, aucune autre femme qu'elle ne vivait dans ce chalet… Cette attention lui alla droit au cœur. Si elle ne résolvait pas son problème immédiat, du moins atténuait-elle sa déception.

La jeune femme prit l'enfant Jésus dans sa main et l'observa un moment avant de soupirer tristement :

— Il symbolise l'espoir pour tant de gens dans le monde.

— Cierra, murmura Ken d'une voix qui exprimait une certaine émotion.

— Oui ?

Il hésita puis, avec beaucoup de douceur, il lui caressa la joue.

— Je suis désolé.

A ce contact, la jeune femme sentit des ondes électriques lui parcourir le corps et son cœur s'emballer. Au début, elle avait cherché à se convaincre qu'elle préférait Brent à son frère aîné pour sa gentillesse, sa spontanéité, son insouciance. Mais il n'en était rien, et elle le savait pertinemment. C'était Ken, et non Brent, qui déclenchait en elle ces émotions bizarres qui, à la fois, l'enchantaient et la terrifiaient.

— Vous n'avez rien à vous reprocher, balbutia-t-elle. Vous avez fait preuve d'une grande… générosité et je vous en suis reconnaissante.

Ken fixait ses lèvres d'un regard troublé.

— Vous tremblez, chuchota-t-il. Ne craignez rien, je ne vous veux aucun mal.

En réponse, Cierra esquissa un sourire timide. Elle n'avait pas peur de *lui*, mais de ses propres réactions, car si elle n'avait écouté que ses pulsions, elle se serait jetée dans ses bras. Or, quelqu'un dans sa situation, une clandestine, ne devait pas écouter son cœur, mais son cerveau. Sa survie et celle de ses sœurs en dépendaient. Par ailleurs, Ken ne pourrait lui offrir qu'une passion éphémère. Trop de femmes évoluaient autour de lui, n'attendant qu'un geste de sa part pour succomber. A commencer par cette superbe blonde prénommée Tiffany…

La sentant se raidir, Ken laissa retomber son bras.

— En réalité, c'est plutôt vous qui me faites un peu peur, avoua-t-il dans un souffle.

A son ton, elle sut qu'il disait la vérité.

— Ne vous inquiétez pas… Je vais bientôt partir… Je vous le promets.

8.

Ken ne comprenait pas quelle mouche l'avait piqué dans la cuisine, tout à l'heure. Depuis sa visite chez Stuart Baker, il n'avait cessé de maudire le hasard qui lui avait envoyé Cierra Romero. Or, il aurait embrassé la jeune femme si elle n'avait pas battu en retraite au dernier moment.

Il fallait absolument trouver une solution ; il en allait de sa tranquillité d'esprit. Pourquoi ne pas appeler quelques-uns de ses anciens équipiers ? Certains étaient mariés et pères de famille. Peut-être l'un d'eux aurait-il besoin d'une cuisinière, d'une gouvernante ou d'une personne de confiance pour garder ses enfants ? En revanche, quelle épouse se réjouirait de partager son toit avec une nounou aussi jolie qui risquait de séduire autant le mari que la progéniture ? Par ailleurs, la situation irrégulière de sa protégée le contraignait à la plus grande discrétion, de sorte que ses recherches prendraient du temps, et plus il passait de moments en compagnie de cette jeune femme, plus il se sentait attiré par elle !

Lorsqu'il avait prétendu ne pas avoir découvert cette fichue adresse qu'elle considérait comme son ultime espoir, elle s'était efforcée de cacher son immense déception pour ne lui témoigner que de la gratitude. Cependant, devant son air perdu, il avait eu une envie folle de la serrer contre lui.

Il aurait volontiers attribué cette réaction à un désir de protection, un besoin de prendre sous son aile un être sans défense… Mais, quand il l'imaginait dans ses bras, ils étaient nus tous les deux ! C'était bien là tout le problème. Il ne pouvait tout de même pas jeter la pierre à Baker pour ses pensées salaces et nourrir des fantasmes identiques…

Pourtant, il avait bien du mal à chasser le souvenir de la douceur de la peau de la jeune femme. Le regard qu'elle lui avait lancé avait fait naître en lui une pulsion physique incontrôlable dont il ressentait encore les effets.

— Je peux vous poser une question ? demanda-t-il à Cierra alors qu'ils installaient la guirlande lumineuse autour du sapin.

Jusqu'à présent, ils avaient travaillé en silence, évitant même de croiser le regard de l'autre. Chaque fois que leurs mains se frôlaient involontairement, la jeune femme se dérobait aussitôt.

— Cierra ? insista Ken tandis qu'elle restait muette.

— Oui…

— Et vous me répondrez ?

— Cela dépend, déclara-t-elle avec un sourire.

Ken avait beau chercher à se convaincre que la vie privée, notamment sexuelle, de sa gouvernante ne le concernait pas, il était comme obsédé par la vision de son corps offert à un homme qui avait l'âge d'être son grand-père.

— Couchiez-vous avec lui ?

Elle ne fit pas mine de ne pas comprendre de qui il parlait.

— Pourquoi me demandez-vous cela, *señor* Holbrook ?

Il se rendait compte de son indiscrétion, et se devait en retour de jouer franc jeu.

— Parce que, *señorita*, expliqua-t-il avec une grimace cocasse, je n'arrête pas d'y penser.

— Pour quelle raison ?

Parce que n'importe quel homme se poserait cette question. Parce qu'elle l'attirait terriblement. Parce qu'il compatissait…

Ces trois versions se présentèrent spontanément à l'esprit de Ken qui choisit prudemment de n'exprimer que la dernière.

— Je ne supporte pas l'idée que des vieillards exploitent des jeunes filles originaires d'un autre pays sous prétexte de les sortir de la misère.

— Charlie méritait ma gratitude, objecta Cierra. Sans lui, je n'avais aucun espoir d'avenir.

Maintenant qu'il était décédé, que pouvait-elle espérer ? Sa situation n'avait fait qu'empirer. Pourtant, Ken ne parvenait pas à déplorer la disparition de cet homme. La seule pensée qu'il ait pu poser ses mains sur la peau veloutée de Cierra le révulsait.

— Il m'a fait une offre… équitable, poursuivit la jeune femme, butant sur les mots, et j'ai accepté… C'est moi qui ai décidé…

Avait-elle vraiment le choix ? Non, pas avec des parents au cimetière, un frère en prison et trois sœurs à nourrir.

— Vous ne m'avez pas vraiment répondu.

Incapable de supporter son regard inquisiteur, elle se concentra sur la guirlande qu'elle finit d'accrocher.

— Nous étions fiancés, murmura-t-elle enfin. Nous vivions ensemble.

— Seuls tous les deux ?

— *Sí.*

— Pendant combien de temps ?

— Deux mois.

— Comment avez-vous connu son ex-femme ?

— Elle venait sans cesse harceler Charlie à propos du divorce. Elle n'était pas d'accord avec les… termes du contrat.

— Avait-il des enfants ?

— Non. Le bébé faisait partie du contrat.

— Alors, vous avez dû coucher avec lui, n'est-ce pas ?

— Selon lui, il n'y avait aucun mal à… cela, puisque nous allions nous marier, marmonna Cierra avec une grimace qui en disait long sur son peu d'enthousiasme. Et moi… moi, je craignais qu'il ne me renvoie chez moi si je refusais.

— Donc, vous vous êtes pliée à ses désirs.

« Mon Dieu, songea Ken, révolté. Pourquoi la vie se montrait-elle aussi injuste envers certains ? »

Entre un Stuart Baker poursuivant une lycéenne de ses assiduités lubriques et ce septuagénaire se payant une toute jeune femme pour satisfaire son désir de paternité, quelle différence y avait-il ? Après tout, si ce Charlie avait vraiment voulu aider les déshérités des pays voisins, il lui suffisait d'envoyer un don à la Croix-Rouge. En réalité, il n'avait pas agi par générosité, mais par intérêt.

— Et alors ? insista Ken.

— Alors quoi ?

— Etait-ce aussi… terrible que je l'imagine ?

Il vit Cierra se figer.

— Je préfère ne pas en parler.

Pour se donner une contenance, la jeune femme se mit à fouiller dans le sac où se trouvaient encore quelques petits sujets.

— Il ne vous a pas brutalisée, au moins ! s'exclama Ken, alarmé par son mutisme.

— Non.

— Existe-t-il un… risque que vous soyez enceinte ? reprit-il, poursuivant son interrogatoire, presque malgré lui.

Il devait en avoir le cœur net, car une grossesse compliquerait encore davantage la situation.

— Non.

— Vous en êtes sûre ?

— Absolument, déclara-t-elle sans la moindre hésitation.

— A cent pour cent ?

Elle poussa un soupir d'exaspération.

— Bien sûr que oui ! Charlie ne pouvait pas… *como decirlo*… concevoir un enfant… Vous comprenez ?

— Oh ! Il était sans doute stérile, ou impuissant ?

— J'ignore le sens de ces mots.

— « Impuissant » signifie qu'il ne parvenait pas à… à avoir une érection, précisa-t-il, un peu gêné.

Cierra ne répondit pas, mais une rougeur intempestive envahit son visage crispé.

— Je vois, murmura Ken. Dans ce cas, comment pouvait-il s'imaginer devenir père un jour ?

— Il avait l'intention de consulter un médecin.

— Comment arrivait-il à avoir des relations sexuelles avec vous ?

— Cela suffit, maintenant ! lui intima la jeune femme.

— D'accord, d'accord… Juste une dernière question et je vous laisse tranquille.

— Laquelle ? s'enquit-elle, méfiante.

— Comment réussissiez-vous à supporter ses… tentatives ?

— Je fermais les yeux et j'essayais de penser à autre chose, confia Cierra en grimpant sur l'escabeau pour fixer l'étoile au sommet du sapin, ce qui permit à Ken d'admirer sa silhouette.

— A autre chose ou à *quelqu'un* d'autre ?

L'ombre d'un sourire se dessina sur les lèvres de la jeune femme.

— A un ancien petit ami, peut-être ? insista Ken, se détestant pour sa curiosité, mais incapable de résister à l'envie de savoir.

— Non.

— A *qui*, alors ?

— Je ne vous le dirai pas.

— Pourquoi ?

— Vous vous moqueriez de moi.

— Pas du tout.

— Je rêvais au… shérif du film, finit-elle par avouer.

— Quel film ?

— *Le train sifflera trois fois*. Bon, maintenant que j'ai répondu à toutes vos questions, pourriez-vous me passer le coton pour que je mette des flocons de neige dans l'arbre ?

Ken éclata littéralement de rire.

— Et où avez-vous vu ce bon vieux western ? s'esclaffa-t-il.

— Chez Charlie. Il avait beaucoup de DVD.

— J'en déduis que Gary Cooper est votre type d'homme. Je ne doute pas que ma mère et ma grand-mère partageraient votre avis ! Et comment était-ce quand ce noble héros vous faisait l'amour ? ajouta-t-il sur le ton de la plaisanterie.

Il regretta aussitôt ses paroles. Toutefois, à sa grande

surprise, Cierra descendit posément de l'escabeau et se planta devant lui, les mains sur les hanches.

— Normal… Enfin, j'imagine, lança-t-elle avec aplomb.

— Vous n'avez connu aucun homme avant Charlie ?

— Non. Mon père se montrait très strict sur ce point. Chez nous, une femme qui a perdu sa… virginité a du mal à se trouver un bon parti.

— Votre père projetait de vous vendre, en quelque sorte ! s'offusqua Ken.

— Non, bien au contraire. Beaucoup d'autres n'hésitaient pas à proposer leur fille au plus offrant, mais lui ne voulait pas. Il avait d'autres ambitions pour ses enfants. Après sa mort et celle de ma mère, les circonstances ne nous ont pas laissé le choix.

Ken éprouva un élan de compassion mêlé d'un autre sentiment qu'il n'aurait su définir. Cierra se tenait si près de lui qu'il pouvait presque sentir le parfum de sa peau. Elle était si forte et si fragile à la fois ! Outre sa beauté et son intelligence, cette femme possédait une classe naturelle qui forçait le respect. Sa personnalité autant que son physique l'attiraient comme un aimant.

Il résista néanmoins à l'appel du désir, se refusant à « profiter » de la situation. Il n'allait pas, lui aussi, se comporter comme tous ces machos ! Il aiderait Cierra sans attendre d'elle aucune contrepartie. Tout simplement parce qu'elle méritait un sort meilleur que celui que la vie lui avait réservé jusqu'à présent.

Ken s'éloigna pour brancher la guirlande électrique qui se mit à clignoter.

— Alors, contente du résultat ? lança-t-il.

— Magnifique, se contenta-t-elle de répondre avec le regard émerveillé d'une enfant.

— Je suis bien de votre avis ! surenchérit Ken qui, *lui*, ne parlait pas du sapin de Noël.

9.

Etendue sur le lit, les yeux fixés au plafond, Cierra respirait la bonne odeur de résine qui flottait partout dans le chalet grâce au sapin de Noël. Ses pensées la ramenaient invariablement à la soirée qu'elle venait de passer en tête à tête avec Ken, l'empêchant de trouver le sommeil.

Après avoir fini la décoration de l'arbre et installé la crèche, Ken avait allumé un feu dans la cheminée tandis qu'elle faisait griller les steaks prévus pour le dîner. En l'absence de Brent, l'ambiance était complètement différente, bien plus intime et, de ce fait, un peu moins détendue.

Lors du dîner, chaque fois qu'elle avait levé son regard vers lui, Cierra l'avait surpris en train de l'observer. Elle devinait les sentiments qui l'agitaient… puisqu'elle éprouvait les mêmes. Elle n'avait encore jamais fait l'amour avec un homme de son choix, un homme aussi viril et plus beau encore que le shérif du film qui l'aidait à supporter les assiduités de ce pauvre Charlie.

En voyant Ken la première fois, elle avait tout de suite pensé à Gary Cooper. Aurait-elle de nouveau l'occasion de partager le lit d'un si bel homme, et jeune de surcroît ? Dans peu de temps, elle aurait quitté cette maison et, du moins l'espérait-elle, trouvé du travail. Il serait temps, alors, de chercher un mari américain via le même site internet que précédemment. Sa présence dans ce pays, et par conséquent sa survie immédiate et celle de ses sœurs en dépendaient. Qui sait quel âge aurait le prochain prétendant ?

Toutes ses rencontres aux Etats-Unis lui semblaient éphémères : des visages qui disparaîtraient les uns après les autres de son univers. Car, un jour, elle rentrerait chez elle…

« Pas question, songea-t-elle, d'y retourner avec un enfant illégitime ! »

Elle entendit le parquet du couloir craquer et sut que Ken, lui non plus, ne réussissait pas à dormir. Elle crut tout d'abord qu'il allait peut-être venir la rejoindre, comme Charlie en avait l'habitude. Bien qu'elle ait accepté son futur époux dans son lit avant le mariage, elle avait, en revanche, insisté sur le fait d'avoir sa propre chambre. Soudain, elle se remémora le moment où elle avait descendu l'escabeau et s'était retrouvée tout près de Ken, si près qu'elle avait pu lire dans son regard sa lutte intérieure entre le désir et la raison. C'est cette dernière qui avait remporté la bataille.

Depuis cet instant, Ken s'était montré charmant avec elle. Il lui avait même prêté un T-shirt pour dormir et lui avait proposé de regarder ensemble un film romantique. Cependant, il s'était bien gardé de l'approcher.

— Comment en suis-je arrivée là ?, chuchota Cierra dans le silence de la pièce.

Jamais, avant de partir de Todos Santos, elle n'aurait imaginé qu'un endroit comme Dundee ou qu'un homme comme Ken puissent exister. Si elle éprouvait de la gratitude envers son hôte, partager le même toit que lui devenait une torture. La jeune femme brûlait d'envie de découvrir enfin ce plaisir que les mains maladroites de Charlie lui avaient, en de rares occasions, laissé entrevoir.

Sans doute n'aurait-elle pas éprouvé cette pulsion mêlée de frustration avec Brent à proximité, mais l'absence de celui-ci créait une intimité propice à…

« Cela suffit ! s'admonesta Cierra. Cesse de fantasmer. »

Elle laissa passer une demi-heure avant de songer sérieusement à la proposition de Ken d'utiliser le jacuzzi à sa guise, un moyen idéal, selon lui, pour vaincre les tensions et les insomnies. Sur le moment, elle avait écarté l'offre, faute de maillot de bain, mais maintenant…

Elle attendit encore une bonne dizaine de minutes, l'oreille aux aguets. Lorsqu'elle fut quasiment certaine que Ken avait regagné sa chambre, elle s'aventura dans le couloir et, à tâtons, rejoignit le jacuzzi qui jouxtait la salle de gym. La pièce était plongée dans une profonde obscurité. Seuls les rayons de lune qui filtraient à travers la large baie vitrée donnant sur les montagnes et la forêt dessinaient des taches de clarté sur le sol, révélant les volutes de vapeur qui s'échappaient du bain bouillonnant.

Cierra aimait cette pièce ouverte sur le ciel piqueté d'étoiles, avec sa bonne odeur de propreté, ses serviettes blanches moelleuses suspendues aux patères de bois. Elle s'y sentait en sécurité, comme coupée du monde.

Elle testa la température de l'eau du bout des doigts : parfaite.

Elle ôta le T-shirt de Ken ainsi que l'unique slip qu'elle possédait. La pénombre enveloppait sa nudité. Prenant soin de ne pas glisser, la jeune femme se hasarda dans le bain… et faillit pousser un cri de terreur lorsque son pied rencontra une jambe qui, à en juger par la musculature, appartenait manifestement à un homme. Quelqu'un l'avait devancée.

— Ne vous inquiétez pas, c'est moi.

Ken !

— Oh, désolée, bredouilla la jeune femme. J'ignorais que vous étiez ici… Je ne veux pas vous déranger… Je m'en vais.

— Non, restez, dit Ken en l'attrapant par le poignet.

Il ne l'attira pas vers lui, mais elle eut l'impression qu'il guettait sa réaction.

— Ken ?

— Vous êtes sûre d'avoir envie de partir ? demanda-t-il à voix basse.

— Je devrais.

Elle ne répondait pas directement à sa question, mais il eut l'air de comprendre ce qu'elle lui signifiait.

— Oui, vous devriez, chuchota-t-il en la lâchant.

Pourtant, elle resta là, debout, incapable de faire le moindre mouvement.

— Cierra ?

— Oui ?

— Vous êtes toujours là ?

— *Sí*.

— Pourquoi ?

— Je ne sais pas.

Elle perçut le bruissement de l'eau autour d'elle tandis qu'il se levait.

— Mon cœur bat… très fort, murmura-t-elle.

— Le mien aussi.

Ken lui saisit la main et l'appliqua contre sa poitrine, comme pour prouver ses dires.

Sous sa paume, Cierra sentit la force de sa musculature et la douceur de la fine toison qui couvrait son torse d'athlète. Cédant à l'impulsion du désir, elle aventura ses doigts plus haut, explorant son cou, sa nuque et les contours de son visage. Le simple contact de sa peau suffisait à provoquer en elle des ondes de chaleur qui envahissaient tout son corps. Pourtant, elle frissonnait.

Immobile, Ken se laissait découvrir, retenant presque sa respiration pour que la caresse ne cesse pas.

— Embrassez-moi, murmura-t-il, enfin, d'une voix légèrement rauque.

Obéissant à son appel, la jeune femme se hissa sur la pointe des pieds et posa ses lèvres sur les siennes.

« Ne pense plus à rien, songeait-elle. Pour une fois, profite de l'instant présent. »

Ken enserra sa taille étroite de ses mains puissantes et, avec une douceur infinie, força le barrage de ses lèvres. Leurs langues s'unirent dans un baiser passionné.

Se rendait-il compte qu'elle était nue ? Cierra n'aurait pu le dire. Peut-être la croyait-il en sous-vêtements, sachant qu'elle ne possédait aucun maillot de bain. Il était encore temps de battre en retraite. La raison lui commandait de le faire tandis que ses sens lui intimaient de rester, et quand Ken se rassit, enlaçant toujours ses hanches, elle le suivit et s'agenouilla devant lui, prisonnière de ses jambes.

La bouche de Ken délaissa la sienne pour descendre le long de son cou gracile jusqu'à ce qu'elle rencontre la pointe dressée du sein rond qui se tendait vers elle.

Cierra réprima à grand-peine un gémissement de plaisir. Désormais, Ken ne pouvait ignorer sa nudité. Sans doute même l'avait-il vue se déshabiller ou perçu le bruit ténu de ses vêtements tombant sur le sol.

Elle prit son visage entre ses mains dans l'intention de le repousser avant qu'il ne soit trop tard, au lieu de quoi elle le retint contre elle. Ken l'enlaça et, la soulevant sans effort, l'installa sur ses genoux.

A travers le tissu du caleçon de bain, Cierra sentit l'évidence d'un désir impérieux.

Ken faisait tout ce qui était en son pouvoir pour essayer de garder le contrôle de lui-même. Il voulait donner du plaisir à Cierra, lui faire découvrir la jouissance, sans pour autant aller jusqu'au bout de leur étreinte, se refusant à la priver de cette virginité si précieuse à ses yeux. Néanmoins, les sensations qu'il éprouvait risquaient de le mener trop loin et il avait l'impression de maîtriser de moins en moins la situation.

— Nous devrions nous arrêter tant qu'il en est encore temps, lui suggéra-t-il dans le creux de l'oreille.

— Non ! gémit Cierra dans un élan de spontanéité qui l'émut étrangement.

Ken baissa la tête et planta son regard dans celui, brillant, de la jeune femme. Les questions se bousculaient dans son esprit : devait-il céder à la pulsion charnelle, manifestement réciproque, ou n'écouter que son sens des responsabilités et briser tout de suite la magie de cet instant ? Après tout, il était le plus âgé des deux et, à ce titre, il se devait de garder la tête froide.

Il en était là de ses réflexions lorsque Cierra se blottit contre lui et l'embrassa de nouveau. Ce baiser avait la fraîcheur et la maladresse de l'inexpérience, mais il eut pour effet de balayer ses dernières hésitations. Acceptant sa défaite, il fit glisser ses doigts le long du ventre à la peau satinée de la jeune femme, jusqu'au duvet soyeux protégeant la partie la plus intime de son anatomie.

C'est alors que l'un et l'autre entendirent une clé cliqueter dans la serrure et la porte d'entrée s'ouvrir. Cierra se figea aussitôt.

Brent !

— Je m'en occupe, chuchota Ken. Attendez-moi ici, je reviens dans cinq minutes.

Il se redressa et attrapa un drap de bain dont il se ceignit la taille. Il fallait à tout prix sortir d'ici avant que son frère n'ait l'idée de venir l'y chercher.

Bien lui en prit car il se heurta pratiquement à lui dans le couloir.

— Brent ?

— Salut ! s'exclama celui-ci. Je me doutais bien que tu profitais du jacuzzi.

— J'ai pris un petit bain, expliqua Ken en entraînant son frère vers la cuisine. Dis-moi : pourquoi rentres-tu à une heure si tardive ? Je croyais que tu resterais à Dundee deux ou trois jours !

— Exact. Toutefois, j'ai eu le tort de parler à maman de Cierra et de sa situation. Tu connais notre mère : elle n'a pas hésité une seule seconde et a insisté pour que j'apporte ces vêtements de toute urgence à ta protégée.

— D'où viennent-ils ? s'enquit Ken, sidéré.

— Maman a passé l'après-midi à écumer les boutiques du centre commercial.

— Mais elle ignore la taille de Cierra ! objecta Ken.

— Je lui ai détaillé sa morphologie : plutôt petite, une taille mince et des rondeurs parfaites. Maman en a déduit qu'elle devait faire une taille 36 et a décidé que les couleurs claires siéraient mieux à son teint mat.

« Une description des plus fidèles », songea Ken, frustré. Il pouvait désormais en attester.

— Si les vêtements ne conviennent pas, maman pourra les échanger. Au fait, où est Cierra ?

— Elle est allée se coucher, expliqua Ken en omettant de préciser que la jeune femme s'était relevée peu de temps après.

— Heureusement que je ne suis pas allé frapper à la porte de sa chambre. Dis donc, elle s'y connaît en déco, ajouta Brent en jetant un coup d'œil admiratif du côté du sapin qui brillait de mille feux.

— Mmh, se contenta d'acquiescer Ken.

Hors de question de lui avouer qu'il y avait largement contribué. Son « petit » frère en aurait aussitôt profité pour se moquer de lui.

— C'est vraiment super-joli ! Où a-t-elle dégoté toutes ces décorations de Noël ?

— Je les ai rapportées de Dundee cet après-midi.

— Non, tu plaisantes ! s'esclaffa Brent.

— Je ne vois pas ce qu'il y a de si drôle.

— Ne te fâche pas, frérot. Simplement, ce n'est pas franchement ton genre d'aller acheter ce genre de babioles !

— Et alors ? J'ai pensé que cela amuserait Cierra. Elle n'a pas tant d'occasions que cela de se divertir.

— Oui, tu as raison, répondit Brent d'un ton soudain plus respectueux. Au fait, as-tu réussi à retrouver l'adresse qui figurait sur son bout de papier ?

— J'ai fait chou blanc, répondit Ken, jugeant préférable de fournir la même version à tout le monde.

— La pauvre ! As-tu réfléchi à la suite des événements ?

La suite des événements ? Si Brent n'était pas rentré beaucoup plus tôt que prévu, Ken serait en train de faire l'amour avec Cierra. Le souvenir de la douceur de ses baisers et du parfum de sa peau l'empêchait de penser à plus long terme.

— Non, pas encore. Sans doute restera-t-elle ici jusqu'à ce que je lui aie trouvé un emploi plus stable et plus conforme à ses compétences.

— Tu aurais pu prendre le temps de te sécher au lieu de te précipiter pour m'accueillir, lança Brent, les sourcils froncés. Tu mets de l'eau partout sur le parquet que Cierra brique depuis deux jours !

— Oh là, là, on croirait entendre maman ! s'exclama Ken en lui appliquant une grande claque dans le dos. Bon, je te laisse, je suis mort de fatigue. A demain matin.

— Bonne nuit.

Ken rejoignit sa chambre et y demeura jusqu'à ce qu'il entende le bruit de la télévision. Brent devait regarder un film. Il sortit à pas de loup dans le couloir et prit la direction de la salle du jacuzzi.

L'arrivée inopinée de Brent lui avait permis de reprendre ses esprits.

Ils avaient eu tort l'un comme l'autre de céder à leur attirance mutuelle. Une liaison les mènerait irrémédiablement dans une impasse.

Ken se glissa discrètement dans la pièce et s'avança vers le jacuzzi avec l'intention de s'excuser auprès de la jeune femme, mais il n'eut pas à le faire. Cierra, étant sans doute parvenue à la même conclusion, ne s'y trouvait plus.

10.

Cherchant l'apaisement des sens et de l'esprit, Cierra se pelotonna sous sa couette.

Tant de changements s'étaient opérés dans son existence, en *elle* aussi, et en si peu de temps, qu'elle en avait presque du mal à se reconnaître. Tout avait commencé avec son départ pour les Etats-Unis dans le but de se marier et l'effort d'intégration qu'elle avait dû alors fournir pour se construire une nouvelle vie, une nouvelle identité. Mais celui qu'elle comptait épouser par nécessité était mort et voilà qu'elle se retrouvait dans un chalet perdu au fin fond des Rocheuses, en compagnie d'un homme qui nourrissait ses fantasmes…

Toutefois, ce qui l'attendait au bout de ce chemin semé d'embûches n'avait rien d'un conte de fées. Si elle voulait survivre dans ce monde dont elle ne connaissait pas encore toutes les règles, il lui fallait absolument continuer à protéger non seulement son corps, mais aussi son cœur. Sa fierté et sa détermination étaient tout ce qui lui restait.

La porte de sa chambre s'entrouvrit, interrompant le cours de ses réflexions.

— Cierra ? chuchota la voix de Ken.

Trop tôt pour feindre de dormir ! Cependant, elle n'avait pas envie de discuter de ce qui venait de se passer entre eux. Elle préférait oublier cette scène, la considérer comme un incident de plus dans la longue suite de déboires qui semblait être son lot depuis la disparition de ses parents.

— Oui ?

— Vous allez bien ?

— *Sí. Gracias.*

Avait-il l'intention d'entrer et de la rejoindre dans son lit, malgré la présence de Brent ? Elle le redoutait et l'espérait à la fois. Aussi ne put-elle s'empêcher d'éprouver de la frustration lorsqu'il ajouta :

— Je suis désolé… Je me suis laissé emporter. Cela ne se reproduira plus.

Puis, elle entendit la porte se refermer tout doucement.

Plusieurs coups frappés à la porte d'entrée la tirèrent de son sommeil, le lendemain matin. Elle crut que Ken ou Brent irait ouvrir, mais ne perçut aucun mouvement dans la maison. En tant que gouvernante, il lui incombait probablement d'accueillir les visiteurs.

Cierra bondit du lit. Le réveil posé sur la table de nuit indiquait tout juste 8 heures. Qui pouvait bien venir au chalet à une heure aussi matinale ?

Elle enfila à la hâte l'unique jean en sa possession, lissa le T-shirt de Ken qu'elle mettait pour dormir et attacha ses cheveux en une queue-de-cheval afin d'avoir l'air aussi présentable que possible. Puis, elle se précipita vers le hall qu'elle atteignit en même temps que Ken.

— Qui est-ce ? demanda-t-il en étouffant un bâillement.

— Je ne sais pas.

Cierra s'effaça pour lui permettre d'accéder à la porte, mais Ken lui fit signe d'aller ouvrir.

Il s'agissait de Tiffany Wheeler. Bien qu'elle ait dû se lever aux aurores, la jeune femme était coiffée, maquillée, parfumée et habillée avec le plus grand soin.

— Bonjour, lança-t-elle avec un grand sourire qui s'évanouit à la vue de Ken torse nu et de Cierra portant, une fois encore, l'un de ses vêtements.

Cierra se rendit compte aussitôt de ce qu'elle devait en déduire. Néanmoins, Tiffany se ressaisit aussitôt, incapable sans doute d'imaginer que Ken puisse s'intéresser à une petite étrangère manquant singulièrement d'élégance.

— Oh, je vois que tu as pratiquement fini de t'installer ! s'exclama-t-elle en s'adressant à Ken comme si Cierra n'existait pas. Je t'ai apporté des biscuits à la cannelle, faits maison, ajouta-t-elle en tendant une assiette remplie de gâteaux à Cierra.

— Super-idée ! Entre, je vais enfiler un sweat-shirt et je reviens.

— Cette maison est littéralement métamorphosée. Est-ce à vous qu'elle le doit ? s'enquit Tiffany lorsque Ken eut disparu dans sa chambre.

Ken aussi avait participé mais, l'ayant entendu hier soir prétendre le contraire devant Brent, Cierra jugea préférable de fournir la même version.

— *Sí.*

Tiffany la suivit dans l'immense pièce qui servait à la fois de salon et de salle à manger.

— Oh que c'est adorable ! s'écria-t-elle en apercevant la crèche aménagée à côté de la cheminée. Je l'avais repérée dans la vitrine de Gerdy's Boutique et j'ai bien failli me laisser tenter.

« Si ses projets se concrétisent, elle pourra en profiter à Noël prochain », songea Cierra non sans une pointe d'amertume.

Elle surprit le regard insistant de Tiffany.

— Vous avez de très beaux yeux, des cils épais et une carnation parfaite, déclara celle-ci. Une touche de mascara ainsi qu'un soupçon de blush, et vous auriez tous les hommes à vos pieds. Quand vous aurez cinq minutes, passez à ma boutique, si vous voulez, je vous apprendrai à vous maquiller.

Bien qu'elle ne se voie pas en beauté fatale, Cierra reconnut que Tiffany faisait des efforts pour se montrer aimable avec elle. Peut-être était-ce aussi une manière de lui signifier qu'elle ne la considérait pas comme une rivale potentielle.

Chacun ici estimait que Ken et Tiffany étaient faits l'un pour l'autre, à commencer par Brent et sa mère. Il fallait reconnaître qu'ils formeraient un couple bien assorti. Alors, pourquoi s'encombrer d'une fiancée surgie de nulle part, en situation irrégulière et avec trois sœurs à nourrir ?

Ken réapparut quelques minutes plus tard. Il avait troqué son jean élimé contre un pantalon en toile épaisse et un polo à manches longues. Avec ses cheveux lissés en arrière et sa barbe naissante, il était plus beau que jamais.

— Et si nous goûtions à ces gâteaux ? lança-t-il.

Cierra en profita pour s'éclipser sous prétexte d'aller préparer du café. A travers la double porte battante qui séparait la cuisine de la pièce principale, elle perçut distinctement les voix de Ken et de Tiffany.

— Cette jeune fille est charmante, Ken. Quel âge a-t-elle ?

— Je ne lui ai pas posé la question, mais je dirais autour de vingt-cinq ans.

— Travaillait-elle déjà à ton service à New York ?

— Non. En fait, je l'ai rencontrée à Boise.

Cierra ne put s'empêcher de jeter un coup d'œil à travers le battant à claire-voie. Tiffany se tenait tout près de Ken et avait la main posée sur son bras.

— Tu as de la chance d'avoir déniché une telle perle. S'y connaît-elle aussi en cuisine ?

— Jusqu'à présent, nous n'avons eu l'occasion de tester ses talents culinaires qu'une seule fois, mais je te garantis que Brent et moi nous le rappelons encore. Un vrai cordon-bleu.

— J'aimerais bien qu'elle m'apprenne une ou deux de ses spécialités mexicaines.

— Guatémaltèques, rectifia Ken. Je suis sûr que Cierra n'y verra aucun inconvénient

— Salut, Tiff ! lança Brent qui venait de les rejoindre.

Cierra s'éloigna et entreprit de préparer des œufs au bacon. Cela ferait peut-être un peu trop, avec les biscuits à la cannelle, mais elle avait besoin de s'occuper pour éviter de penser.

— Tu en as parcouru des kilomètres pour nous livrer le petit déjeuner à domicile ! dit Brent sur le ton de la plaisanterie.

Désireuse de connaître la vraie raison de la visite de Tiffany, Cierra s'approcha de nouveau de la porte sur la pointe des pieds.

— En vérité, je suis venue solliciter une faveur de Ken, répondit la jeune femme sur un ton qui manquait d'assurance.

— Quelle faveur ? s'enquit l'intéressé.

— Trois couples d'amis partent skier deux jours à Silver Mountain Resort demain. Ils ont loué un chalet et m'ont proposé de me joindre à eux. Je voulais te demander si tu accepterais de m'y accompagner.

— Voilà une perspective plutôt… tentante, répliqua Ken d'une voix hésitante. Malheureusement, il me reste encore pas mal de boulot pour finir de m'installer, et…

— Ne t'inquiète pas, l'interrompit Brent. Cierra et moi nous chargerons de terminer de tout ranger en ton absence.

Ken semblait réticent. Il finit néanmoins par capituler.

— Bon, dans ce cas, d'accord. Un week-end de ski me fera le plus grand bien.

— Génial ! s'exclama Tiffany en lui sautant au cou et en l'embrassant sur la joue. Peux-tu passer me chercher chez moi demain matin, vers 6 heures.

— Pas de problème.

— A cause des chutes de neige, je préférerais que nous prenions ton Land Rover plutôt que mon vieux tacot. Cela ne t'ennuie pas ?

— Pas du tout.

— Je suis si contente que tu puisses venir. Bon, maintenant, je vous laisse.

— Tu ne restes pas pour le petit déjeuner ? s'étonna Brent. Tu as tort, Cierra sait faire le café comme personne.

— Non merci. Je dois rentrer à Dundee pour ouvrir la boutique.

Ken la raccompagna jusqu'à la sortie.

— Voilà une proposition pour le moins inattendue, fit-il, songeur, en refermant derrière elle.

— Tiffany Wheeler t'invite pour *un week-end complet*

et toi, tout ce que tu trouves à dire, c'est que tu ne t'y attendais pas ! s'écria Brent, incrédule. Mais, mon vieux, tu devrais sauter de joie ! Tous les hommes des environs rêvent d'un rendez-vous avec elle et toi, tu joues les fines bouches, tout en sachant pertinemment qu'elle a le béguin pour toi. Je n'y crois pas !

— Oui, tu as sans doute raison, grommela Ken qui, malgré tout, semblait peu convaincu.

— Je crains que ces deux jours ne sonnent le glas de ta liberté, lança Brent avec une emphase moqueuse. M'est avis que tu ne tarderas pas à tomber dans les filets de la belle !

Ken ne répondit pas.

« Exact, songea Cierra, non sans une certaine tristesse. Tiffany Wheeler a vraiment tout ce qu'un homme peut souhaiter chez une femme. »

Qu'avait déduit Cierra de cette visite impromptue ? Cette question préoccupait Ken. Depuis le départ de Tiffany, la jeune femme fuyait manifestement son regard. Etait-elle en colère ?

Elle jugeait certainement étrange qu'après lui avoir avoué son envie de lui faire l'amour, il ait accepté l'invitation de son ex-petite amie. Peut-être même estimait-elle qu'il avait cherché à profiter d'elle ? Ken détestait l'idée que Cierra puisse le considérer comme un être futile et égoïste. Et dire qu'il avait fait tout ça pour ne pas passer pour un goujat vis-à-vis de Tiff !

Mais, après tout, pourquoi se soucier autant de l'opinion de Cierra ? Pourquoi cette jeune femme mal fagotée produisait-elle un tel effet sur lui ? A cause de son extrême beauté et de ses yeux de braise ? En raison de cette noblesse naturelle qui la rendait unique ?

« Cesse de fantasmer, s'admonesta Ken. Il n'y a pas une seule fille — et Dieu sait si tu en as connu — que tu n'aies réussi à oublier. Et puis, Tiffany, il faut bien l'avouer, a franchement tout pour plaire ! »

— Aurais-je raté un épisode ? s'enquit Brent, rompant le silence.

— Pardon ?

— Depuis le début du repas, tu n'as pas dit un mot, et Cierra non plus.

— La fatigue, sans doute, expliqua Ken en jetant un coup d'œil discret en direction de la cuisine où la jeune femme s'était réfugiée aussitôt après avoir terminé son petit déjeuner.

— Pourtant, tu aurais plutôt de quoi te réjouir. Je t'envie.

Ken s'apprêtait à rétorquer qu'il lui aurait volontiers cédé sa place quand il entendit quelqu'un frapper à la porte d'entrée.

— Oh, oh ! s'exclama Brent joyeusement en se levant pour aller ouvrir. Avec un peu de chance, c'est la copine de Tiff qui vient m'inviter moi aussi !

Ken le suivit dans l'entrée et eut le déplaisir de découvrir sur son perron, non pas la ravissante jeune fille qu'espérait son frère, mais son père. Que venait-il faire ici ?

— Quel bon vent t'amène, papa ? lança Brent.

— La curiosité, rétorqua Russ sans détour. J'avais envie de rencontrer la gouvernante que vous cachez dans cette maison.

Comment diable était-il au courant ? Ken s'était bien gardé de lui apprendre la présence de Cierra et Brent n'avait pas vu leur père depuis une bonne semaine.

— Est-ce Gabe qui t'a parlé d'elle ?

— Non, Stuart Baker. Hier soir, au bar, il a raconté à qui voulait l'entendre que tu lui avais piqué sa fiancée, précisa Russ en s'esclaffant.

— Comment ! s'écria Ken, loin de partager l'hilarité paternelle.

— Qui est ce Stuart Baker ? demanda Brent qui n'obtint aucune réponse.

— Il avait l'air plutôt remonté contre toi, poursuivit Russ. Je lui ai dit que si tu hébergeais une femme chez toi, je le saurais forcément, mais il semblait si sûr de lui que je me suis mis à douter. Nous avons même failli en venir aux mains quand il a lancé à la cantonade qu'à force de mettre les femmes des autres dans ton lit, tu finirais par t'attirer des ennuis.

— S'il veut se battre, je l'attends ! Je serais ravi de lui donner une bonne correction, murmura Ken, en serrant les poings.

— Tu parles ! Il n'oserait même pas se mesurer à moi. En fait, il faut mettre ses propos sur le compte de l'alcool car, quand je suis arrivé, il n'en était pas à son premier verre.

— Mais il n'y a rien entre Ken et Cierra ! objecta Brent.

L'image de la jeune femme nue contre lui, de leurs baisers et de leurs caresses s'imposa à Ken qui, après avoir amèrement regretté le retour inopiné de son frère, commençait à s'en réjouir.

— Cet ivrogne a intérêt à arrêter de colporter ses sales rumeurs, gronda Ken. Sinon, je risque fort d'aller lui rendre une seconde visite ! Cierra n'a pas besoin qu'il lui fasse de la publicité dans toute la région.

— Ah ! s'exclama Russ dont les traits autant que la voix

exprimaient une profonde stupéfaction. Ainsi, Baker disait vrai : tu abrites bien une jeune fille du Guatemala chez toi !

Craignant que Cierra n'ait déjà surpris la majeure partie de leur échange, Ken lui fit signe de baisser le ton. En revanche, il ne parvint pas à museler Brent qui s'écria avec indignation :

— Comment ! Tu as donc trouvé l'adresse que recherchait Cierra ! Pourquoi as-tu prétendu le contraire ?

Ken ne pouvait plus continuer à taire la vérité. En revanche, se doutant que Cierra écoutait leur conversation, il formula sa réponse en choisissant soigneusement ses mots.

— Ce n'est pas un endroit pour elle. Ce Baker habite un véritable bouge. Je refuse de la laisser partir là-bas.

— Mais, je croyais que tu voulais te débarrasser d'elle au plus vite ! lança Brent dont la discrétion ne constituait pas la qualité principale.

— Parle moins fort, lui intima Ken. Elle risque de nous entendre.

— Pas de danger, elle se trouve dans la cuisine, répliqua le jeune homme sans tenir compte de l'avertissement.

Furieux, Ken saisit son trousseau de clés, qu'il avait déposé la veille au soir sur la console.

— Où vas-tu ? s'étonna Russ.

— Faire un tour. J'ai besoin de prendre l'air, rétorqua-t-il avant de claquer la porte derrière lui.

11.

Après le départ de Ken puis de Russ, Brent rejoignit Cierra dans la cuisine et déposa sur la table un énorme sac rempli de vêtements. Il s'agissait d'un cadeau de sa mère, lui expliqua-t-il. Elle devait absolument les essayer.

Mais Cierra n'avait aucune envie d'accepter ce présent, aussi généreux soit-il. Elle se sentait terriblement humiliée d'avoir cru — bien qu'elle l'ait nié jusqu'à présent — que Ken pouvait véritablement s'intéresser à elle alors qu'il la considérait comme une charge. Elle en aurait pleuré de tristesse et de rage.

— Et regardez ce pull. Il est joli, n'est-ce pas ? déclara Brent, quelque peu décontenancé par l'absence de réaction de la jeune femme.

— Magnifique, murmura-t-elle, sincère, en caressant le lainage moelleux.

— Allez, insista-t-il. Essayez-le… pour me faire plaisir !

A contrecœur, la jeune femme obtempéra et emporta la pile de vêtements dans sa chambre. Tous convenaient parfaitement à sa taille et sa carnation. La mère de Ken avait une bonne intuition.

Cierra essaya une première tenue, sortit pour montrer le

résultat à Brent qui ne cacha pas son enthousiasme, puis une deuxième, et enfin une troisième tout aussi seyante. Brent semblait s'amuser follement de ce défilé improvisé, sans se rendre compte qu'il la mettait au supplice. Satisfait, il finit par partir pour Dundee afin de terminer la peinture du studio photo de sa mère.

Une fois seule, Cierra s'empressa de remettre ses vieux vêtements. Jamais elle n'avait possédé d'aussi belles tenues, des tenues assez semblables à celles que portait Tiffany. Peut-être qu'en s'habillant à la mode, elle aurait plus de chances de capter l'attention de Ken ?

Mais pourquoi vouloir devenir quelqu'un d'autre en essayant de se glisser dans la peau d'une Américaine ? De nouveaux habits ne changeraient ni son identité, ni sa situation de clandestine, ni ses responsabilités vis-à-vis de ses sœurs…

Elle empila les vêtements sur son lit après les avoir soigneusement repliés, y ajouta le T-shirt prêté par Ken et le manteau. Elle n'emporterait rien. Elle avait travaillé pour payer son hébergement et sa nourriture. Le contrat passé initialement n'incluait rien d'autre. Ainsi, elle pourrait partir la tête haute et soulager Ken de sa présence qui, apparemment, l'encombrait.

Le téléphone sonna, mais elle ne décrocha pas. A partir de maintenant, elle n'était plus l'employée de maison de Ken Holbrook et il ne lui appartenait plus de prendre ses messages.

Elle s'apprêtait à quitter le chalet lorsqu'elle aperçut la crèche près de la cheminée du salon. Ken l'avait achetée à son intention. Verrait-il un inconvénient à ce qu'elle en garde un souvenir ? Peut-être ne s'en rendrait-il même pas compte !

La jeune femme hésita quelques secondes avant d'enfouir la figurine de l'enfant Jésus dans la poche de son jean.

Ken rentra plein d'enthousiasme. Il avait passé la majeure partie de la matinée chez sa mère, à appeler tous ses contacts dans l'espoir de trouver un emploi digne de ce nom à Cierra. Et ses efforts avaient porté leurs fruits.

Lawrence Smith, un ancien camarade de lycée vivant à Boise, cherchait justement une personne de confiance. Récemment divorcé, il avait obtenu la garde de ses trois filles. Or, son entreprise d'importation de contreplaqué en provenance de l'Equateur, des Philippines et du Guatemala l'accaparait à plein temps, et sa nurse venait de se marier et partait s'installer en Californie. Le fait que Cierra ne soit pas une ressortissante américaine ne semblait lui poser aucun problème à condition qu'elle parle correctement l'anglais. Par ailleurs, comme il voyageait souvent dans des pays hispanophones et projetait d'y emmener ses enfants en vacances, il demanderait à leur future nounou de leur apprendre les rudiments de l'espagnol.

Pressé d'annoncer l'excellente nouvelle à sa protégée, Ken avait tenté de la joindre par téléphone, mais celle-ci n'avait pas décroché. Un silence pesant l'accueillit lorsqu'il poussa la porte d'entrée.

Où était-elle ? Il fit le tour de la maison et, ne trouvant la jeune femme nulle part, il se hasarda dans sa chambre. A la vue de la pile de vêtements sur le lit et de son manteau, il devina qu'elle était partie, mais ce n'est qu'en pénétrant dans le salon et en se rendant compte qu'il manquait à la crèche le personnage principal qu'il *sut* que Cierra avait quitté les lieux pour toujours…

Au moins, il avait cessé de neiger. Et, cette fois-ci, Cierra avait un nom, ce qui faciliterait ses recherches. Elle n'eut pas à marcher très longtemps car deux charmantes septuagénaires qui se présentèrent sous les noms de Darla et Deanna Channing s'arrêtèrent pour lui proposer de monter à bord de leur voiture, laquelle devait avoir à peu près le même âge qu'elles. Elles profitaient, expliquèrent-elles à la jeune femme, de l'accalmie pour aller faire leurs courses en ville. Apparemment, elles habitaient non loin de chez Ken.

Cierra avait prévu, elle aussi, de se rendre à Dundee où elle comptait trouver une personne susceptible de lui indiquer l'adresse de ce monsieur Baker. Elle commença donc par demander aux sœurs Channing.

— Baker, Baker, voyons voir… Ce nom me dit quelque chose, répondit Deanna, la plus âgée des deux. Mais bien sûr ! Stuart Baker. Je l'ai eu dans ma classe au début de ma carrière d'institutrice. Il n'était pas très doué, le pauvre garçon, ni très assidu d'ailleurs. Je crois savoir où il habite. Voulez-vous que je vous y dépose ?

Cierra accepta bien volontiers sa proposition. La chance allait enfin tourner. La jeune femme sentit l'espoir renaître… jusqu'à ce qu'elles arrivent à destination.

— C'est… ici ? s'enquit-elle, dépitée.

— Oui, lui confirma Deanna. Sa mère — paix à son

âme — était une amie de la nôtre. Elle a vécu là de longues années avant de décéder, il y a quatre ans.

— Son fils n'a pas fait grand-chose depuis pour entretenir la maison, remarqua Darla avec une moue de réprobation.

« Faute de moyens, sans doute, songea Cierra. M. Baker est peut-être aussi pauvre que moi. »

Le cas échéant, elle se garderait bien de lui jeter la pierre.

Seule ombre au tableau : les Holbrook ne semblaient pas tenir cet homme en haute estime. Ils avaient même une piètre opinion de lui.

La main sur la poignée de la portière, elle voulut en avoir le cœur net.

— Connaissez-vous bien Stuart Baker ? s'enquit-elle.

— Non, répliqua Deanna en rajustant son bonnet de laine afin de protéger ses oreilles du froid. Nous avons simplement entendu certaines allégations, rien de plus.

— Allégations ?

— Elle ne comprend pas ce terme, intervint Darla. Mme Baker nous a confié que le patron de Stuart l'avait accusé à tort d'une faute professionnelle grave et licencié sur-le-champ. Mais je déteste colporter les rumeurs, alors n'en parlons plus.

Des rumeurs... Etait-ce pour cette raison que les Holbrook se méfiaient de cet homme ?

Cierra sortit de la voiture après avoir chaleureusement remercié les sœurs Channing. Comme elle s'engageait dans ce qui avait dû ressembler à une allée, Deanna baissa sa vitre.

— Voulez-vous que nous attendions quelques minutes ?

Soulagée, la jeune femme acquiesça avec un sourire de gratitude et frappa deux fois à la porte d'entrée.

Personne ne lui répondit.

— Je crois qu'il n'y a personne, lança-t-elle à l'intention des deux vieilles dames qui observaient la scène de loin.

— Nous pouvons vous conduire en ville, proposa Deanna après un bref conciliabule avec sa sœur.

A quoi bon ! Cierra ne saurait pas à qui s'adresser à Dundee.

— Non, je vous remercie. Je préfère attendre ici.

— Vous êtes sûre ? insista Darla. Il ne fait pas chaud dehors.

— Ne vous inquiétez pas pour moi. Je pourrai toujours m'abriter sous le porche.

— Entendu, mais nous nous arrêterons au retour pour vérifier que vous n'avez pas été transformée en statue de glace ! lança Deanna.

Après leur départ, Cierra frappa plusieurs fois. Au bout de la troisième tentative, elle entendit bouger à l'intérieur de la maison.

— Il y a quelqu'un ? cria-t-elle. Bonjour, je m'appelle Cierra Romero. Je suis venue travailler pour un certain M. Baker. C'est sa sœur qui m'envoie.

— Que savez-vous faire ? lui répondit une voix éraillée avant que la porte ne s'entrouvre, révélant le visage livide d'un homme qui n'avait manifestement pas pris la peine de se raser, voire de se laver, depuis plusieurs jours. Holbrook en a déjà fini avec vous ? ajouta-t-il en plissant ses petits yeux injectés de sang.

— Je ne suis plus à son service, expliqua Cierra qui serrait nerveusement ses mains l'une contre l'autre.

— Et quel genre de… services lui rendiez-vous ? s'enquit Stuart Baker avec un sourire malsain.

— J'ai nettoyé son chalet et je l'ai aidé à emménager.

— Entre deux galipettes, pas vrai ! s'esclaffa Baker.

— Désolée, murmura la jeune femme. Je ne comprends pas ce mot.

— C'est pas grave, ma belle, répliqua-t-il en l'examinant des pieds à la tête. Ma sœur ne m'a pas trompé sur la marchandise. Vous êtes un joli petit lot.

Cierra ne saisit pas le sens de sa dernière remarque, mais elle se doutait, à l'accent gouailleur de son interlocuteur, qu'il s'agissait d'un commentaire plutôt vulgaire. Elle éprouva soudain une violente envie de prendre ses jambes à son cou. Mais pour aller où ? Après tout, il s'agissait du frère d'Arlene, et celle-ci ne l'aurait certainement pas envoyée dans un guet-apens.

— Entrez, dit Stuart qui s'effaça pour la laisser passer.

En pénétrant dans la pièce exiguë et sombre, encombrée de meubles et d'objets en tout genre, Cierra réprima à grand-peine un haut-le-cœur tant il y régnait une odeur d'urine, de crasse et de tabac froid.

— Combien me proposez-vous en échange de mon travail ? demanda-t-elle, désireuse de reprendre la situation en main.

— Et femme d'affaires avec ça ! s'exclama Baker en éclatant de rire. Je pourrai faire preuve de générosité si vous m'offrez les mêmes services que ceux dont a bénéficié Holbrook.

— Ménage, lavage, repassage et cuisine, récapitula Cierra.

— Parfait ! Et si vous vous montrez gentille, je vous promets de ne pas téléphoner aux autorités de l'immigration.

Le message était clair. Si elle n'acceptait pas sa proposition, il la dénoncerait. Elle pouvait rester ici jusqu'à la fin de l'année, le temps de mettre de l'ordre dans ce taudis et de se renseigner sur d'autres opportunités d'emploi. Elle acquiesça d'un signe de tête et, pour se donner du courage, serra très fort la petite figurine du Christ qui se trouvait dans sa poche.

Ce souvenir la protégerait désormais et l'aiderait à surmonter les épreuves, en attendant des lendemains meilleurs.

12.

Tandis que Gabe et Hannah emballaient les cadeaux de Noël, Ken faisait les cent pas dans le salon de ses parents.

— Je ne sais plus où chercher, déclara-t-il, son visage exprimant un profond désarroi. J'ai exploré les environs de fond en comble. En vain. De toute façon, elle n'a pas pu aller bien loin à pied.

— Je ne t'ai jamais vu dans un tel état de nervosité, observa sa mère. Tu penses que cette jeune femme court réellement un danger ?

— Possible et, le cas échéant, je parie qu'elle ne demandera l'aide de personne. Je n'ai jamais rencontré quelqu'un d'aussi obstiné qu'elle !

— Cela m'a tout l'air d'un compliment, lança Gabe avec un sourire amusé.

Ken évita de croiser son regard. Son beau-père pouvait bien s'imaginer ce qu'il voulait, ce n'était pas l'amour, mais la culpabilité qui poussait Ken à retrouver Cierra coûte que coûte. Enfin, du moins essayait-il de s'en persuader pour ne pas compliquer davantage la situation.

— Oui, je l'admire, décréta-t-il. Elle a une force de caractère impressionnante. Jusqu'à présent, la vie ne l'a pas épargnée. Pourtant, elle tient bon, sans se plaindre, se refusant à courber l'échine. Je comprends qu'elle soit fière, volontaire et indépendante, qu'elle se sente responsable de ses sœurs et soit prête à faire n'importe quoi pour les sortir de la misère. En revanche, je *ne comprends pas* qu'elle soit partie sans même emporter le manteau que je lui ai offert, qu'elle erre en plein hiver avec un sweat-shirt et un jean pour tous vêtements, sans un sou en poche alors que je lui aurais volontiers donné de l'argent si j'avais su qu'elle l'accepterait.

Ken reprit sa respiration avant de poursuivre son monologue.

— Vous auriez dû voir dans quel état elle est arrivée à la maison ! A mon avis, elle n'avait rien mangé ou presque depuis des jours. Brent et moi l'avons emmenée au restaurant et dès que le serveur nous a remis l'addition, elle s'est renseignée pour savoir combien elle me devait. Elle tenait absolument à travailler suffisamment pour ne pas me léser.

— Voilà une jeune femme hors du commun, murmura Gabe.

— A tel point qu'elle n'a pas non plus accepté les vêtements que maman lui a achetés, renchérit Ken.

— Pourquoi ? s'étonna Hannah. D'après la description de Brent, ils auraient dû lui aller.

— C'est le cas, *a priori*. Toutefois, elle a probablement estimé qu'elle ne les méritait pas.

— Où crois-tu qu'elle soit allée ? s'enquit Gabe en se redressant dans son fauteuil roulant.

— Chez Baker, je suppose. Cependant, j'y suis passé deux fois de suite et j'ai eu beau frapper, personne ne m'a répondu.

— Peut-être se sont-ils absentés pour faire des courses à Dundee ? suggéra sa mère.

— Cela m'étonnerait. D'après mes informations, Stuart Baker sort rarement de chez lui dans la journée. Il ne quitte sa tanière que pour s'enivrer au bar deux à trois soirs par semaine.

Hannah releva la tête et examina attentivement son fils. Bien que ne portant aucune trace de maquillage, elle était encore très séduisante et, lorsqu'elle souriait, sa beauté irradiait. Enfant, Ken détestait entendre qu'il lui ressemblait, mais depuis qu'il était devenu adulte, il adorait que les gens les comparent.

— Alors, que comptes-tu faire ?

— Je veux la retrouver pour lui annoncer que je lui ai décroché un emploi à la hauteur de ses compétences, puis la conduire à Boise où je la saurai en sécurité.

— Je ne comprends pas pourquoi tu te sens aussi responsable de cette fille, Kenny, s'étonna Gabe, perplexe. C'est elle qui a choisi de partir en douce. Il ne te reste plus qu'à tourner la page.

— Il ne s'agit pas de cela… Simplement, je ne supporte pas l'idée qu'elle vive sous le même toit que cet ivrogne de Baker.

— Pour quelle raison ? s'enquit Hannah.

— Il n'hésitera pas à user, voire abuser, d'elle ! Cette pensée me révulse, dit-il, trahissant une forte émotion.

Gabe et Hannah l'observaient, comme cherchant à lire en lui.

— Oh, bien sûr, reprit Ken plus calmement, elle ne couchera pas avec lui… si elle en a le choix. Cependant, je ne suis pas sûr que, *justement*, il lui laisse ce choix. Voilà pourquoi je la crois en danger.

Gabe et sa mère échangèrent un regard entendu.

— C'est bien ce que je pensais, murmura Gabe.

Ken les regarda l'un après l'autre.

— Quoi ? Qu'y a-t-il ?

— Tu as plongé, mon garçon !

— Mais de quoi parles-tu ?

— De cette agitation que tu éprouves au fond de toi…

— Cela n'a rien à voir avec ce que… tu sous-entends ! protesta Ken.

— Vraiment ? insista son beau-père avec un grand sourire.

— Oui, répliqua Ken.

Alors, il se souvint du désir que lui inspirait Cierra, et de sa panique en découvrant qu'elle avait quitté le chalet.

— En réalité, crut-il bon d'ajouter, je me sens coupable que Brent, à cause de son indiscrétion légendaire, l'ait amenée à s'imaginer que sa présence m'encombrait.

Les moues de sa mère et de Gabe lui apprirent que son explication ne convainquait personne.

— Nous ne sommes pas nés de la dernière pluie, mon chéri ! s'exclama Hannah en pouffant de rire. Bon, assez discuté ! Retournons chez Stuart Baker et, cette fois-ci, c'est moi qui irai frapper à sa porte. Il ouvrira sans doute plus facilement à une femme qu'à un homme prêt à lui écraser son poing sur la figure pour lui avoir volé sa dulcinée !

— Maman ! protesta Ken.

Assis au volant de son Land Rover, en compagnie de Gabe, Ken vit sa mère s'approcher de l'entrée d'un pas décidé, frapper à la porte… une seconde fois, puis une troisième sans plus de succès. Elle attendit quelques secondes, et, après une dernière tentative infructueuse, repartit vers la voiture.

— Bon sang ! grommela Ken.

— Où vas-tu ? lui lança Hannah comme il s'avançait vers elle.

— Chez Baker.

— Hors de question, répliqua-t-elle en essayant de lui barrer le passage. Tu risques la prison si tu pénètres chez lui par effraction.

— Tant pis !

Hannah jeta un regard impuissant en direction de Gabe qui avait ouvert sa vitre et suivi leur échange.

— Laisse-le, conseilla-t-il à sa femme. Peut-être a-t-il raison au sujet du danger que court cette jeune fille.

— Sois prudent, murmura Hannah.

— Ne t'inquiète pas pour moi, maman. Retourne à la voiture et attendez-moi.

Le chalet semblait désert, tout comme lors de ses précédentes visites. En revanche, les empreintes de pneus encore fraîches dans la neige indiquaient que Baker était sorti la veille ou aujourd'hui.

Ken ne perdit pas son temps à essayer de forcer l'entrée principale. Il fit le tour de la maison et vérifia chaque fenêtre. Il espérait parvenir à voir à l'intérieur, mais d'épaisses tentures masquaient toutes les vitres.

En revanche, il découvrit une sorte de hangar mitoyen délabré, construit à l'aide de matériaux de récupération et fermé par un assemblage de planches rongées par les vers. L'accès rêvé pour les cambrioleurs.

Prenant un peu d'élan, Ken l'enfonça d'un coup d'épaule et ne fut pas surpris d'entendre le verrou tomber. Le panneau céda à la première tentative.

— Baker ! appela Ken depuis le seuil, en frottant son épaule quelque peu endolorie.

Pas de réponse.

— Hé, Baker ! répéta-t-il d'une voix plus forte.

Il s'aventura prudemment à l'intérieur. Il s'agissait bien d'une remise. Le sol était jonché de détritus en tout genre — magazines et journaux, canettes de bière vides, vêtements usagés et tachés —, et des feuilles de plastique noir obstruaient les vitres. Il régnait une puanteur où les relents d'urine de chat le disputaient à l'odeur de crasse et de graisse de moteur. De vieux meubles, tous plus branlants les uns que les autres, s'amoncelaient un peu partout.

— Cierra ? appela de nouveau Ken, sans plus de succès, en se frayant tant bien que mal un chemin à travers le désordre.

Il avisa alors une porte en accordéon qui semblait communiquer avec la maison proprement dite. Elle donnait effectivement sur un couloir. Au fond, Ken aperçut de la lumière. Il avançait dans sa direction lorsqu'il perçut un mouvement derrière lui.

Il se retourna d'un bond, esquivant de justesse la grosse lampe torche que brandissait Baker avec l'intention manifeste de lui fracasser le crâne. La lampe heurta le mur et se brisa en mille morceaux.

— Que faites-vous ici ? hurla Baker, hystérique. Qu'est-ce que vous me voulez *encore* ? Comment osez-vous pénétrer chez moi en fracturant ma porte ?

Se préparant à une nouvelle attaque potentielle, Ken répondit le plus calmement possible :

— Je viens chercher Cierra. Où est-elle ?

— Je n'ai vu personne ! Sortez immédiatement !

Pas question de s'en aller avant d'en avoir le cœur net.

— Je vous parle de Cierra Romero, insista-t-il. La jeune femme que vous a recommandée votre sœur. Elle est partie de chez moi ce matin, sans doute avec l'idée de venir ici.

— Dans ce cas, elle aura changé d'avis en chemin, parce que, moi, je n'ai vu personne, répéta Baker sur un ton agressif.

Ken hésitait à le croire. Cependant, il ne discernait aucune trace de la présence de la jeune femme, et il commençait à se demander s'il ne faisait pas fausse route.

— Si elle est ici, vous avez intérêt à me le dire car si je me rends compte que vous m'avez menti, je vous garantis que vous aurez de mes nouvelles !

— Dois-je l'interpréter comme une menace ?

Ken ne se donna même pas la peine de nier.

— Parfaitement.

— Vous la voyez quelque part ? Vous l'entendez ? Non ! Ce qui veut dire qu'elle n'est pas là. D'ailleurs, je ne sais même pas à quoi elle ressemble, moi, cette fille !

Baker repoussa d'un coup de pied rageur un chat famélique qui cherchait à se faufiler entre ses jambes.

Ken réfléchissait à toute vitesse. Cierra aurait-elle déjà quitté la région ? Certainement, si elle avait fait de l'autostop. L'idée de la savoir de nouveau seule sur les routes lui nouait l'estomac. Comment s'y prendre pour la retrouver ?

Il poussa un juron.

— Désolé de vous décevoir, ironisa Baker avec un

sourire mauvais. Bon, maintenant, dehors ! Je vous signale, au cas où vous l'ignoreriez, que la loi punit les effractions de ce genre.

— Désolé, grommela Ken. Je paierai la facture pour les dégâts. Pas pour la lampe torche, en revanche ! Tout cela ne serait pas arrivé si vous m'aviez ouvert.

— Rien ne m'oblige à recevoir des visiteurs inopportuns si je n'en ai pas envie. Je réparerai moi-même la porte du hangar. Maintenant foutez le camp et fichez-moi la paix !

— O.K., je m'en vais, répliqua Ken en battant en retraite.

Néanmoins, il ne croyait qu'à moitié à la version de Baker. Tout à coup, il eut une idée. Comme il passait devant la cuisine, il alluma la lumière.

— Bon sang, qu'est-ce qui vous prend ? aboya Baker.

— On n'y voit rien dans ce couloir, prétexta Ken en s'arrêtant pour jeter un rapide coup d'œil à l'intérieur.

Il avait subitement repensé aux heures que Cierra avait passées dans sa propre cuisine. Si elle était venue ici, contrairement à ce que prétendait Baker, elle aurait forcément commencé par nettoyer cette pièce. Hélas, celle-ci paraissait encore plus sale que ses voisines.

Enfin convaincu, Ken s'apprêtait à rebrousser chemin lorsqu'il posa le pied sur un objet minuscule.

Quand il vit de quoi il s'agissait, il *sut* que Baker lui mentait.

13.

Ken sortit de chez Baker en se massant la main droite. Dès qu'ils le virent apparaître, sa mère et Gabe ouvrirent leurs portières.

— Que s'est-il passé ? s'exclama Hannah sur un ton angoissé.

Gabe, pour sa part, ne dit rien et patienta jusqu'à ce que Ken ait pris place au volant pour l'interroger.

— Ce salopard a osé prétendre que Cierra n'avait jamais mis les pieds ici, grommela Ken. Alors, je lui ai donné la leçon qu'il méritait !

— Qu'est-ce qui t'a fait croire qu'il te mentait ?

— Ceci, répondit Ken en sortant de sa poche une petite figurine représentant l'enfant Jésus. Par chance, j'ai marché dessus au moment où j'allais partir.

— Cet objet appartient à ta jeune protégée ? s'enquit Hannah.

— Oui.

Inutile de raconter à sa mère qu'il l'avait lui-même acheté pour faire plaisir à Cierra. Elle n'aurait certainement pas manqué de se moquer de lui qui, jamais de sa vie sauf dans son enfance, ne s'était intéressé aux traditions de Noël.

— J'espère que tu n'as pas été trop brutal, répliqua-t-elle en jetant un regard appuyé sur la main de Ken où une ecchymose commençait à se former.

— Non, rassure-toi. Il a suffi d'un seul coup de poing pour qu'il passe aux aveux.

— Et ? intervint Gabe, attendant la suite.

— Il ne m'a pas appris grand-chose. Simplement que Cierra est bien venue ici, mais qu'elle est repartie presque aussitôt.

Ken démarra le moteur et reprit la direction de Dundee.

— Tu es sûr qu'elle n'est pas enfermée quelque part dans ce taudis ? insista Gabe.

— Oui. J'ai exploré les pièces les unes après les autres. D'après Baker, Cierra ne serait restée que deux heures chez lui. Après quoi, elle aurait décidé de s'en aller.

— Pourquoi ne te l'a-t-il pas dit dès le début ?

— C'est bien ce qui m'inquiète. A mon avis, il préfère que je ne la retrouve pas et que je n'apprenne pas certaines choses qui risqueraient de me mettre très en colère.

— Où peut-elle se cacher, maintenant ? murmura Hannah.

— Aucune idée, soupira Ken. *A priori*, elle serait partie avec deux vieilles dames. Mais il a probablement menti une fois de plus, car elle ne connaît personne dans la région.

— As-tu demandé à Baker de qui il s'agissait ?

— Oui. Il m'a répondu qu'il se trouvait trop loin de leur voiture pour les reconnaître.

— Quelle voiture ? insista Hannah avec une grimace de contrariété.

— Un vieux modèle. D'après lui, une Chevrolet rouge de 1957. Malheureusement, je n'en ai jamais vu dans le coin.

— Moi si, intervint Gabe. Et je sais même à qui elle appartient : à Deanna et Darla Channing.

— *Qui ?* s'exclama Ken, passant soudain de l'abattement à l'enthousiasme.

— Deux sœurs qui vivent ensemble, pas très loin de chez toi, précisa Gabe avec un sourire.

Ils atteignirent la route principale menant à Dundee, mais au lieu de s'y engager, Ken s'arrêta sur le bas-côté. Il tourna le rétroviseur intérieur de manière à pouvoir voir son beau-père.

— Tu es sûr de ce que tu avances ? Un véhicule de ce type, ça se remarque ! Or, depuis mon retour, je n'en ai jamais croisé sur les routes des environs.

— Absolument certain, affirma Gabe. D'après mes informations, elles viennent tout juste d'en hériter. La Chevrolet appartenait à l'une de leurs vieilles cousines, décédée au printemps dernier.

Sentant un regain d'espoir, Ken serra la petite figurine comme pour conjurer le sort.

— Comment va-t-on chez elles ?

— Prends la nationale sur la droite et remonte le canyon. Après, je t'indiquerai le chemin.

Ken s'était attendu à rencontrer bon nombre d'obstacles au cours de ses recherches. Ce qu'il n'avait pas prévu, en revanche, c'est qu'après avoir retrouvé Cierra, celle-ci refuserait de lui parler.

— Elle ne veut pas descendre, soupira Deanna Channing en revenant dans le salon où patientaient Ken et ses parents.

— Pour quelle raison ? s'exclama Ken, stupéfait.

— Pour ne rien vous cacher, elle est un peu perturbée, lui confia Deanna en baissant la voix. Lorsque nous sommes repassées chez Baker, nous avons découvert la pauvre petite qui courait sur la route, pourchassée par cette sale brute. Elle ne nous a rien dit de ce qui s'était produit, mais à en juger par le bleu qu'elle a sur la joue, je pense qu'il l'a malmenée.

— Le salaud ! grommela Ken en serrant les poings.

— Bien sûr, tempéra la vieille dame, il ne s'agit que d'une supposition. Toujours est-il que, quand il a vu Cierra monter dans notre voiture, il a fait demi-tour sans demander son reste.

« Pas étonnant qu'il ne m'ait pas ouvert, puis ait cherché à m'assommer avec sa lampe, songea Ken. Il s'imaginait sans doute que je connaissais la vérité. »

Son expression de rage était telle que Deanna lui posa la main sur le bras dans un geste d'apaisement.

— Selon moi, les choses ne sont pas allées trop loin… Cierra m'a tout l'air d'une jeune fille forte et déterminée. Elle a probablement fui avant que la situation ne dégénère vraiment… Toutefois, elle se trouve encore en état de choc.

— J'ai besoin de lui parler, insista Ken.

— Je ne peux décemment pas l'obliger à descendre. Elle a besoin d'un peu de temps pour se remettre de ses émotions. Pourquoi ne pas revenir demain matin ?

— Pas question ! s'obstina Ken. S'il vous plaît, dites-lui que je lui ai trouvé un emploi stable à Boise, chez quelqu'un que je connais bien et qui a toute ma confiance. Cela la décidera peut-être à venir me parler.

Darla choisit cet instant pour faire son apparition dans le salon. Elle avait certainement suivi leur échange depuis la cuisine car elle s'approcha de sa sœur.

— Tu devrais la laisser partir avec lui, lui conseilla-t-elle. De toute façon, je pense qu'elle prendra la poudre d'escampette dès que nous aurons le dos tourné. Tu as entendu comme moi ce qu'elle nous a dit dans la voiture : que Baker ne tarderait pas à mettre sa menace à exécution et à la dénoncer aux services d'immigration, qu'elle devait quitter la région au plus vite.

— Croyez-vous vraiment qu'il leur aura téléphoné ? s'inquiéta Hannah.

— Il a intérêt à s'abstenir, gronda Gabe qui, bien que cloué dans un fauteuil roulant, ne manquait ni de ressources, ni d'énergie.

— Quoi qu'il en soit, il faut l'emmener loin d'ici sans attendre.

Deanna acquiesça d'un hochement de tête et remonta parlementer avec Cierra. Elle dut se montrer convaincante, car elle redescendit bientôt en compagnie de la jeune femme. En apercevant le col de son sweat-shirt déchiré, l'ecchymose sur sa joue et la profonde égratignure qu'elle portait au cou, Ken regretta de ne pas avoir infligé à Baker la correction qu'il méritait.

— Ça va ? murmura-t-il, la gorge serrée.

Cierra releva la tête avec un air de défi que Ken avait appris à reconnaître. Cierra Romero ne se laisserait pas abattre par un ivrogne comme Stuart Baker. Une fois encore, Ken admira son courage et sa ténacité.

— *Sí.*

Bien qu'il meure d'envie de la questionner sur ce que Baker lui avait fait subir, Ken se garda bien d'interroger la jeune femme. Il craignait de la plonger dans l'embarras, surtout devant des tierces personnes. Il lui présenta ses parents qu'elle salua avec respect et réserve.

— Kenny vous apporte de bonnes nouvelles, annonça Hannah avec un grand sourire.

— Je vous ai trouvé un emploi, expliqua Ken. Un vrai, rémunéré.

— Je sais que… vous ne demandez qu'à m'aider, murmura Cierra avec l'ombre d'un sourire. Vous avez fait preuve d'une grande gentillesse et je vous en suis reconnaissante. Mais, désormais, je *dois* me débrouiller seule.

— Ecoutez-moi, d'abord ! Ce job vous attend à Boise, à une heure et demie d'ici. Même si Baker prévient les autorités de l'immigration, elles n'iront jamais vous chercher là-bas. Seulement, il faut partir maintenant. Par ailleurs, mon ami a vraiment *besoin* de vous.

Sa dernière phrase sembla faire fléchir l'obstination de la jeune femme.

— Je ne vous raconte pas d'histoires, Cierra, renchérit-il, et il ne s'agit pas de vous rendre service. Lawrence a *vraiment* besoin de vos services. Sa femme l'a quitté il y a un an, le laissant seul avec leurs trois filles, pour des raisons d'ordre professionnel. Lui-même dirige sa propre entreprise d'import-export et ne peut donc pas s'occuper à plein temps des petites. Il travaille essentiellement avec l'Amérique du Sud. Aussi est-il ravi que vous parliez espagnol.

— La mère a abandonné ses trois enfants pour… pour sa

carrière ? dit Cierra, dont l'expression montrait clairement qu'elle avait du mal à concevoir un tel choix. Qui veille sur elles en ce moment ?

— Une jeune fille qui se marie prochainement et part s'installer loin de Boise. Alors, que décidez-vous ? Pourquoi ne pas *au moins* essayer ? Je sais que vous apprécierez Lawrence. C'est un type bien qui a traversé une épreuve douloureuse et aurait bien envie de pouvoir souffler un peu. Vous y seriez logée, nourrie et blanchie, avec en plus un salaire de mille cinq cents dollars par mois.

Il s'agissait d'une bonne offre et Ken croisa les doigts pour qu'elle ne la rejette pas au nom de son sacro-saint amour-propre.

— Mais, votre ami ne m'a même pas rencontrée ! objecta-t-elle.

— Je lui ai dit que vous étiez une vraie perle, et il m'a cru sur parole.

Son compliment la fit rougir violemment.

— D'accord, dans ces conditions, j'accepte.

— Super ! lança Ken, soulagé. Mettons-nous en route sans attendre.

En fait de maison, il s'agissait plutôt d'un manoir. Cierra n'avait jamais vu de demeure aussi grande. Avec son mètre soixante-dix et ses presque cent kilos, Lawrence n'avait pas le physique d'Apollon de Ken, mais il plut immédiatement à Cierra. Auprès de lui, elle se sentirait en sécurité. Quant aux trois petites filles, âgées de huit, six et quatre ans, elles lui réservèrent un accueil enthousiaste. Elles l'escortèrent aussitôt dans le salon afin de lui montrer leur beau sapin de Noël et la montagne de cadeaux qui l'entourait.

Leur innocence et leur spontanéité agirent comme un baume sur le cœur de Cierra, commençant à effacer de son esprit le pénible souvenir de Baker. Les paroles de ce sale ivrogne, sa violence lorsqu'il avait voulu la forcer à se déshabiller et qu'elle s'était défendue n'avaient désormais plus d'importance. Elle avait résisté, et cette épreuve la rendait plus forte, plus sûre d'elle. En réalité, elle avait parcouru beaucoup de chemin en peu de temps, depuis son départ de Las Vegas.

Par ailleurs, elle avait troqué son jean usé et son sweat-shirt déchiré contre l'une des robes achetées par Hannah. Cette dernière lui avait fait remarquer, à juste titre, qu'elle ne pouvait décemment pas se présenter devant son futur patron dans son ancienne tenue. La jeune femme avait fini par se laisser convaincre lorsque, devant sa réticence, la mère de Ken lui avait proposé qu'elle lui rembourse sa nouvelle garde-robe avec sa première paye.

Cierra adorait la façon dont cette robe fluide en lainage s'évasait au niveau de ses hanches, les superbes collants opaques et les bottines que Ken avait insisté pour lui offrir, prétextant qu'elle avait travaillé bien plus que prévu initialement et qu'il avait une dette envers elle. La jeune femme ne s'était pas sentie aussi belle depuis longtemps.

Accroupie à côté des trois fillettes qui ne cessaient de bavarder, elle releva la tête et rencontra le regard de Ken posé sur elle : le regard d'un homme sur une femme, pas celui d'un grand frère ! Elle ne put s'empêcher de lui adresser un sourire de connivence.

En chemin, il lui avait promis de venir souvent lui rendre

visite. Bien que cela parte d'une bonne intention, elle n'en croyait pas un mot. Il rentrerait à Dundee où il finirait par l'oublier et épouser Tiffany comme chacun, à commencer par ses parents, le souhaitait. Elle, en revanche, garderait à jamais dans son cœur une place particulière pour cet homme qui suscitait en elle de merveilleuses émotions.

Aussi fut-elle surprise lorsque Ken s'attarda plus longtemps que prévu, restant même après le dîner. Sans doute s'efforçait-il d'assurer une transition en douceur, et cette attention la fit l'aimer encore davantage.

Au moment de prendre congé, Cierra le raccompagna jusqu'au perron, tandis que Lawrence s'éclipsait discrètement.

— Que s'est-il passé avec Baker ? s'enquit-il lorsqu'ils se retrouvèrent seuls.

— Je préfère ne pas en parler, murmura-t-elle en détournant la tête.

— Il ne vous a pas… fait de mal, au moins ?

— Ken…

— Le salaud ! Dès mon retour, j'irai voir la police.

— Non, surtout pas ! s'écria la jeune femme. Sinon, elle me renverra au Guatemala.

— Dans ce cas, je réglerai le problème moi-même.

— Comment ? A coups de poing ? Il portera plainte et vous vous retrouverez en prison… comme mon frère. Cela n'en vaut pas la peine. Je vais bien, maintenant.

— Mais…, objecta Ken.

— S'il vous plaît, l'interrompit-elle. Je ne l'ai pas laissé me… toucher.

— Il mérite tout de même une correction.

— S'il vous plaît, insista Cierra en le regardant droit dans les yeux.

— D'accord, soupira-t-il enfin. Pensez-vous que vous vous plairez ici ?

— Oh oui ! Merci pour tout ce que vous avez fait pour moi. J'enverrai l'argent des vêtements à votre mère. Remerciez-la encore de ma part.

— Ce n'est qu'un au revoir, Cierra, déclara Ken en prenant son visage entre ses mains.

— *Sí.* Mais, si vous ne revenez pas je comprendrai. Vous n'avez aucune obligation vis-à-vis de moi. Je vous souhaite d'être heureux. Toujours.

Une bourrasque de vent la fit frissonner. Ken en profita pour l'attirer contre lui.

— Vous savez ce qui me rendrait heureux ? lui chuchota-t-il à l'oreille.

— Non, quoi ? lui répondit-elle en se blottissant au creux de ses bras.

— La pensée que vous m'attendrez avec impatience.

— Faut-il vraiment que j'attende ? Combien de temps ? plaisanta-t-elle en levant son visage vers lui.

— Vous croyez que je ne reviendrai pas, n'est-ce pas ?

— Je suis sûre que vous êtes sincère dans vos intentions. Cependant, qui sait ce qui peut se passer lors de votre prochain week-end de ski.

— Je n'irai pas.

— Pourquoi ?

— J'ai demandé à Brent d'y aller à ma place et Tiffany semble d'accord. Tiff n'est et ne sera jamais qu'une amie pour moi. Celle qui m'attire, c'est *vous*, ajouta-t-il en caressant sa tempe de ses lèvres.

— Une immigrée clandestine venue du Guatemala ! dit-elle, dubitative.

En guise de réponse, il se pencha vers elle et l'embrassa avec fougue.

— Vous êtes quelqu'un de très spécial, Cierra Romero ! plaisanta-t-il, essayant de cacher son émotion. Avec vous, plus rien ne me manque : ni le football, ni la gloire, ni les femmes… Votre seule présence me suffit. Je viendrai vous chercher pour Noël, tenez-vous prête.

Sur ces mots, il se dirigea vers sa voiture.

Malgré le froid glacial, Cierra sentit une onde de chaleur monter en elle. Elle hésitait pourtant encore à croire à son bonheur lorsqu'il s'arrêta et fouilla dans ses poches.

— Au fait, vous aviez égaré ceci, lança-t-il en lui tendant quelque chose.

Curieuse, Cierra s'approcha et ses yeux s'emplirent de larmes à la vue de la figurine en porcelaine. A cet instant, elle sut qu'il reviendrait.

— Je vous le confie. Ne le perdez pas, nous en aurons besoin pour la crèche.

— Je veillerai sur lui, promit-elle.

Elle tint parole… et lui aussi.

DIANA PALMER

Un Noël sous haute protection

éditions HARLEQUIN

Cet ouvrage a été publié en langue anglaise
sous le titre :
SILENT NIGHT MAN

Traduction française de
ANNE DUGUET

83-85, boulevard Vincent-Auriol, 75646 PARIS CEDEX 13 — Tél. : 01 42 16 63 63

Service Lectrices — Tél. : 01 45 82 47 47
www.harlequin.fr

1.

L'homme était entré au funérarium et s'était dirigé vers la salle mortuaire sans adresser la parole à qui que ce soit. Là, il s'était figé devant le catafalque. Vêtu d'un costume de marque sous son manteau de cachemire, il était très grand, avec une carrure de catcheur professionnel. Son teint bistre, ses yeux de jais et ses cheveux noirs bouclés retenus dans son dos en une longue queue-de-cheval lui donnaient un air non seulement distant, mais dangereux…

Tony Danzetta fixait le corps de John Hamilton, en s'efforçant de rester impassible malgré la rage impuissante qui l'habitait devant les restes de celui qu'il avait connu au lycée et aimé comme un frère.

Son meilleur ami était mort. Mort à cause d'une femme…

C'était Frank Mariott, l'autre membre de leur trio de jeunesse, qui l'avait prévenu en l'appelant chez l'homme pour lequel il travaillait temporairement à Jacobsville, au Texas. En apprenant la nouvelle, Tony, qui avait prévu de prendre quelques semaines de vacances et de séjourner dans la région un peu plus longtemps, était revenu précipitamment à San Antonio.

D'eux trois, John avait toujours été le maillon faible.

Frank et Tony étaient sans cesse obligés de le protéger de lui-même. Il avait en permanence tendance à fantasmer sur les gens qu'il rencontrait et les lieux qu'il visitait, se les appropriant comme s'ils faisaient vraiment partie de sa vie. Régulièrement, de simples connaissances s'offusquaient lorsqu'il répandait le bruit des liens étroits qu'il entretenait avec elles.

Tony et Frank le jugeaient inoffensif. John souhaitait juste être quelqu'un. Après avoir travaillé dans une manufacture de vêtements, ses parents avaient dû se reconvertir en offrant leurs services chez des commerçants lorsque l'usine avait été délocalisée hors des Etats-Unis. Bien qu'ils aient abandonné leurs études avant l'obtention de leur diplôme, John, devant ses camarades de classe, se plaisait à évoquer leur fortune, leur yacht et leur jet privé. Tony et Frank, qui savaient ce qu'il en était en réalité, comprenaient son besoin de se mettre en valeur et le laissaient inventer des histoires.

Mais, à présent, John était mort, et cette… femme en était responsable ! Tony se rappelait parfaitement son visage rouge d'embarras lorsqu'elle l'avait interrogé au sujet d'un de leurs devoirs de droit pénal, matière à option qu'ils avaient tous les deux choisie à la fac, il y avait six ans de cela. Millicent Evans était incapable de s'adresser à un homme sans bégayer ni trembler.

Avec sa chevelure auburn et ses yeux verts dissimulés derrière des lunettes aux verres épais, elle n'avait rien de remarquable. Pourtant la mère adoptive de Tony, Kate Morris, ancienne archiviste de la bibliothèque locale et supérieure de Millie, appréciait beaucoup cette dernière ; elle lui parlait sans arrêt d'elle et, jusqu'à son dernier souffle, avait tenté de la pousser dans ses bras en lui imposant sa présence.

De peur de la blesser, Tony n'avait alors pas pu lui dire qu'il en connaissait trop sur Millie pour pouvoir s'intéresser à elle. John, qui avait commencé à fréquenter la jeune femme deux ans plus tôt, lui avait confié qu'en privé, elle manifestait une ardeur particulièrement dévorante. Il suffisait de lui offrir deux bières pour qu'elle soit prête à satisfaire tous les désirs d'un homme.

D'après lui, son air guindé et sa nervosité étaient un genre qu'elle se donnait. Elle n'était ni timide ni réservée, mais, au contraire, aimait faire la fête. Il lui avait même avoué qu'ils avaient participé à une partie fine à trois — elle, Frank et lui —, tout en le suppliant de ne pas évoquer le sujet avec Frank afin de ne pas l'embarrasser.

Ces informations sur Millicent Evans avaient rebuté Tony. Non qu'il l'eût jamais trouvée attirante. Pour lui, elle appartenait à cette catégorie de célibataires ennuyeuses et guindées, prêtes à tout pour mettre la main sur un homme et le piéger.

Pauvre John ! songea-t-il, désolé pour son ami.

Pour John, en proie à une obsession maladive, Millicent Evans était la reine de Saba, la féminité à l'état pur. Toutefois si, à certains moments, elle brûlait de passion pour lui, à d'autres, elle le traitait comme un parfait inconnu, se lamentait-il souvent. Quelquefois elle se plaignait qu'il la suive partout, ce qui était parfaitement ridicule, maugréait alors John. Comme s'il avait besoin de la harceler alors qu'elle attendait régulièrement chez lui et dans le plus simple appareil qu'il revienne de son travail de gardien de nuit !

La description que John lui fournissait de cette mijaurée

restait inexplicable aux yeux de Tony, habitué à ce que des créatures non seulement splendides mais pleines d'esprit et fortunées se disputent ses faveurs. Il n'avait jamais eu besoin de courir après une femme. Millicent Evans n'avait rien pour elle : ni beauté, ni personnalité, ni intelligence, et jamais il n'avait pu comprendre ce que John lui trouvait de si extraordinaire.

Et maintenant, John était mort, poussé au suicide par cette garce ! Révolté, Tony fixa le visage pâle et sans vie. Comment une femme pouvait-elle utiliser un homme ainsi, et abuser de ses sentiments au point de le conduire à cette dernière extrémité ?

Soudain, il entendit un téléphone sonner et, quelques instants plus tard, l'entrepreneur des pompes funèbres s'approcha de lui.

— Seriez-vous monsieur Danzetta ? demanda-t-il sur un ton respectueux.

— Tony Danzetta, oui, acquiesça-t-il d'une voix grave et râpeuse.

— Votre ami, M. Mariott, vient d'appeler pour nous prévenir de votre visite. D'après lui, vous auriez une requête particulière au sujet de la sépulture ?

— C'est exact. Je possède deux concessions funéraires à perpétuité dans un cimetière à la sortie de San Antonio, situées non loin de la tombe de ma mère adoptive, Kate Morris. J'aimerais que vous y enterriez John.

Soudain resurgirent dans l'esprit de Tony des souvenirs de la Cherokee, en Caroline du Nord, où était inhumée sa mère, ainsi que du cimetière d'Atlanta où reposaient les restes de son père et de sa jeune sœur. Lui-même vivait à San Antonio depuis le collège, époque où il avait été adopté.

Chassant ces réminiscences de son esprit, Tony décrivit la concession qu'il destinait à John.

— J'ai un plan de l'emplacement dans mon coffre-fort. Puis-je vous le déposer demain matin ?

— Ce serait mieux aujourd'hui, objecta l'homme sur un ton contrit. Comprenez-moi, nos employés ont besoin de temps pour creuser la tombe afin qu'elle soit prête pour le service funèbre, dans deux jours.

Tony hocha la tête comme si cela n'avait aucune importance. Il lui faudrait juste jongler avec ses rendez-vous dont celui avec son banquier pour un transfert de fonds. Après tout, il pourrait faire d'une pierre deux coups en descendant dans la salle des coffres pour récupérer le document.

— Pas de problème. Je passerai vous l'apporter ce soir avant de rentrer à mon hôtel.

— Merci. Cela nous facilitera la tâche.

Tony baissa les yeux pour observer John.

— Vous avez fait du bon travail, dit-il calmement. Il a… son air habituel.

Visiblement enchanté par le compliment, l'entrepreneur des pompes funèbres lui adressa un large sourire.

— Je dois y aller, dit Tony après avoir consulté sa montre. Je reviendrai une fois que j'aurai terminé mes affaires en ville.

— Bien, monsieur.

— Si Frank arrive avant mon retour, pouvez-vous le prévenir ? Et aussi lui dire que je l'inviterai à dîner au restaurant ce soir ?

— D'accord, je lui en ferai part.

— Merci.

L'homme sortit de la chambre mortuaire et s'arrêta

brièvement sur le seuil pour échanger quelques mots avec quelqu'un, mais Tony qui fixait tristement son ami y prêta à peine attention.

Percevant toutefois des pas légers qui se dirigeaient vers le cercueil, il tourna la tête et se figea en découvrant la visiteuse : la coupable en chair et en os.

Elle devait maintenant avoir dans les vingt-six ans, estima-t-il. Si elle était toujours aussi peu séduisante, elle s'habillait mieux qu'auparavant : sous un épais manteau noir, elle portait un tailleur gris bien coupé et un chemisier jaune pâle. Ses longs cheveux auburn étaient relevés en un chignon serré sur sa nuque. Connaissant sa myopie dont lui avait souvent parlé sa mère adoptive, il la soupçonna de porter à présent des lentilles. Sans ses lunettes, elle n'était pas plus jolie, et malgré sa bouche bien dessinée et son teint de pêche, il ne ressentait aucune attirance à son égard. N'était-elle pas responsable du décès de son meilleur ami ?

— Je suis tellement désolée, murmura-t-elle d'une voix douce.

Elle regarda John sans manifester la moindre émotion.

— Je n'ai jamais souhaité que cela se termine ainsi.

— Vraiment ?

Les mains enfoncées dans les poches de son manteau, Tony, ulcéré, la foudroya du regard.

— Après l'avoir tourmenté pendant des années, après avoir joué ce jeu cruel avec lui en te faisant désirer pour ensuite demander à la police de l'arrêter pour harcèlement, tu t'étonnes que cette histoire finisse ainsi ?

Millie eut l'impression de recevoir une douche glacée. Elle savait que Tony avait travaillé sur des chantiers, des années auparavant, mais, depuis, des bruits avaient circulé à son propos. Des rumeurs terrifiantes. John avait laissé plusieurs fois entendre que Tony était impliqué dans des agissements illégaux, qu'il avait tué des hommes. Fixant ses yeux noirs, elle n'avait aucune peine à le croire. De toute évidence, il n'était plus l'homme qu'elle avait connu.

Puis, soudain, les mots qu'il avait prononcés parvinrent à son esprit. *Elle* aurait tourmenté John ? Elle ouvrit la bouche, mais Tony lui coupa la parole avant qu'elle n'ait eu le temps de lui demander des explications.

— N'essaie pas de mentir, dit-il sur un ton tranchant. John m'a tout raconté à ton sujet.

Elle haussa les sourcils. Qu'aurait-elle pu répondre à cela si ce n'est que son ami John avait presque détruit sa vie ? La gorge nouée, elle se redressa.

— Oui, il aimait bien raconter beaucoup de choses sur moi…

— Je n'ai jamais compris ce qu'il te trouvait, déclara Tony d'une voix aussi doucereuse que son regard était meurtrier. Tu es tout ce qu'il y a de plus quelconque. Même couverte de diamants, aucun homme ne se retournerait sur ton passage…

Sa remarque lui fit l'effet d'un coup de poignard en plein cœur. Millie essaya de ne pas montrer à quel point il l'avait blessée. Dieu sait ce que John avait bien pu lui débiter comme horreurs !

— Je… Il faut que j'y aille, balbutia-t-elle.

Elle détestait les conflits ; dans ce genre de situation, elle perdait aussitôt pied. Or cet homme athlétique qui la dominait de toute sa hauteur cherchait de toute évidence la bagarre, et elle ne disposait d'aucune arme efficace pour lutter contre lui. Toute combativité l'avait définitivement désertée depuis longtemps.

— Quoi ? lança-t-il dans son dos alors qu'elle s'apprêtait à fuir, tu n'as pas envie de t'attarder pour savourer ta victoire ?

Il laissa échapper un rire sarcastique.

— Il est mort. Tu l'as poussé au suicide !

Bouleversée, elle se retourna et se força à lever les yeux pour croiser les prunelles d'obsidienne.

— Frank et toi ne vous en êtes jamais rendu compte ; et vous ne le pouviez pas. Certains hommes tombent fous amoureux ; John, lui, était obsédé. Il a été arrêté plusieurs fois par la police parce que des femmes avaient pris peur en le voyant les suivre partout des jours durant…

— Et je suppose que c'est toi qui les incitais à le dénoncer, la coupa Tony. John disait que tu l'accusais de te harceler, puis que tu l'attendais chez lui en « costume d'Eve ».

Il avait craché ces derniers mots avec un dégoût évident, mais sa réflexion ne la surprit pas. Quoi d'étonnant ? Tony ignorait qu'elle était accoutumée aux accusations de John, qui saisissait chaque occasion pour l'humilier.

Elle haussa les épaules avec impuissance.

— J'ai essayé de lui obtenir de l'aide. Quand j'ai fini par me résoudre à déposer aussi une plainte contre lui, j'ai parlé directement au procureur et je lui ai demandé que ses services soumettent John à une expertise psychiatrique, mais il a refusé.

— Bien sûr qu'il a refusé, rétorqua Tony. Il avait toute sa tête ! A moins que son engouement pour toi relève de la psychiatrie ! Oui, il n'y a aucun doute là-dessus, ajouta-t-il en arquant les sourcils.

— Pense ce que tu veux, dit-elle avec lassitude.

Après avoir jeté un dernier coup d'œil sur John, elle se détourna.

— Ce n'est pas la peine de venir à ses funérailles, dit froidement Tony. Tu ne seras pas la bienvenue.

— Ne t'inquiète pas, je n'en avais pas l'intention.

Tony, exaspéré par le calme imperturbable de Millie, la rejoignit en une enjambée. Poussant un petit cri étouffé, elle lâcha son sac et bondit en arrière pour s'écarter de lui, le visage blême.

Surpris par sa réaction, il se figea, et elle en profita pour se pencher et ramasser son sac à main d'un geste vif avant de s'enfuir hors de la salle mortuaire.

Sans prêter attention aux murmures venant du couloir, Tony, déchiré entre la colère et le chagrin, reporta son attention sur son ami.

— Mon Dieu, je suis désolé, John, lui dit-il doucement. Je suis tellement désolé !

Les épaules basses, il s'obligea à partir. L'entrepreneur des pompes funèbres, l'air inquiet, l'attendait dans le hall.

— La jeune dame était bouleversée, annonça-t-il sur un ton embarrassé. Elle était livide et pleurait.

— La mort de John lui cause certainement beaucoup de peine, expliqua Tony avec nonchalance. Ils se connaissaient depuis longtemps.

— Oh ! je comprends, alors.

Au moins avait-il réussi à arracher à Millie quelques signes d'émotion au sujet de John, songea Tony avec une certaine satisfaction alors qu'il quittait l'établissement.

S'installant au volant de sa Ferrari, il déboîta et, l'esprit déjà concentré sur son rendez-vous avec son banquier, sortit du parking du funérarium.

Millie Evans, assise dans sa petite Coccinelle noire, regarda Tony s'éloigner — et sortir de sa vie. Ses sanglots redoublèrent. La froideur et la fureur de Tony l'avaient profondément blessée.

Deux ans durant, elle avait dû affronter les délires et les intimidations de John ; sa carrière en avait d'ailleurs subi les contrecoups alors qu'il répandait des mensonges sur son compte auprès des personnes assez crédules pour l'écouter. Il l'avait persécutée, tourmentée, avait fait de sa vie quotidienne un enfer. A présent, il était mort, et Tony estimait non seulement que c'était sa faute mais qu'elle devait payer pour avoir conduit son « pauvre ami sans défense » au suicide…

Prenant un mouchoir dans son sac, elle s'essuya les yeux, puis laissa échapper un léger soupir de dérision. *Son pauvre ami sans défense ?* Un démon, oui !

Si Tony et Frank avaient pu s'apercevoir, des années plus tôt, que John souffrait d'une maladie mentale, peut-être auraient-ils pu le convaincre d'accepter une aide psychologique. Et peut-être, alors, aurait-il pu surmonter ses problèmes et retrouver une existence normale.

Millie était secrètement soulagée que John n'ait pas donné suite à sa dernière menace — une menace de mort qu'il avait prononcée dans un accès de rage.

Si elle croyait s'en tirer à bon compte, avait-il alors hurlé, elle se trompait. Puisqu'elle le repoussait, elle en supporterait les conséquences. Il avait des amis qui n'hésiteraient pas à la tuer ; il suffirait d'y mettre le prix. Il possédait des économies substantielles, l'avait-il prévenue, et il les consacrerait entièrement à sa vengeance. Il s'assurerait qu'elle n'ait plus jamais la possibilité de se réjouir de ses malheurs…

Cette épée de Damoclès suspendue au-dessus de sa tête l'avait terrifiée. Chaque semaine, dans les journaux, il y avait des entrefilets sur des individus qui, saisis d'une fureur aveugle, en avaient assassiné d'autres en les rendant responsables de leurs difficultés avant de se suicider. C'était la triste réalité de la vie moderne. Mais jamais elle n'aurait imaginé qu'elle, Millicent Evans, jeune fille on ne peut plus effacée, puisse un jour être la victime de ce genre de faits divers. La plupart des gens la remarquaient à peine.

Ce qui ne la gênait pas, au contraire. Sauf en ce qui concernait Tony, bien entendu. Elle avait l'impression de l'avoir toujours aimé. Lorsque Kate Morris, la mère adoptive de Tony, était encore de ce monde, Millie demandait souvent à la vieille femme de lui parler de lui. Tony était originaire de Caroline du Nord. Depuis, il avait fait du chemin. Sa sœur et lui, tous les deux cherokees, avaient vécu brièvement à Atlanta avec leur mère et le mari de celle-ci, un homme violent qui buvait et les brutalisait.

Les deux enfants avaient alors été placés dans des familles d'accueil, en Géorgie. Après la mort de la sœur de Tony, Kate Morris avait emmené son protégé à San Antonio, où elle avait des proches, pour tenter d'atténuer son chagrin. Elle avait exercé son métier d'archiviste à la bibliothèque municipale de San Antonio, bibliothèque que Tony avait fréquentée avec assiduité et où Millie avait travaillé après l'école, puis entre les cours lorsqu'elle avait fréquenté l'université.

Millie avait adoré écouter les anecdotes que Kate racontait

sur Tony enfant, adolescent, puis soldat. Quelquefois, la vieille dame apportait des lettres de lui à la bibliothèque pour les lui montrer tant elles étaient vivantes et bien écrites. Tony avait le don de coucher sur le papier les épisodes de son existence. Il parvenait à décrire les pays où il était en garnison avec un réalisme psychologique confondant.

Lorsqu'il revenait à San Antonio en permission, Millie avait souvent espéré qu'il passerait du temps à la bibliothèque, mais il y avait toujours de jolies femmes pour le solliciter. Frank Mariott, qui travaillait comme videur dans un night-club, connaissait des serveuses et des entraîneuses. Régulièrement, il les présentait à Tony qui avait toujours une nuit libre pour s'amuser.

Une bibliothèque, songea Millie, n'était pas l'endroit idéal pour rencontrer des femmes.

Alors qu'elle s'observait dans le rétroviseur, elle esquissa un sourire ironique. Comment une fille aussi ordinaire qu'elle pourrait-elle jamais espérer attirer un homme qui la chérirait pour le reste de son existence ? Heureusement qu'elle avait assez de romans sentimentaux pour occuper ses soirées. Au moins, même si elle ne découvrait jamais l'amour, elle le vivait par personnes interposées…

Après s'être essuyé les joues, elle referma son sac, puis décida de retourner travailler. Elle s'était forcée à aller voir John sans éprouver ni mauvaise conscience, ni honte. Mais tout ce qu'elle y avait gagné, c'était de se découvrir un nouvel ennemi, qui tenait sur elle des propos peu flatteurs. Elle savait que, désormais, elle ne rencontrerait plus jamais Tony. Mais peut-être était-ce aussi bien ainsi. Elle avait passé suffisamment d'heures à soupirer pour un homme dont le regard la traversait comme si elle était transparente…

Tony remplit les papiers nécessaires au transfert de ses fonds, puis se rendit dans la chambre forte de la banque pour sortir le plan indiquant l'emplacement des deux concessions funéraires à perpétuité lui appartenant, en demanda une photocopie à un employé et replaça l'original dans son coffre avant de reprendre sa Ferrari pour retourner au funérarium.

Pendant tout ce temps, l'image du visage effrayé de Millie lorsqu'il s'était précipité vers elle persistait dans un coin de son esprit. Oui, décidément, la réaction de cette jeune femme était étrange. Qu'elle ait été surprise par la rapidité de ses mouvements n'avait rien d'étonnant ; de nombreuses personnes l'avaient été au cours de ces dernières années. Mais c'était comme si elle s'était attendue à ce qu'il la frappe. Il l'avait vu dans ses yeux, et dans toute son attitude. Que lui était-il arrivé dans le passé qui la rende aussi craintive ?

Aussitôt, il se sermonna pour cette compassion ridicule. Millie n'avait-elle pas provoqué la mort de John ? Au moins s'était-il assuré que la jeune femme n'assisterait pas aux funérailles de son ami. Il n'aurait plus manqué qu'elle soit présente !

Après s'être garé sur le parking de l'établissement, il sortit de sa voiture et en verrouilla les portières.

Drôle de temps, songea-t-il, étonné par la fraîcheur de l'air. L'été avait semblé vouloir s'éterniser, puis, en l'espace de quelques jours, l'hiver était arrivé. Mais après tout, cela n'avait rien d'anormal à la fin novembre, au Texas.

Alors qu'il jetait un coup d'œil dans la salle mortuaire, il aperçut quelques proches de John qui discutaient entre eux. Frank, qui l'avait repéré, le rejoignit dans le hall et lui serra la main.

— Je dois juste déposer ce papier, lui expliqua Tony en lui montrant le plan. Nous irons ensuite échanger quelques mots avec la famille de John, puis je t'emmènerai dîner.

L'entrepreneur des pompes funèbres qui passait par là s'approcha d'eux, prit le document en souriant, puis, après les avoir salués, retourna dans son bureau.

— Tu risques d'avoir des surprises, murmura Frank alors qu'ils entraient dans la salle mortuaire.

Tony lui lança un regard intrigué.

— Que veux-tu dire ?

John avait perdu ses parents depuis longtemps. Il lui restait une sœur, Ida, qui, l'œil sec et l'air irritable, semblait trépigner sur place. Lorsqu'elle les aperçut sur le seuil, elle plaqua sur son visage un large sourire.

— Tony ! Je suis si heureuse de te revoir ! s'exclama-t-elle en se précipitant vers lui pour l'étreindre. Tu as vraiment bonne mine !

— Je suis désolé que nous nous retrouvions en de si tristes circonstances…

— Oui, quel idiot, le coupa Ida. A-t-on idée de faire une chose aussi stupide ? Il avait souscrit une police d'assurance-vie d'une valeur de cinquante mille dollars. Je payais les primes pour lui, Jack et moi, et comment il nous remercie ? Il se suicide ! Nous n'obtiendrons pas un seul cent !

Tony réprima un mouvement de recul tandis qu'Ida poursuivait :

— Oh ! Merle est arrivée… Excuse-moi, Tony, mais il faut que je m'organise avec elle pour les fleurs. Elle m'a fait un bon prix sur les couronnes…

Ben, le cousin de John, s'approcha alors pour les saluer, Frank et lui.

— Quel gâchis ! dit-il avant de secouer la tête. J'avais réussi à le faire mettre en liberté provisoire sous caution. Ce n'est pas comme s'il avait véritablement cherché à se défiler, mais je crois que je peux faire une croix sur mes deux mille dollars — une sacrée somme ! Il avait pourtant juré de me les rembourser, ajouta-t-il avant de s'éloigner en continuant à secouer la tête d'un air abattu.

Une dame âgée aux cheveux teints en blond et portant une affreuse robe noire leva un regard interrogateur vers Tony, puis s'épanouit.

— Vous devez être ce fameux ami richissime de notre Johnny ! D'après lui, vous possédez plusieurs îles dans l'Atlantique et vous aviez l'intention de lui en donner une, ainsi qu'un yacht pour qu'il puisse quitter la région ?

— C'est vrai, Blanche, répondit Frank avec un sourire. Maintenant, si vous voulez bien nous excuser, nous avons un rendez-vous. Nous vous verrons à l'enterrement.

Prenant Tony par le bras, Frank l'entraîna hors de la salle.

— J'aimerais bien le voir, ce yacht, insista Blanche dans leur dos.

*
* *

Un quart d'heure plus tard, ils étaient installés dans un bon restaurant italien et avaient choisi leur menu. Tony ne put dissimuler davantage son irritation.

— Je n'en reviens pas. Sa propre famille ! Aucun d'entre eux ne semble être triste qu'il soit mort !

— Il n'était pour eux rien d'autre qu'un souci permanent, observa tranquillement Frank. Il ne travaillait plus depuis un certain temps, tu sais…

Cette information, pour le coup, déstabilisa complètement Tony tandis que Frank poursuivait ses explications :

— Il a dit aux employés des services sociaux qu'il souffrait de problèmes de dos. Comme il avait besoin de preuves, il a payé deux clochards pour qu'ils déclarent avoir vu l'accident qui l'avait rendu prétendument invalide et signent une déclaration sous serment. Il a également réussi à convaincre son médecin de lui donner une attestation, puis un avocat de lui obtenir une pension d'incapacité partielle.

Frank soupira.

— Mais, bien entendu, elle était à peine suffisante pour vivre, alors il a tarabusté ses proches pour qu'ils l'aident. La dernière fois qu'il a été arrêté pour harcèlement, il a persuadé son cousin de payer sa caution. J'ai prévenu Ben des risques qu'il courait, mais John lui avait promis que son « ami fortuné » le rembourserait.

— Je connais John depuis le lycée, protesta Tony, n'en croyant pas ses oreilles. Et toi depuis le collège. C'était un chic type.

— Oui, mais…

Frank s'interrompit quand le serveur s'approcha pour poser leurs entrées et leurs verres d'eau glacée sur la table.

— Il a changé, poursuivit-il calmement une fois que

celui-ci se fut éloigné. Bien plus que tu ne l'imagines. Lorsque ta mère adoptive était encore en vie, tu le rencontrais seulement pendant les vacances et presque plus depuis deux ans. Moi, je le voyais en permanence.

Les sourcils froncés, Tony lui jeta un coup d'œil.

— Qu'essaies-tu de me dire ?

Frank picora sa salade d'un air embarrassé.

— Il y a quelques mois, il s'est lié avec les membres d'un gang. Il était aux anges de pouvoir traîner avec des gens qui n'avaient pas peur de la loi. Tu sais, il détestait les flics depuis qu'il avait été arrêté pour avoir suivi…

— Oui, le coupa Tony avec impatience. Cette fichue Millie !

— Cette quoi… ?

Devant l'air choqué de son ami, Tony commença à se sentir mal à l'aise.

— C'est tout de même à cause d'elle que John s'est suicidé, non ?

— Qui t'a raconté ça ?

— John. Il m'a envoyé une lettre — enfin, il m'a plutôt laissé une lettre, dit Tony en la sortant de sa poche.

Elle était arrivée le jour même où il avait appris sa mort ; John avait dû l'envoyer juste avant de passer à l'acte.

— Dedans, il écrit qu'elle n'arrête pas de le tourmenter… Bon sang, lis-la toi-même, dit-il en la poussant vers Frank.

Sans même la regarder, celui-ci posa ses couverts dans son assiette.

— Ce n'est pas la peine ; je n'ai aucun mal à deviner ce qu'elle contient. Il accusait des femmes de le provoquer alors qu'elles essayaient juste d'obtenir qu'il les laisse tranquilles. Millie s'est montrée plus gentille avec lui que la plupart — elle continuait, malgré tout, à lui pardonner. Mais quand elle a refusé de sortir avec lui, il a commencé à raconter des histoires sur elle à ses collègues de travail.

Il lança un coup d'œil à Tony qui s'était raidi sur sa chaise et le considérait encore avec scepticisme.

— Tu as vu Millie. Alors, dis-moi, a-t-elle vraiment l'air d'une de ces femmes capables d'attendre un homme dans son appartement en tenue sexy de soubrette, une bouteille de champagne dans une main et une flûte dans l'autre ?

— C'est plutôt difficile à imaginer, dut admettre Tony. Mais certaines à qui on aurait donné le bon Dieu sans confession ont commis des actes encore plus extravagants.

— Sans doute, mais ce n'est pas le genre de Millie.

Le visage de Frank s'adoucit.

— Quand ta mère adoptive était en train de mourir à l'hôpital, Millie est restée auprès d'elle jusqu'à ce que tu puisses revenir à San Antonio. Elle y passait toutes ses nuits après le travail.

— C'est normal que tu la défendes après cette partie fine à trois à laquelle tu as participé avec John et elle ! rétorqua Tony avec brusquerie.

Frank le fixa d'un air ébahi.

— Je te demande pardon ?

Devant sa réaction, Tony, de plus en plus gêné, joua avec son verre.

— John m'en a parlé.

— Oh ! Pour l'amour du ciel ! s'écria Frank. Je n'ai jamais participé à ce genre de *parties fines*, et encore moins avec Millie !

— Peut-être s'est-il trompé de nom…

— Et peut-être s'est-il trompé en te disant des mensonges sur mon compte, rétorqua Frank. Je donnerais tout au monde pour que Millie s'intéresse à moi ! Mais quelqu'un comme moi est insignifiant pour une femme de cette intelligence, tu crois que je l'ignore ? Elle a une licence en bibliothéconomie, alors que j'ai eu le plus grand mal à finir le lycée... Je suis videur dans un night-club, ajouta-t-il d'une voix accablée. C'est-à-dire un moins que rien...

Incapable de supporter la mauvaise estime que son ami avait de lui-même, Tony leva la main.

— Arrête de te dénigrer ! Tu n'es pas juste un videur. C'est un travail difficile qui demande beaucoup de doigté et de compétences.

— Je suis certain qu'il y a des types à New York qui passent des annonces pour se faire embaucher comme videurs dans des bars, observa Frank sur un ton sarcastique. Ici, à San Antonio, ce n'est pas vraiment le travail dont rêvent la plupart des hommes, tu vois...

— Tu as le béguin pour Millie Evans, c'est pour cela que tu la défends.

— Oui, c'est vrai, j'ai le béguin pour elle. D'ailleurs, si la concurrence n'avait pas été aussi sérieuse, j'aurais sûrement tenté ma chance depuis longtemps. C'est ce qui rendait fou John ; il ne pouvait pas supporter d'avoir un rival. Il savait qu'aux yeux de Millie, il ne serait jamais à la hauteur. Pour elle, il n'y en a qu'un qui compte, et il y a six ans que cela dure.

— Qui ? s'enquit négligemment Tony.

— Toi.

Il eut l'impression que le temps venait de s'arrêter. Avec précaution, il reposa sa fourchette dans son assiette et fixa Frank en se demandant si son ami avait perdu l'esprit.

— Pardon ?

— Crois-tu vraiment que Millie avait besoin de suivre des cours de droit pénal pour devenir bibliothécaire ? ironisa Frank. Elle l'a fait uniquement parce que ta mère adoptive lui avait confié que tu avais choisi cette option en plus de tes autres matières pour obtenir ta licence plus rapidement. C'était un prétexte pour rester dans les parages.

Soudain, tout devint clair pour Tony. A l'époque, il ne s'était même pas posé la question sur la raison de sa présence à ce cours.

— Génial, marmonna-t-il. La meurtrière de mon meilleur ami me trouve irrésistible.

— Elle ne l'a pas tué ! Mais même si elle l'avait fait, aucun jury ne l'aurait condamnée, répliqua Frank avec obstination. C'est à cause de lui qu'elle a failli perdre son travail, Tony. Il est allé trouver sa chef et lui a dit que Millie traînait dans les bars pour racoler les clients. Il a répété les mêmes mensonges à trois des plus riches bienfaiteurs de la bibliothèque ; l'un d'eux siège au conseil d'administration. Et bien sûr, ils ont décidé de la congédier.

Tony dévisagea Frank avec méfiance.

— Et comment sais-tu que ce n'était pas vrai ?

— Parce que, grâce à un ami qui travaille au poste de police du quartier, j'ai obtenu un extrait du casier judiciaire de John et je le leur ai montré.

Tony eut l'impression qu'une nausée acide lui brûlait l'arrière-gorge.

— Un casier judiciaire ? John avait un *casier judiciaire* ?

— Oui. Pour escroquerie, diffamation, vol à la tire, trois accusations de harcèlement et au moins six autres inculpations. J'ai aussi une copie de la déposition de la dernière femme qu'il a importunée — la réceptionniste d'un des dentistes que John consultait ; elle a juré devant le tribunal que John avait proféré des menaces de mort à son encontre, mais il a réussi à convaincre un avocat qu'elle mentait en produisant un témoin qui l'avait soi-disant entendue se vanter d'avoir fait arrêter John.

Tony resta silencieux, attendant la suite.

— Les membres du gang ont déposé en faveur de John, et le tribunal a rejeté la plainte. Deux semaines plus tard, la réceptionniste a été violée. Le responsable n'a jamais pu être attrapé ou inculpé.

De plus en plus atterré, Tony se pencha en avant.

— Ne me dis pas que John était mêlé à cette affaire !

— Même s'il ne l'a jamais avoué, je sais qu'il l'était, répondit Frank d'une voix abattue. Quelques mois après, un des membres du gang a été appréhendé après avoir été accusé de viol, et il s'est vanté devant le policier qui l'avait arrêté de pouvoir s'en tirer sans être inquiété. D'après lui, il avait des témoins qui pouvaient le disculper. En fait, c'étaient d'autres membres de son gang. Malheureusement pour lui, l'un d'entre eux devant lequel il s'était glorifié de son acte portait un micro. Il n'est pas près de sortir de prison, crois-moi ; il va passer un certain nombre d'années à l'ombre.

— Mais John n'était pas comme ça, protesta Tony. C'était un homme bien !

— Il était malade, rétorqua Frank avec impassibilité. Il a complètement détruit la vie de Millie parce qu'elle ne voulait pas de lui. Même ses proches ont dû s'excuser auprès d'elle pour le mal qu'il lui avait fait. Des lecteurs de la bibliothèque sont toujours persuadés que Millie a l'habitude de pratiquer des orgies au sous-sol — uniquement sur la foi des déclarations de John.

Ebranlé, Tony secoua la tête.

— Je n'arrive pas à y croire.

— Oui, visiblement. En fait, tu ne connaissais pas l'adulte que John était devenu. Tu voyais toujours en lui l'adolescent qui jouait au base-ball avec toi dans les terrains vagues lorsque vous étiez en troisième.

— Il avait un casier judiciaire. Je l'ignorais.

— C'était quelqu'un de tourmenté… Il y a encore autre chose : mon ami policier m'a dit qu'en fouillant sa chambre, ils avaient trouvé des relevés bancaires sur la table basse ; sur l'un d'eux, ils ont remarqué un retrait de cinq mille dollars en espèces — John avait apparemment vendu ou mis en gage tout ce qu'il possédait de valeur. Toutes les factures et reconnaissances du prêteur sur gages étaient soigneusement rangées à côté ainsi qu'un mot adressé à Millie — avec une seule menace : « Tu le regretteras. » La police ne l'a pas encore avertie, et ils m'ont conseillé de ne rien dire, mais j'ai peur pour elle.

— Que penses-tu que John a fait avec cet argent ?

— Aucune idée.

Soucieux, Tony fronça les sourcils.

— Un des membres de ce gang a-t-il déjà été suspecté de meurtre ?

— Oui, répondit sèchement Frank. John avait un caractère vindicatif. Je ne serais pas surpris qu'il ait mis un contrat sur la tête de Millie.

Jamais l'adolescent que Tony avait connu n'aurait pu commettre une telle infamie, mais l'homme qu'il était devenu semblait bien en avoir été capable.

Tony avait l'impression que son cerveau marchait au ralenti. Il était revenu à San Antonio avec des idées préconçues sur le rôle de John, l'innocente victime, et celui de Millie, la méchante persécutrice. Et à présent, il devait tout remettre en question. Il s'était lourdement trompé.

Il se souvint alors de l'expression tragique de Millie lorsqu'il l'avait accusée d'avoir poussé John au suicide. Il repensa aussi à ce que Frank venait de lui apprendre — que Millie s'était intéressée à lui.

Toutefois, il y avait fort à parier que ce n'était plus le cas, maintenant, songea-t-il avec cynisme.

Frank consulta sa montre.

— Il faut que je retourne au funérarium. Millie a prévu de passer voir John. J'ai bien tenté de l'en dissuader, mais elle m'a dit qu'elle devait accomplir cette démarche parce qu'elle se sentait responsable. Même après tout ce que John lui a fait subir, elle continue encore à le plaindre…

Fermant les yeux, Tony étouffa un soupir. Comment allait-il pouvoir annoncer à son ami que Millie avait *déjà* rendu visite à John ? Et surtout lui avouer son propre comportement ? Non seulement il l'avait mise plus bas que terre, mais il l'avait effrayée au point qu'elle n'avait eu d'autre choix que de s'enfuir.

Cette révélation n'allait certainement pas lui faire plaisir…

2.

Effectivement, quand Tony lui raconta comment il s'était conduit avec Millie, Frank réagit très mal.

— Bon sang ! s'exclama-t-il sur un ton horrifié. Pauvre Millie ! Qu'est-ce qui t'a pris de lui dire des choses pareilles, Tony ?

Devant ce ton accusateur, Tony esquissa une grimace embarrassée.

— Comment aurais-je pu réagir autrement ? Je n'étais au courant que d'une partie de l'histoire, se justifia-t-il. Pour me faire une opinion, je n'avais que la dernière lettre que John m'a envoyée. Juste avant de… de se donner la mort. Et le souvenir de mes quelques visites à San Antonio quand il pleurait sur mon épaule parce que Millie le traitait comme un chien. Alors, quoi d'étonnant si j'étais persuadé que l'attitude cruelle de Millie l'avait poussé à se suicider ?

Frank poussa un profond soupir.

— Si seulement elle n'était pas passée aussi tôt au funérarium.

— Oui, moi aussi, je le regrette, répondit Tony, tenaillé par le remords.

Jamais il ne pourrait oublier la fuite de Millie — paniquée, comme si elle avait eu le diable à ses trousses. Cette image le hanterait longtemps.

— Ton contact dans la police… Tu ne peux pas lui demander de se renseigner pour savoir s'il ne circule pas des rumeurs au sujet d'un assassinat en préparation ?

— Si, répondit Frank, visiblement un peu ragaillardi par cette suggestion.

— Peut-être que John a tout simplement donné cet argent à un refuge pour animaux et qu'il a écrit cette menace juste pour effrayer Millie ?

Comme Frank lui lançait un regard noir, Tony leva les mains en signe d'apaisement ; il ne pouvait s'empêcher de chercher une explication moins épouvantable que celle avancée par Frank.

— Désolé.

L'air découragé, Frank haussa les épaules.

— De toute façon, à quoi cela servira que mon ami policier découvre quelque chose puisqu'il ne pourra rien faire ? Son service ne dispose d'aucun budget pour des mesures préventives basées sur des suppositions — même si les soupçons sont vraiment fondés. Ils n'ont pas les moyens d'affecter un de leurs agents à la protection de Millie.

— Je suis en congé jusqu'au début de l'année prochaine. Je peux donc m'en charger.

— Après l'accueil chaleureux que tu lui as réservé au funérarium, elle sera certainement ravie que tu lui tiennes compagnie, ironisa amèrement Frank.

Son ton sarcastique fit tressaillir Tony.

— Oui… Eh bien, je suppose que je devrai lui présenter mes excuses.

Frank ne fit aucun commentaire. En son for intérieur, il

songea que Tony risquait d'avoir du mal à convaincre Millie. Faire amende honorable n'était pas dans les habitudes de son ami, lequel avait passé la majeure partie de son existence dans un environnement violent. Son savoir-vivre était un peu rouillé, surtout à l'égard des femmes telles que Millie.

Tony préférait les créatures délurées à l'allure tapageuse qu'il pouvait trouver dans les bars. Millie, à l'inverse, était à la fois raffinée et réservée — une carapace qu'il serait difficile de briser pour un dur à cuire comme Tony…

Le matin suivant, Tony, le cœur repentant, rejoignit Frank dans l'établissement mortuaire pour les derniers rites funèbres. Seul un petit groupe de personnes, essentiellement de la famille, assistait à la cérémonie. Assis au fond de la salle, deux hommes à la mine patibulaire regardaient en permanence autour d'eux. Tony ne put s'empêcher de se demander s'ils étaient les amis du gang de John.

Après le bref service religieux, Tony et Frank se rendirent à l'église en Ferrari pour l'enterrement. La cérémonie de la mise en terre fut tout aussi rapide.

Tony constata que les deux hommes aux visages rudes les avaient suivis au cimetière. L'un d'eux semblait s'intéresser particulièrement à Frank et à lui, comme s'il trouvait leur présence suspecte.

— On nous surveille, murmura Tony à son ami alors qu'ils regagnaient la Ferrari.

Frank esquissa un léger sourire.

— Oui, j'avais remarqué.

En sa qualité de videur, il possédait un sixième sens pour détecter les ennuis. Un don qu'avait aussi développé Tony dans le cadre de son activité. Ils firent semblant de bavarder avec désinvolture comme s'ils ne s'étaient aperçus de rien.

Tandis qu'ils s'installaient dans la voiture de sport, Tony jeta un coup d'œil dans son rétroviseur et vit que l'un des deux individus relevait discrètement le numéro de sa plaque d'immatriculation. Il se mit à rire alors qu'il contournait les véhicules de la famille de John pour sortir du parking.

— Qu'y a-t-il de si drôle ? s'enquit Frank, perplexe.

— Ce sont des flics.

— Quoi ?

— Ce sont des flics, répéta Tony. Les membres d'un gang ne prendraient pas la peine de noter mon numéro d'immatriculation. Ils veulent découvrir qui je suis et quels sont mes liens avec John… Pourquoi ne demandes-tu pas à ton contact dans la police ce qu'ils veulent exactement savoir sur moi ? ajouta-t-il avec un regard vers son ami. Je lui téléphonerai pour lui donner plus de détails, s'il le désire.

Frank gloussa.

— Très bien. Je lui passerai un coup de fil dès que je rentrerai chez moi.

Tony eut un large sourire. Cela l'amusait qu'on se montre soupçonneux à son égard — ce qui avait souvent été le cas, ces derniers temps. Pourtant, il essayait d'adopter une attitude discrète et ne parlait jamais de son travail.

Il déposa Frank devant son immeuble, lui promit de déjeuner avec lui le lendemain, puis retourna à son hôtel.

En chemin, il remarqua qu'on l'avait de nouveau pris en filature. Après avoir donné les clés de la Ferrari au voiturier pour qu'il la gare dans le parking, il entra dans le hall de l'hôtel, puis ralentit l'allure en se dirigeant vers l'ascenseur. Il sentait nettement des yeux vrillés sur son dos ; quelqu'un le suivait. Décidément, la situation devenait de plus en plus cocasse.

Faisant mine de ne pas s'intéresser à ce qui se passait autour de lui, il entra dans la cabine. Un homme, qu'il reconnut comme étant l'un des deux inconnus du funérarium, lui emboîta le pas et s'appuya à la paroi, feignant lui aussi l'indifférence.

Lorsque Tony descendit à un étage qui n'était pas le sien, il constata du coin de l'œil que l'homme restait dans la cabine, mais notait le numéro.

Il descendit l'escalier à grandes enjambées pour l'attendre au rez-de-chaussée. Abîmé dans ses pensées, l'individu sortit de l'ascenseur, leva soudain les yeux et sursauta en identifiant Tony. Lequel esquissa un sourire sarcastique.

— Si vous souhaitez savoir qui je suis et pourquoi j'étais aux funérailles de John, accompagnez-moi au bar ; je vous offrirai un verre et je vous mettrai au courant.

Visiblement stupéfait, l'homme haussa les sourcils, puis s'esclaffa.

— Comment avez-vous compris ? s'enquit-il une fois qu'ils furent installés à une table.

— J'ai déjà travaillé avec des flics. Entre deux missions à l'étranger.

— Quel genre de mission ?

Sans un mot, Tony sortit son portefeuille de sa poche et l'ouvrit d'une chiquenaude afin de lui montrer ses accréditations.

Le policier laissa échapper un sifflement d'admiration.

— A une époque, j'ai voulu en faire partie moi aussi, mais après six mois de convocations, d'interrogatoires, de passages au détecteur de mensonge, de contrôles sur ma formation et d'enquêtes à n'en plus finir sur mon milieu familial et mes relations, j'ai abandonné et j'ai rejoint les forces de police. Le salaire est minable, mais je n'ai été pris qu'une fois dans une fusillade en dix ans... Je parie que vous ne pouvez pas en dire autant !

— Vous avez raison, dut admettre Tony. J'ai assez de plomb dans le corps pour charger un revolver. On n'a pas pu m'enlever ces balles à cause de l'endroit où elles se sont logées.

— Vous connaissiez le défunt, si je comprends bien ?

Tony acquiesça d'un signe de tête.

— C'était mon meilleur ami depuis le lycée, dit-il avant d'esquisser une grimace. Mais il semblerait que je me sois trompé sur son compte. Il a harcelé une femme que nous connaissions tous les deux, et j'étais persuadé que c'était elle qui mentait dans cette histoire.

Sortant un calepin, l'homme le consulta.

— Je suppose que vous parlez de Millicent Evans.

— Oui.

— Elle ne mentait pas, affirma le policier. Elle nous a appelés pour un 10-16 avec violence, ajouta-t-il, utilisant le code correspondant aux querelles domestiques. Il l'avait salement amochée.

Incapable de prononcer un mot, Tony eut soudain envie de disparaître cent pieds sous terre en se rappelant la réaction inattendue de Millie lorsqu'il s'était si brusquement précipité vers elle, au funérarium.

— Mais quand est venu le moment d'engager les poursuites contre lui, elle a refusé, poursuivit le policier avec impassibilité. Nous étions déçus ; nous détestons les hommes qui battent les femmes. Elle a dit qu'il avait trop bu, qu'il s'était excusé, et que c'était la première fois qu'il la frappait.

Tony avait besoin d'en être certain.

— Ç'a vraiment été la seule fois ?

— Je pense. Ce n'est visiblement pas le genre de femme qui accepte ce genre d'abus de façon routinière. Environ une semaine plus tard, il se suicidait…

Jetant un coup d'œil furtif autour de lui, l'homme se pencha vers Tony.

— Le bruit circule qu'un chef de gang local a reçu une grosse somme pour assassiner Mlle Evans, ajouta-t-il à voix basse. C'est pour cette raison que nous étions à l'enterrement… Vous avez un ami appelé Frank, n'est-ce pas ?

— Oui.

— Frank est le meilleur ami de mon inspecteur. C'est lui qui nous a suggéré de rechercher un ou des individus au profil de meurtrier.

— Et je corresponds à ce signalement, observa Tony avec un sourire amusé.

— Certains tueurs à gages de la mafia que j'ai rencontrés vous ressemblaient beaucoup, admit le policier en se redressant. Vous êtes italien ?

Habitué à cette question, Tony sourit.

— Non, cherokee. Le mari de ma mère m'a adopté quand j'étais enfant, mais il n'était pas mon vrai père.

— Comme quoi on ne peut pas se fier à la physionomie des gens !

— Absolument.

*
* *

Le lendemain matin, Tony se rendit à la bibliothèque pour s'excuser auprès de Millie et se débarrasser de cette corvée. Mais, à la seconde où elle le repéra dans le hall, elle gagna une porte réservée au seul personnel et disparut. Feignant de ne pas l'avoir remarqué, il demanda à la voir à la réception. L'employée de service poussa à son tour le battant et revint une minute plus tard.

— Désolée, je… n'ai pas réussi à… à la trouver, bégaya-t-elle, le visage écarlate.

Tony sourit tristement. Il ne pouvait pas reprocher à Millie de le détester.

— Ce n'est pas grave. Merci, dit-il avant de rebrousser chemin.

Apparemment, il allait devoir protéger la jeune femme à distance. A moins qu'il ne découvre un moyen pour qu'elle accepte de l'écouter.

Une fois de retour à son hôtel, il essaya de la joindre à la bibliothèque, mais dès qu'elle entendit sa voix, elle raccrocha. Il soupira, puis décida d'appeler Frank.

— Elle s'est enfuie en courant, lui expliqua-t-il. Je m'y attendais, mais je ne pourrai pas la convaincre qu'elle a besoin d'une protection s'il m'est impossible d'échanger ne serait-ce qu'un mot avec elle. Tu as une idée à me proposer ?

— Oui. Je vais aller la voir pour en discuter.

— Merci. Dis-lui que je suis désolé. Je ne suis pas très doué pour les excuses, mais je le pense sincèrement.

— Je sais.

— Au fait… J'ai offert un verre à un des deux flics qui nous filaient. Il m'a dit qu'ils cherchaient des types ayant le profil d'un meurtrier. D'après lui, je correspondais à ce signalement.

Frank éclata de rire.

— Il n'y a que la vérité qui blesse, non ?

— Surtout ne te gêne pas, rajoutes-en, marmonna Tony, piqué au vif.

— Je te recontacte dès que j'aurai vu Millie, promit Frank.

— D'accord. Je serai à mon hôtel.

Frank l'appela le lendemain matin.

— C'est bon, elle consent à te parler, dit-il. Mais il m'a fallu faire appel à tous mes dons de persuasion. D'autant qu'elle ne croit pas une seconde que John ait pu engager quelqu'un pour l'assassiner. Tu vas avoir beaucoup de mal à lui vendre ton idée de garde du corps.

— Eh bien… il faudra que je fasse assaut d'éloquence.

Frank resta un moment silencieux.

— J'ai entendu, un jour, un comédien dire qu'on obtient bien plus avec un simple sourire qu'avec une arme, commenta-t-il. Tâche de t'en souvenir…

— Il y a du vrai dans ce que tu dis, admit Tony, amusé. J'essayerai de laisser mon arme au vestiaire pour lui rendre visite… Tu as des nouvelles de ton inspecteur ?

— Pas encore, répondit Frank. Il semblerait qu'il m'ait devancé. Il a déjà demandé à ses hommes d'enquêter sur la piste d'un gang et de se renseigner pour savoir si quelqu'un a embauché un tireur. Peut-être apprendra-t-il quelque chose.

— En attendant, je ferai de mon mieux pour assurer la protection de Millie. A plus tard.

— Tiens-moi au courant.

*
* *

Tony décida de s'habiller de façon décontractée pour se rendre à la bibliothèque en espérant ainsi attirer le moins possible l'attention au cas où quelqu'un surveillerait Millie. Il choisit une chemise en coton, un jean et une veste en cuir.

Ainsi habillé, il avait conscience de ressembler à un cow-boy texan, mais il se refusa à parfaire le déguisement en mettant un Stetson. Il détestait couvrir ses cheveux noirs ondulés qu'il portait toujours rassemblés en une longue queue-de-cheval. Jamais il n'avait cherché à se conformer aux conventions sociales même si la tâche qu'on lui confiait l'exigeait ; sa nature rebelle s'y refusait catégoriquement…

A la réception, il demanda à voir Millie ; l'employée, le dévisageant avec intérêt, lui rendit son sourire, puis décrocha le combiné du téléphone, pressa un bouton et avertit Millie qu'un visiteur l'attendait au comptoir.

Tout en parlant, elle commença à trier le courrier.

— Oh ! Tu as aussi un colis, Millie…

Comme elle tendait la main vers une enveloppe en papier kraft bosselée sur le dessus et où le nom de la destinataire était inscrit en lettres anguleuses, Tony lui saisit le poignet pour l'en empêcher.

— N'y touchez pas ! ordonna-t-il avant de sortir précipitamment son mobile.

Il composa le numéro des services d'urgences et demanda à l'opératrice une voiture de police ainsi qu'une équipe de déminage.

L'employée le fixait comme si elle avait affaire à un déséquilibré.

— Dites à tout le monde de quitter immédiatement le

bâtiment, lui intima-t-il. Ne perdez pas de temps ! ajouta-t-il aussitôt en la voyant hésiter. Il y a assez d'explosif dans ce colis pour faire sauter le pâté de maisons. Faites vite !

Prenant ses jambes à son cou, elle se rua vers la porte réservée au personnel juste au moment où Millie les rejoignait. Tony, pendant ce temps, se démenait pour convaincre l'opératrice de l'utilité de l'équipe de déminage.

— Ecoutez, je travaille pour le gouvernement, insista-t-il avec fermeté. Je sais de quoi je parle : j'ai déjà vu des lettres piégées. Avez-vous vraiment envie de lire dans les journaux de demain matin qu'une bibliothèque a été rasée par une explosion parce que vous n'avez pas pris la menace au sérieux ? Croyez-moi, ce genre de responsabilité est très lourd à porter… Oui, c'est ce que je vous ai demandé, une équipe de déminage. Et en urgence !

Les mâchoires serrées, il jeta un coup d'œil à Millie.

— Nous devons sortir du bâtiment.

— Sortir du bâtiment ? répéta-t-elle, étonnée. Mais…

Il l'attrapa par le coude avant qu'elle ne puisse saisir l'enveloppe brune.

— Si tu préfères garder tes deux mains et ta tête, tu vas faire exactement ce que je te dis, marmonna-t-il avant de se tourner vers l'employée qui guidait en hâte deux collègues et plusieurs lecteurs vers la sortie. Dépêchez-vous !

— Tu es devenu fou ? lança Millie sur un ton guindé. Il n'est pas question que je…

— Désolé…

La soulevant brusquement dans ses bras, il se rua vers les portes de verre qu'un client lui maintint obligeamment ouvertes avec un grand sourire.

— … mais je n'ai pas le temps de discuter.

Quand la voiture de police arriva avec l'équipe de déminage pour se garer le long du trottoir, Tony alla parler au sergent responsable.

— Il y a une lettre piégée à la réception de la bibliothèque, lui expliqua-t-il. Une enveloppe kraft sur le comptoir. J'ai déjà rencontré un cas similaire à Nairobi, mais personne n'a voulu m'écouter. Résultat : deux ouvriers étrangers sont morts lorsqu'elle a explosé.

Le sergent soupira.

— D'accord. Nous allons vérifier, mais si vous vous trompez, attendez-vous à avoir des ennuis.

— Je ne me trompe pas, assura Tony en lui montrant ses accréditations.

Sans ajouter un mot, le sergent se détourna vivement et ordonna à ses hommes de le suivre.

Les bibliothécaires, tout comme Millie et les lecteurs, semblaient sceptiques, mais ils attendirent patiemment dans le froid tandis que l'équipe de déminage entrait avec précaution dans le bâtiment pour examiner l'enveloppe que Tony leur avait décrite.

Quelques minutes plus tard, le sergent, le visage sombre, vint le retrouver.

— Je ne suis pas entièrement convaincu, lui dit-il, mais nous allons agir selon les règles. Cette enveloppe me paraît tout de même suspecte.

Les démineurs sortirent de leur véhicule un robot muni d'un bras articulé et d'une caméra vidéo qu'ils envoyèrent dans la bibliothèque pour récupérer le colis. Cela prit un long moment, et les deux nouvelles unités de police envoyées pour contrôler la foule durent contenir les nombreux spectateurs qui s'étaient agglutinés dans la rue afin de les empêcher d'approcher.

Entre-temps, une équipe de télévision locale était arrivée sur les lieux pour filmer l'intervention. Des gens prenaient également des photographies avec leurs mobiles pour les diffuser dans les médias. Inconscients du danger, quelques-uns trouvaient manifestement l'opération très excitante. Un des visiteurs de la bibliothèque, un homme bougon, commença à maugréer :

— Avec toutes ces bêtises, je suis en train d'attraper un rhume. La police perd son temps avec une fausse alerte à la bombe ; ils vont finir par s'apercevoir qu'il s'agit seulement d'un paquet de revues ou de quelque chose d'aussi stupide…

Le robot atteignit alors le container de confinement dans lequel l'équipe de déminage rassemblait les colis douteux. A peine l'engin y avait-il déposé l'enveloppe qu'une énorme explosion retentit, projetant le robot à plusieurs mètres. Les spectateurs se dispersèrent en hurlant.

Tony lança un coup d'œil vers le sergent de l'équipe de déminage qui lui renvoya son regard en grimaçant, puis se tourna vers Millie. Elle était livide…

La jeune femme fut prise d'une nausée soudaine. Si Tony n'était pas venu à la bibliothèque au bon moment… Si elle avait ouvert cette enveloppe…

Un voile noir lui obscurcit l'esprit, et elle eut juste le temps de sentir Tony l'attraper avant qu'elle ne s'effondre sur le trottoir…

*
* *

Lorsqu'elle revint à elle, elle était allongée à l'arrière de la voiture de Tony. La soutenant de son bras, il porta une boisson à ses lèvres.

— Tiens, bois une gorgée, suggéra-t-il d'une voix douce. Cela te fera du bien.

Elle réussit à avaler un peu du liquide pétillant.

— Je me suis évanouie ? Cela ne m'était jamais arrivé, avoua-t-elle.

— Si quelqu'un m'envoyait une bombe, je tomberais probablement aussi dans les pommes, répondit-il avec un large sourire. Tu vas bien, et personne n'est blessé.

Elle leva les yeux vers lui.

— Pourquoi ?

Le sourire de Tony s'effaça.

— Certains hommes veulent emporter leurs biens avec eux dans leur tombe. John n'a pas réussi à te posséder, alors il a voulu s'assurer que jamais personne d'autre n'y parviendrait. Il a donné une grosse somme d'argent à quelqu'un pour t'assassiner, et son plan s'est presque réalisé. A présent, nous devons te garder en vie le temps d'arrêter celui qu'il a engagé.

Le souffle court, elle se redressa.

— Il ne va pas réessayer, n'est-ce pas ? Maintenant, il sait que la police me surveille.

— La police n'a pas les moyens financiers de te fournir une garde rapprochée vingt-quatre heures sur vingt-quatre. Celui qui t'a envoyé la lettre piégée en a conscience. Alors, bien sûr, il recommencera.

— Mais il a déjà perçu l'argent, bredouilla-t-elle.

— Ne compte pas trop là-dessus ! John, c'est plus que vraisemblable, s'est arrangé pour qu'il ne l'empoche que s'il peut apporter la preuve de ta mort, expliqua Tony, impassible. Si c'est un chef de gang qui détient le magot, le tueur peut même mettre un point d'honneur à mener à bien sa mission… Ne me regarde pas avec des yeux ronds ; les mafieux ont aussi leur propre code de l'honneur, même si cela peut nous sembler bizarre. Surtout si le chef est le fameux ami de John et qu'il lui est redevable pour une raison ou une autre.

Brusquement elle se souvint d'un détail qui l'avait frappée avant qu'elle ne perde conscience.

— Sans même avoir touché l'enveloppe, tu savais que c'était une lettre piégée. Comment l'avais-tu deviné ?

— Ce n'est pas la première que je vois. Je n'ai jamais désamorcé de bombe, mais je connais des hommes qui s'en chargent. J'ai beaucoup appris en les regardant manipuler les explosifs ; le reste, je l'ai acquis par expérience.

Perplexe, elle fronça les sourcils.

— A l'armée ? Ou sur les chantiers de construction ?

— Je travaille pour le gouvernement entre deux missions en free-lance, répondit-il après une hésitation. Je suis un « contractor » indépendant.

— Un… quoi ?

— Je suis soldat de métier, spécialisé dans le contre-terrorisme, expliqua-t-il sur un ton patient.

Elle se figea, cherchant son regard.

— Ta mère adoptive était au courant ?

— Non, je ne crois pas qu'elle aurait approuvé ma décision.

— Je vois.

— Toi non plus, n'est-ce pas ?

Incapable de supporter son air inquisiteur, elle détourna les yeux et frotta ses bras nus pour se réchauffer.

— Quelle importance ? Mon opinion ne signifie rien pour toi.

Comme, les jambes encore flageolantes, elle sortait de la Ferrari, il lui saisit le coude pour l'aider à recouvrer son équilibre.

— Il faut que tu récupères ton manteau et ton sac, puis que tu viennes avec moi, dit-il. Nous devons mettre certaines choses au point.

— Mais…

— Inutile de discuter, Millie, l'interrompit-il. Si tu restes à la bibliothèque, tu risques de mettre tes collègues en danger.

Cela ne lui avait même pas traversé l'esprit. Horrifiée à cette idée, elle fixa Tony.

— Mais je dois travailler, protesta-t-elle faiblement. J'ai des factures à payer…

— Pourquoi ne demandes-tu pas un congé exceptionnel ? suggéra-t-il sur un ton obstiné. Tu ne devrais pas avoir de problème pour obtenir quelques jours d'arrêt, n'est-ce pas ?

Son raisonnement était logique, et elle savait qu'il avait raison, mais elle avait peur de perdre son poste si elle sollicitait de son chef la permission de s'absenter. Elle avait effectué toute sa carrière professionnelle à la bibliothèque, et elle adorait son métier.

Et Dieu sait ce que sa supérieure dirait lorsqu'elle entendrait parler de la lettre piégée ! Mme Anderson ne s'était toujours pas remise des médisances que John avait répandues sur le compte de son employée.

— Je serai probablement renvoyée quand ma supérieure

apprendra ce qui s'est passé ici aujourd'hui, répliqua-t-elle tristement. Elle est en déplacement jusqu'à lundi prochain.

— Allez, viens. Je t'accompagne à l'intérieur.

Après l'avoir escortée jusqu'à la bibliothèque, il insista pour rencontrer son chef. Il expliqua alors la situation sur un ton neutre à Barry Hinson.

— Je présume, conclut-il, que ses collègues ne souhaitent pas courir le risque d'affronter un autre incident de ce genre, ce qui serait le cas si Millie continuait à travailler alors que le coupable est encore en liberté.

Barry approuva aussitôt avant de se tourner vers elle.

— Millie, nous pouvons nous débrouiller sans toi pendant quelques jours. Etant donné les circonstances, Mme Anderson n'y verra, bien sûr, aucun inconvénient.

Millie soupira.

— Je n'ai pas le choix, de toute façon. Je suis vraiment désolée…

— Ce n'est pas ta faute, affirma Barry avec fermeté. Personne, ici, ne t'a jamais tenue pour responsable de ce que cet homme a fait. Il aurait dû être mis tout de suite sous les verrous…

Bien entendu, il ignorait que John avait été l'ami de Tony. Embarrassée, Millie s'empourpra.

— Je vais aller chercher mes affaires et vous laisser, Barry, dit-elle, n'osant regarder Tony. Je reprendrai mon travail la semaine prochaine.

Son chef lui adressa un sourire bienveillant.

— J'y compte bien, dit-il avant de jeter un coup d'œil méfiant à Tony. Vous vous arrangerez pour qu'il ne lui arrive rien, n'est-ce pas ?

De toute évidence, il croyait que Tony était un policier chargé de la protéger sur ordre du procureur.

— Tout à fait, répondit Tony. Je me charge de sa sécurité.

Ces mots firent naître en elle une douce chaleur enveloppante qu'elle s'efforça d'ignorer. Une fois déjà, elle avait risqué son cœur pour cet homme, et elle avait été anéantie lorsqu'il l'avait repoussée.

Si seulement elle pouvait bannir ses sentiments à jamais ! songea-t-elle en s'éloignant vers le vestiaire.

Après avoir attrapé son sac et son manteau, elle expliqua à la réceptionniste où elle en était dans la tâche qu'elle avait dû interrompre lorsque la bombe avait semé la confusion parmi le personnel, puis rejoignit Tony dans le hall.

Celui-ci la suivit jusqu'au parking où elle avait garé sa Coccinelle noire. C'était visiblement une voiture d'occasion, mais elle était propre et bien entretenue. Millie leva les yeux vers lui.

— Et maintenant ? l'interrogea-t-elle avec curiosité.

— Maintenant, nous nous installons dans un coin tranquille pour discuter et prendre les décisions nécessaires.

Plissant le front, elle réfléchit quelques secondes.

— Il y a une cafétéria juste en bas de la rue où j'ai l'habitude de déjeuner. Le Nugget…

— Impeccable, je te retrouve là-bas.

— D'accord, dit-elle en montant dans sa voiture.

Dix minutes plus tard, ils commandaient des sandwichs accompagnés d'un café en guise de déjeuner tardif. L'équipe de déminage avait mis plus de temps que Millie ne l'aurait imaginé pour neutraliser la lettre piégée.

Encore déconcertée par le fait que John avait vraiment voulu la faire assassiner, elle grignota son sandwich machinalement et sans prêter attention à son goût. Au bout d'un moment, Tony, qui buvait son café à petites gorgées, la dévisagea.

— Arrête de ressasser ce qui s'est passé. Cela ne sert à rien.

— Jamais je n'aurais pensé que John souhaitait vraiment ma mort, avoua-t-elle, la gorge serrée.

Tony plissa les yeux.

— Pourtant, il t'a rouée de coups.

— Comment le sais-tu ?

— Frank.

Oui, bien sûr, Frank l'avait mis au courant.

— Ce jour-là, John avait bu…

Rien qu'à cette évocation, elle frissonna.

— Il a commencé à dire que c'était ma faute si sa vie s'était effondrée, poursuivit-elle. Parce que je n'acceptais pas de l'épouser. J'ai essayé de lui expliquer, pour la vingtième fois, que je ne l'aimais pas de cette manière, mais il ne voulait rien entendre. Il s'est mis en colère et ensuite, la dernière chose dont je me souviens, c'est qu'il m'a projetée brutalement contre le mur. Même au moment où j'ai reçu les coups, je pouvais à peine y croire. J'ai hurlé, hurlé et quand il a enfin lâché prise, je me suis réfugiée dans ma chambre pour appeler la police.

— Mais tu n'as pas engagé de poursuites contre lui, marmonna Tony, la mâchoire contractée.

— Le temps que la police intervienne, il était en larmes, se défendit-elle. Il jurait que c'était à cause de l'alcool, qu'il ne s'était pas rendu compte de ce qu'il faisait, qu'il m'aimait. Il m'a suppliée à genoux de ne pas porter plainte contre lui…

Elle secoua la tête.

— Bien sûr, j'aurais dû le faire tout de même. Mais il me faisait tellement de peine — je l'ai toujours plaint depuis que je le connais. Il souffrait de troubles mentaux, mais il refusait de regarder la vérité en face et de se faire soigner. J'étais persuadée que je pourrais l'aider…

— Tu n'en avais pas la faculté, remarqua Tony d'une voix sourde. Il avait l'esprit dérangé ; tu l'obsédais.

Son ton laissait entendre qu'il n'en comprenait pas la raison, ce qui ne l'étonna guère. Elle connaissait en effet depuis longtemps le jugement que Tony portait sur elle. Au cours des dernières années, John n'avait pas cessé de lui en rebattre les oreilles avec un plaisir maladif : selon lui, Tony estimait qu'elle était la femme la plus ennuyeuse au monde et qu'il lui faudrait être vraiment ivre pour vouloir la toucher.

D'après l'expression de Tony à cette seconde, il était clair que sur ce point au moins, John ne lui avait pas menti. Pour lui, elle avait toujours été insignifiante. Une vérité qu'elle avait appris à accepter lorsqu'ils étaient tous deux à l'université.

Refusant de s'attarder sur ce sujet déprimant, elle reposa sa tasse de café.

— Après cette soirée-là, j'en étais arrivée au point où je ne pouvais plus sortir de chez moi sans tomber sur John. Il m'a dit qu'il me surveillerait nuit et jour pour s'assurer que je n'avais pas d'autre homme dans ma vie. Puis il a commencé à raconter des mensonges sur mon compte et à passer ses journées à la bibliothèque, ce qui a mis mon poste en péril — j'ai bien failli être renvoyée. Alors, j'ai fini par décider que je n'avais pas d'autre choix que de déposer une plainte contre lui pour harcèlement.

Avec nervosité, elle vérifia qu'aucune mèche ne s'était échappée de son chignon serré avant de poursuivre :

— Cette dénonciation l'a fait craquer, bien entendu. Je m'en étais doutée — c'est pour cette raison que j'avais attendu si longtemps avant d'essayer de résoudre le problème. Il a juré que, d'une façon ou d'une autre, il me réglerait mon compte.

Soudain, elle se sentit envahie d'une immense fatigue, et appuya ses coudes sur la table.

— Lorsque j'ai appris son suicide, je n'ai pas pu m'empêcher d'être soulagée. J'étais enfin débarrassée de lui. C'est terrible, non ?

— Pourtant tu es venue au funérarium, fit remarquer Tony d'un air perplexe.

Elle se crispa en se rappelant son attitude lorsqu'il l'y avait rencontrée.

— Oui, poussée par un vague remords. Il fallait que je le voie ; je ne sais pas pourquoi, mais je pensais que ma visite me permettrait de me racheter en partie.

— Et à la place, tu es tombée sur moi, répliqua Tony qui grimaça devant son expression tendue. Comprends-moi, pour me forger une opinion, je ne disposais pas d'autres éléments que ceux dont John m'avait fait part ; et il m'avait raconté tellement de choses sur toi. Il m'a même laissé une lettre te rendant responsable de sa mort. A ce moment-là, je n'avais vraiment aucune raison de douter de lui. Il a fallu que Frank m'apprenne la vérité.

Et bien sûr, il avait cru son ami, songea-t-elle avec

amertume. Il ne lui était même pas venu à l'idée qu'elle n'avait rien d'une femme aux mœurs dissolues.

Mais il est vrai que Tony la connaissait très peu. D'ailleurs, il n'avait jamais souhaité en découvrir davantage sur elle. Une constatation qui raviva sa douleur.

— Je regrette la façon dont j'ai réagi, dit-il avec raideur. Je n'étais pas au courant.

Elle secoua la tête avec tristesse.

— Personne ne l'était. Depuis des années, il me harcelait, me faisait du chantage et me calomniait. Il parvenait même à persuader les gens que c'était ma faute, que c'était moi qui l'encourageais… C'était la personne la plus repoussante que j'aie jamais rencontrée !

Manifestement surpris, Tony haussa les sourcils.

— Il était pourtant plutôt bel homme.

— On ne peut pas obliger quelqu'un à vous aimer, murmura-t-elle. Cela n'a rien à voir avec le physique. Il était non seulement vulgaire mais laid à l'intérieur de lui. Et c'est le fond du cœur qui compte, tu le sais aussi bien que moi. On ne peut pas se fier aux apparences. D'ailleurs, on dit toujours que le diable est terriblement séduisant, non ?

— C'est vrai.

Se ressaisissant, elle termina son café.

— Et maintenant, je fais quoi ?

— Tu retournes à ton appartement et je t'y accompagne pour voir comment organiser la surveillance.

— La surveillance ? répéta-t-elle, prise de court.

— Oui, je veux mettre des caméras et des micros dans chaque pièce. C'est la seule façon de te garder en vie.

Et soudain, elle se rendit compte pour la première fois à quel point sa situation était vraiment désespérée…

3.

L'appartement de Millie se trouvait au troisième étage d'un immeuble situé à environ deux kilomètres de la bibliothèque. Il disposait d'un petit balcon où elle avait installé plusieurs jardinières. A cette époque de l'année, les pots ne contenaient plus que les vestiges secs des plantes mortes en automne que Millie n'avait, de toute évidence, pas eu le temps de nettoyer.

Elle avait toujours beaucoup aimé lire, et de grandes bibliothèques où s'alignaient des centaines d'ouvrages couvraient les murs. Parcourant les titres avec curiosité, Tony constata qu'ils étaient classés par centres d'intérêt aussi divers que l'histoire, l'ethnologie, les langues ou le jardinage. Il sourit en remarquant le nombre impressionnant de romans sentimentaux dont certains mettaient en scène des soldats de métier.

Jusqu'à aujourd'hui il ne lui avait jamais dit comment il gagnait sa vie, et visiblement elle n'avait rien deviné. Mais il était évident qu'elle avait un tempérament aventureux qu'elle dissimulait, tout comme elle cachait ses longs cheveux auburn dans ce chignon bien sage.

Pour la décoration intérieure, elle semblait plutôt

apprécier les tons pastel. Si elle ne détenait aucun objet de valeur, elle avait malgré tout un goût certain pour les belles choses malgré son budget modeste.

Furetant dans tous les coins et recoins de l'appartement, il nota sur un petit calepin la disposition des pièces, de l'entrée, de la sortie de secours sur le palier et les différentes voies possibles permettant à un intrus de pénétrer à l'intérieur.

Son balcon constituait le point névralgique. Quelqu'un avec un fusil automatique muni d'une lunette de visée pourrait tirer de la rue à travers la porte-fenêtre coulissante qui n'avait pas de voilage. Les portes possédaient des serrures classiques mais pas de verrous à pêne dormant. En outre, le deux-pièces n'était qu'à quelques pas de l'ascenseur et de l'escalier, ce qui le rendait facile d'accès. Quant à l'immeuble, aucun digicode n'en interdisait l'entrée. Tony avait d'ailleurs remarqué deux ou trois individus à l'allure suspecte dans les couloirs lorsqu'il était monté.

Soucieux, il enfouit ses mains dans ses poches. Sur le moment, son plan lui avait paru idéal, mais à présent qu'il connaissait les lieux, il savait qu'il ne pouvait pas emménager chez elle pour attendre une éventuelle attaque.

— Cela ne marchera pas, constata-t-il, impassible.

Millie, qui venait d'accrocher son manteau dans la penderie de l'entrée, se retourna pour le fixer d'un air ébahi.

— Quoi ?

— Cet appartement est un piège mortel, expliqua-t-il sur le ton le plus neutre possible. Une sortie de secours directement sur le palier, des serrures faciles à crocheter, pas de verrous à pêne dormant, et un salon qui offre un point de mire idéal pour un tireur muni d'un fusil à longue portée. Ajoute à cela un manque évident de sécurité dans cet immeuble et quelques individus louches traînant dans les escaliers, et tu obtiens une situation impossible à gérer. Tu ne peux pas rester ici.

— Mais j'habite ici ! protesta-t-elle d'une voix plaintive. Je ne vais quand même pas partir parce qu'un malade essaie de me tuer. En plus, il risque de me suivre, non ?

Il dut l'admettre.

— Probablement.

— Alors, que suis-je censée faire ? Vivre dans ma Volkswagen et changer de parking tous les soirs ?

Devant son sens de l'humour inattendu, il sourit.

— Dans ce cas, il te faudrait une voiture nettement plus spacieuse !

Laissant échapper un profond soupir, elle s'abîma quelques secondes dans ses réflexions.

— Je pourrais toujours commettre un acte illégal et me faire arrêter, suggéra-t-elle. Au moins je serais en sécurité en prison.

— Pas vraiment. Les gangs opèrent au sein de chaque prison aussi bien aux Etats-Unis que dans les autres pays ; leurs organisations ressemblent à des entreprises, maintenant, Millie, et elles ont des ramifications internationales.

— Tu me fais marcher, dit-elle d'un air horrifié.

— Non, c'est la vérité. Ils ont une hiérarchie qui s'exerce même en milieu carcéral sur les autres prisonniers. Ils peuvent ordonner des meurtres de l'intérieur vers l'extérieur et vice versa.

Abattue, Millie s'effondra sur le canapé.

— Appelle le bureau du marshal et dis-leur que j'ai droit au programme de protection de témoin, avec changement d'identité et de lieu de résidence.

— Impossible, à moins que tu puisses déposer contre quelqu'un de vraiment malfaisant, répliqua-t-il. Désolé... Nous devons chercher une autre solution, ajouta-t-il en haussant les épaules. En attendant, le mieux est que je t'emmène à mon hôtel...

Les joues écarlates, elle se redressa d'un bond.

— Il est exclu que je m'installe dans ta chambre avec toi.

— D'accord. Alors, quelle collègue souhaites-tu mettre dans la ligne de tir ? Puisque c'est là ton choix, si je comprends bien.

— Je ne connais aucune de mes collègues assez bien pour lui demander de m'héberger, avoua-t-elle, alarmée. Et même si c'était le cas, il ne serait pas question que l'une d'elles risque sa vie à cause de moi.

— Tu travailles à la bibliothèque depuis des années, et tu ne t'es jamais liée d'amitié avec aucune de tes collègues ? s'étonna-t-il, intrigué.

Elle se mordilla la lèvre d'un air embarrassé.

— Je suis peu sociable. Je ne vis pas dans le même monde que la plupart des gens de mon époque.

— Pas dans le même monde ? C'est-à-dire ?

— Je vais à l'église, je paie mes factures en temps voulu, je respecte la loi, je me couche tôt, et seule. Je m'intègre mal dans une société qui récompense les excès et déconsidère la vertu. Je ne me mêle pas aux gens qui pensent qu'il faut escroquer ou écraser les autres pour exister. L'argent ne signifie pas grand-chose pour moi du moment que j'en ai assez pour m'en sortir. S'enrichir coûte que coûte semble être le moteur de tout un chacun dans le monde actuel, peu importent les moyens employés pour y parvenir.

Ce fut au tour de Tony de se sentir mal à l'aise. Elle

décrivait exactement son propre univers, lequel lui convenait pourtant très bien.

Elle dut s'en apercevoir, car elle soupira.

— Désolée. Je t'avais bien prévenu que je n'étais pas normale.

— Je n'ai rien dit ! protesta-t-il sur la défensive.

Elle plongea son regard dans le sien.

— Frank m'a confié que, pour toi, les femmes représentent une source de plaisir à portée de main et que tu préfères les filles délurées.

— Et alors, quel est le problème ? lança-t-il, irrité. Je suis célibataire, et je n'ai aucune envie de me mettre en ménage et de me fixer.

Elle leva les mains en signe d'apaisement.

— Je n'avais pas l'intention de te froisser. Je voulais juste te signaler que nos points de vue sur la vie diffèrent. Alors, tu peux comprendre que je ne serais pas particulièrement ravie de passer la nuit dans la chambre d'un homme que je connais à peine.

En fait, ils se connaissaient depuis des années, même si c'était de loin, et il aurait pu évoquer avec elle la question de leur relation, mais il y renonça et haussa un sourcil.

— Je ne t'ai pas proposé de partager mon lit, observa-t-il sèchement. Et je ne le ferai jamais. Tu n'es pas mon genre.

— C'est précisément ce que je viens de te dire, il me semble.

Il étouffa son exaspération. Pourquoi, face à elle, était-il toujours dans ses petits souliers ? Pour se ressaisir, il parcourut l'appartement des yeux.

— J'ai pris une suite, finit-il par expliquer au bout d'une minute. Tu auras ta propre chambre et la porte ferme à clé… Non que tu aies besoin de cette précaution, ajouta-t-il en vrillant son regard sur le sien.

Il cherchait à la blesser, Millie le comprit aussitôt, mais elle s'était entraînée depuis si longtemps à lui dissimuler ses sentiments qu'elle ne réagit pas.

De toute façon, elle n'avait pas vraiment le choix. Le fait d'avoir frôlé la mort à la bibliothèque la perturbait affreusement. Les amis criminels de John cherchaient à la tuer et, alors que Tony était le seul rempart entre elle et le funérarium, elle tergiversait…

Repoussant une mèche de cheveux, elle se détourna pour réfléchir.

— Quelles possibilités me reste-t-il ? se demanda-t-elle à voix haute. D'accord, je ne peux pas rester ici…

— Non, impossible. Et le bureau du procureur n'a pas les moyens financiers de t'héberger et de te nourrir indéfiniment. Cela peut durer des semaines, Millie.

— *Des semaines ?* répéta-t-elle en pivotant sur ses talons pour le fixer, horrifiée. Sûrement pas ! La lettre piégée…

Tony la coupa :

— … pourrait n'avoir été qu'un test pour servir de galop d'essai à ton meurtrier et lui montrer à quelle vitesse réagit le service chargé de faire respecter la loi en cas d'urgence.

— Je ne l'avais pas envisagé sous cet angle, avoua-t-elle, troublée.

— Tu aurais dû. Il ne s'agit pas d'un vulgaire malfaiteur, mais d'un tueur professionnel, même s'il commet des erreurs : la charge de plastic qu'il a utilisée était mal dissimulée et plutôt mal conçue. Seulement il sait comment parvenir jusqu'à toi, et cela le rend particulièrement dangereux.

Nous devons te trouver un endroit difficile d'accès, l'y attirer et le forcer à commettre une erreur afin de l'attraper.

— Et comment comptes-tu t'y prendre pour le piéger ?

— Tu t'installes avec moi à mon hôtel, dit Tony avec simplicité. Et on laisse filtrer l'information. Ensuite nous attendons la suite des événements.

Soucieuse, elle joua nerveusement avec une mèche de cheveux échappée de son chignon.

— Attendre ! Je ne peux pas me permettre d'arrêter de travailler trop longtemps ; j'ai un loyer à payer, moi !

— Pour cela, encore faut-il que tu restes en vie, lui rappela-t-il. Je vais téléphoner à Frank pour qu'il demande à son contact dans la police de nous donner un coup de main.

— Ce serait sans doute plus judicieux, approuva-t-elle.

Lorsqu'elle essaya de recenser les options qui lui restaient, elle n'en trouva aucune. Si seulement elle pouvait revenir en arrière, à l'époque de sa vie où elle ne connaissait pas Tony Danzetta ! Depuis des années, il assiégeait en permanence son cœur et ses pensées. Et maintenant il était là, cherchant à la protéger du danger pour des raisons qu'il ne lui avait toujours pas dévoilées. Il était franc au point d'être brutal en admettant sans ambages son manque d'intérêt pour elle en tant que femme.

Etait-ce la culpabilité qui le poussait à l'aider ? se demanda-t-elle. Peut-être aurait-elle l'occasion de trouver la réponse à cette question pendant les jours à venir…

La suite de Tony était immense. Entrevoir la façon dont il vivait avait quelque chose de fascinant. Millie savait combien coûtait un appartement de cette taille dans un hôtel luxueux. Mais sans doute Tony avait-il les moyens, grâce à son travail pour le gouvernement. A moins que son père, entrepreneur, lui ait laissé un héritage considérable ? Quoi qu'il en soit, Tony avait, de toute évidence, l'habitude de ne pas regarder à la dépense.

— Tu as faim ? s'enquit-il après avoir déposé la valise qu'elle avait préparée dans la pièce qui lui servirait de chambre.

— A vrai dire, oui. Pourrions-nous aller quelque part manger une salade ?

Il esquissa un sourire.

— De quel genre de salade as-tu envie ?

— Une César serait parfaite.

— Que dirais-tu, pour l'accompagner, d'un steak et de pommes de terre au four avec beurre, ciboulette et crème fraîche ?

Elle écarquilla les yeux.

— Mmh… Cela me paraît alléchant. Et un café, aussi.

— Pas de problème.

Décrochant le téléphone, il tapa un code, attendit une minute, puis passa la commande à son interlocuteur.

Ce devait être le room service, songea-t-elle, émerveillée à l'idée qu'il suffisait à Tony de soulever le combiné pour commander un repas. A plusieurs reprises, il lui était arrivé de se faire livrer une pizza, mais c'était tout.

— Le dîner sera servi dans trente minutes, précisa Tony une fois qu'il eut raccroché.

— Je n'ai jamais séjourné dans un hôtel disposant d'un service à l'étage, lui confia-t-elle. Une fois, je me suis rendue à une conférence à Dallas pour le compte de la bibliothèque, mais l'hôtel était minuscule, et j'ai mangé dans un petit restaurant à proximité.

Tony gloussa, amusé.

— Je ne pourrais plus vivre sans room service. Une nuit, j'ai atterri aux Etats-Unis en revenant d'Irak ; je mourais de faim et j'ai demandé un steak, une salade verte et une énorme glace à 2 heures du matin.

— Le service d'étage fonctionnait encore à cette heure-là ? s'étonna-t-elle.

Non, mais il ne lui précisa pas qu'il avait obtenu ce qu'il voulait en payant le prix fort et aussi parce qu'il connaissait bien le directeur du palace où il était descendu.

— C'était à New York, répondit-il en guise d'explication.

Comme Millie s'installait dans un des profonds fauteuils, Tony enleva sa veste, puis s'allongea sur le canapé.

— Je suppose que tu as beaucoup voyagé, remarqua-t-elle, songeuse.

Les mains croisées sous la nuque, il ferma les yeux en souriant.

— Oui, énormément.

— J'aimerais bien visiter le Japon. Un vieux couple adorable originaire d'Osaka vient régulièrement consulter des ouvrages à la bibliothèque, et j'adore les entendre parler de leur pays natal.

— Le Japon est effectivement magnifique…

Il roula sur le côté pour lui faire face et installa un coussin sous sa tête.

— J'ai passé quelques jours à Osaka pour régler une affaire, et j'en ai profité pour prendre le Shinkansen, le train à grande vitesse, afin de gagner Kyoto. Dans cette ville, il y a un château samouraï avec d'énormes portes de bois ; il a été bâti en 1600 et quelques, et des planchers « rossignol » recouvrent les couloirs…

— Des quoi ?

— Des planchers « rossignol ». Ils étaient conçus avec un système de clous et de morceaux de métal placés sous les lattes de bois pour les faire crisser au moindre pas ; elles émettaient alors un son semblable au pépiement du rossignol, d'où leur nom. Ce système permettait aux samouraïs postés à l'intérieur de la tour de détecter l'attaque des ninjas, des guerriers réputés pour leurs pas furtifs et leurs techniques de dissimulation et de diversion.

— C'était une idée géniale ! s'exclama Millie.

Il l'examina avec un intérêt nouveau. Lorsque son imagination était excitée, son visage rosissait et ses yeux étincelaient telles des émeraudes. Elle avait l'air radieuse.

— J'ai lu beaucoup d'ouvrages sur le Japon, poursuivit-il, mais ce genre de détails ne figure pas dans les récits de voyages. Il faut se rendre sur place pour les découvrir.

— Je regarde souvent des documentaires touristiques à la télévision. Surtout ceux où des gens ordinaires déambulent dans les campagnes profondes de pays exotiques. J'en ai vu un, en particulier, où un homme vivait avec une tribu nomade mongole et mangeait du rat rôti.

Tony ne put s'empêcher de rire.

— J'ai moi aussi eu ma part de ce genre de mets insolites, sans parler des serpents et, même une fois, un chat très vieux et coriace.

— Un chat ? répéta-t-elle, manifestement horrifiée. Tu as mangé du *chat* ?

Devant sa désapprobation, il se renfrogna.

— Crois-moi, quand on meurt de faim, on ne peut pas

se permettre de faire la fine bouche ! Nous étions dans la jungle, avec les insurgés aux trousses, et nous avions déjà dévoré tous les serpents et insectes que nous avions trouvés !

— Mais tout de même… un chat ! gémit-elle.

Embarrassé, il grimaça.

— C'était vraiment un animal décati qui tenait à peine sur ses pattes ; il a fini en civet. D'ailleurs, c'était si mauvais que nous avons tous été malades, conclut-il, égayé à ce souvenir.

— Arrête ! s'exclama-t-elle, indignée.

Il roula sur le dos.

— J'aurais préféré du pemmican, mais on ne trouve pas beaucoup ce genre de viande salée et séchée dans le reste du monde, dit-il, songeur. Mon arrière-grand-mère avait l'habitude d'en préparer selon des méthodes traditionnelles. Nous sommes allés la voir deux ou trois fois quand mon beau-père travaillait à Atlanta et que nous vivions encore avec lui. Elle habitait en Caroline du Nord, près de la réserve. Elle était incroyable. Elle savait comment soigner toutes sortes de maladies avec des plantes, et sortait tous les matins à la recherche de feuilles et de racines. Dommage que je n'y aie pas plus prêté attention à l'époque…

Millie, qui l'avait écouté avec intérêt, posa la question même si elle en connaissait déjà la réponse :

— Elle était cherokee ?

— Oui, de race pure, répondit-il avant de se rembrunir. Comme moi. Quand ma mère a épousé un entrepreneur italien, ses proches n'ont pas apprécié. Pour eux, ce n'était qu'un étranger et ils l'ont tous reniée, excepté mon arrière-grand-mère. Elle est morte lorsque j'étais encore enfant, et depuis je ne suis jamais retourné à la réserve.

— C'est triste. Tu as encore de la famille là-bas, n'est-ce pas ?

— Un oncle et quelques cousins. J'ai eu des nouvelles de lui, il y a deux ou trois ans ; il disait dans sa lettre que je devrais revenir faire la paix avec eux.

— Mais tu ne l'as pas fait ?

— Ma mère a eu une vie difficile, répondit-il en guise d'explication. Lorsque ma sœur et moi avons été placés dans une famille d'accueil, cela a été comme la fin du monde, surtout lorsqu'ils nous ont séparés… Elle s'est suicidée, ajouta-t-il, le visage crispé.

Millie sentit son cœur se serrer.

— Ta sœur ?

— Oui, répondit-il avant de lui jeter un coup d'œil perçant. Ma mère adoptive ne t'en a jamais parlé ?

Gênée, Millie piqua un fard et détourna les yeux. Kate Morris lui avait raconté beaucoup de choses sur Tony, mais jamais rien de très personnel. Il n'était pas question cependant d'avouer à celui-ci qu'elle avait essayé de lui tirer les vers du nez.

— Cela a dû être très dur pour toi de perdre ta sœur.

— Oui, admit-il en fixant le plafond. Un garçon dans la famille d'accueil où elle était l'avait mise enceinte, et il a tenté de la forcer à avorter, mais elle s'y refusait. Elle était profondément religieuse, et elle aurait eu l'impression de commettre un péché si elle interrompait sa grossesse. Lorsqu'elle a informé le garçon de sa décision, il l'a menacée ; elle ne savait plus vers qui se tourner…

Le regard mélancolique, il soupira.

— Elle n'en serait jamais arrivée à cette extrémité si elle n'avait pas alors perdu la raison. Elle considérait aussi le suicide comme un péché. Mais, en fin de compte, ç'a été la seule porte de sortie qu'elle a pu trouver.

— J'espère qu'il a été envoyé en prison, marmonna Millie, indignée. Le garçon, je veux dire…

Tony émit un grognement sourd.

— Oui. Et peu de temps après, il est mort mystérieusement. Des choses étranges arrivent aux gens malveillants.

Elle se demanda si Tony était impliqué dans ce décès subit, mais n'osa pas lui poser la question. En fait, elle préférait ne pas savoir…

Quelqu'un frappa alors à la porte, et Tony bondit sur ses pieds en souriant.

— Notre repas, je suppose…

Pour plus de précaution, il regarda par le judas et vit le serveur derrière une table roulante. Rassuré, il lui ouvrit et le laissa entrer.

Visiblement, Millie n'avait jamais eu l'occasion de prendre un repas servi sur une nappe de lin blanc avec des couverts en argent massif et des plats maintenus au chaud sous des cloches en métal ; pour elle, c'était une révélation. Elle dévora sa salade à belles dents et avec une délectation évidente, puis s'extasia sur la tendreté de son steak et le goût délicieux des pommes de terre au four ; même l'odeur du café l'enchanta.

Son plaisir manifeste fut une leçon d'humilité pour Tony, qui considérait les hôtels chics et les plats recherchés comme tout à fait habituels. Au cours des années, il était devenu blasé, mais Millie était issue d'un milieu pauvre et disposait d'un budget modeste. Jamais elle n'avait dû entrer dans le hall d'un palace et encore moins y être conviée.

Il s'imagina en train de l'emmener faire un tour dans

sa décapotable ou de l'inviter sur son yacht pour se rendre aux Bahamas et s'allonger au soleil, près d'elle, sur le pont. Elle avait un corps superbe, et il se surprit à s'imaginer en train de lui faire l'amour sur une plage tropicale…

Bon sang, avait-il perdu l'esprit ? Millie n'était pas le genre de femme à avoir une aventure avec un homme hors des liens du mariage, quels que soient ses sentiments pour lui…

Soudain il se rappela ce que Frank lui avait dit l'autre jour : Millie avait été amoureuse de lui, Tony, quelques années auparavant. Il se remémora sa présence discrète dans la maison de sa mère adoptive quand, de temps à autre, celle-ci l'invitait ; il se souvenait aussi de son air rayonnant lorsqu'il passait voir Kate à la bibliothèque et qu'elle-même se trouvait dans les parages… Décidément, il avait été bien aveugle pour ne pas s'être rendu compte à quel point la femme introvertie qui lui faisait face en ce moment s'illuminait dès qu'elle le voyait…

Déconcertée par le regard calme et sérieux de Tony soudain fixé sur elle, Millie se figea, la fourchette en l'air, pour le dévisager, puis reporta son attention sur l'argenterie.

— Je fais quelque chose de travers ? Je ne connais pas grand-chose aux différentes sortes de couverts…

— Ce n'est qu'un dîner, Millie, la coupa-t-il. Je n'observais pas la manière dont tu mangeais ; je repensais juste à certains détails du passé.

— Du passé ?

Il dut la sentir sur ses gardes, car il avala une gorgée de son café avant de détourner la conversation.

— Pourquoi ne m'as-tu pas parlé du comportement de

John à ton égard quand je suis revenu à San Antonio, il y a deux ans ?

Blessée par cette question, elle répondit néanmoins :

— Je savais que tu ne me croirais pas. Tu ne m'as jamais aimée.

Manifestement désarçonné, Tony haussa les épaules.

— Je ne te connaissais pas vraiment.

— Parce que tu n'as jamais voulu t'en donner la peine, remarqua-t-elle avec un rire forcé. Si j'étais là quand tu passais voir ta mère adoptive, j'avais l'impression d'être invisible à tes yeux ; elle m'invitait périodiquement parce qu'elle savait que je n'avais pas de vie sociale à proprement parler. Tu restais juste le temps d'échanger quelques mots, puis tu rejoignais une des danseuses que Frank avait choisie pour toi dans le bar où il est videur.

Le front plissé, Tony resta silencieux un moment.

— Je ne voulais pas m'investir dans une relation sérieuse, finit-il par expliquer. Ces filles faciles sont parfaites pour passer un bon moment. On n'envisage pas de construire un avenir avec elles.

Il insinuait donc qu'elles étaient idéales pour une aventure sans lendemain. Cette pensée la mit mal à l'aise, lui rappelant une fois encore la distance qui existait entre l'univers de Tony et le sien.

Piquant sa fourchette dans un morceau de pomme de terre au four, elle se força à le porter à sa bouche pour tenter de se ressaisir, mais ne lui trouva soudain plus aucun goût.

Devant son embarras manifeste, Tony fronça les sourcils et revint sur le sujet qui le préoccupait.

— Pourquoi n'as-tu pas repoussé John en lui disant de te laisser tranquille ?

Elle sembla rentrer dans sa coquille.

— Parce que cela n'aurait servi à rien. J'ai essayé à plusieurs reprises, et mes rebuffades l'ont rendu encore plus furieux.

— Tu lui pardonnais toujours ; il aurait peut-être mieux compris si tu avais réagi plus fermement et lui avais mis les points sur les « i », remarqua-t-il, tenace. Surtout après qu'il t'a frappée. Une femme qui se respecte ne tolère pas ce genre de comportement !

Les joues écarlates, elle reposa sa fourchette dans son assiette et le foudroya du regard.

— C'est si facile à dire pour un homme ! lança-t-elle sur un ton irrité. Un forcené, résolu à te faire payer le fait que tu ne veuilles pas de lui, ne t'a jamais battu pour t'obliger à capituler ! J'avais le corps couvert d'ecchymoses et j'étais terrifiée. Il hurlait, me traitait de tous les noms, m'assurait qu'il me rouerait de coups jusqu'à ce que je cède et que j'accepte de l'épouser…

Elle enroula ses bras autour d'elle comme si elle était soudain transie de froid.

— J'étais persuadée qu'il allait me tuer, poursuivit-elle, le regard inexpressif. Je ne pensais plus qu'à hurler, m'attendant à mourir d'une seconde à l'autre. C'est un miracle que j'aie réussi à lui échapper à temps pour me réfugier dans ma chambre et m'y enfermer afin d'appeler à l'aide… La sirène de la voiture de police a été la plus belle musique que j'aie jamais entendue, ajouta-t-elle à mi-voix.

Accablé par son récit, Tony se sentait de plus en plus mal à l'aise.

— La femme policier qui est entrée la première, reprit-elle, a lancé un coup d'œil furieux à John. Il a aussitôt voulu se ruer sur elle, mais elle a sorti son arme de service et l'a braquée directement sur sa tête. Je savais qu'elle n'hésiterait pas à tirer s'il faisait un pas de plus ; il a dû le comprendre aussi, parce qu'il s'est arrêté net, puis s'est assis sur le canapé et s'est mis à pleurer en disant que tout était ma faute — parce que je refusais de l'épouser.

— Il avait bu ?

— Oui, mais pas assez pour perdre son sang-froid, d'après la femme policier, répondit Millie avec amertume. Quand elle m'a conseillé d'engager des poursuites contre lui, il m'a suppliée à genoux de lui pardonner. Il sanglotait si fort que je me suis sentie gênée et coupable, et j'ai renoncé à déposer plainte. Bien sûr, ma décision a déplu aux policiers qui ne l'ont pas comprise, mais je ne crois pas que l'envoyer en prison aurait changé grand-chose. Chaque fois qu'il était arrêté, il ressortait toujours au bout de quelques jours et recommençait aussitôt…

Elle soupira avant de reprendre :

— En tout cas, ma mansuétude ne l'a pas empêché de continuer à me harceler et à répandre des fables sur mon compte. Je me suis remise des coups, mais jamais je ne suis retournée chez lui ensuite et jamais je ne l'ai laissé de nouveau entrer lorsqu'il est venu sonner à ma porte. Je me suis aussi assurée d'avoir toujours quelqu'un près de moi lorsqu'il passait à la bibliothèque…

Tony aurait voulu disparaître dans un trou de souris.

— Frank m'a dit qu'il avait raconté des mensonges à tes chefs.

— Et aux lecteurs, aussi. J'ai vraiment cru que j'allais perdre mon poste. C'est d'ailleurs ce qui serait arrivé si Frank n'avait pas discuté avec mes supérieurs. Il s'est montré le meilleur ami qui soit dans cette épreuve. Sans son soutien, je ne sais pas ce que j'aurais fait.

— Il a un gros faible pour toi, déclara Tony à dessein. Mais il pense que, dans d'autres circonstances, tu ne lui adresserais même pas la parole parce qu'il est seulement videur dans une boîte de nuit.

— Son travail n'aurait aucune importance si j'étais amoureuse de lui. Dommage que ce ne soit pas le cas, ajouta-t-elle tranquillement. Mais les sentiments ne se commandent pas…

Si son aveu le rasséréna, il préféra ne pas trop chercher à savoir pourquoi, et termina son café.

— Tu veux un dessert ?

Millie s'adossa à son siège en souriant.

— Je ne pourrais pas en avaler une seule miette. Je n'en peux plus.

— Moi non plus. Cet hôtel a un très bon chef.

— Sans aucun doute, approuva-t-elle en finissant son café à son tour. Faut-il redescendre la table roulante dans la cuisine ?

— Mon Dieu, non !

Devant l'air horrifié de Tony, elle se sentit bête et rougit. Il dut le remarquer, car il esquissa une grimace.

— Millie, je n'ai pas toujours été riche, lui rappela-t-il gentiment. Moi aussi, j'ai dû apprendre les convenances dans ce genre de palace.

— Je ne suis qu'une fille de la campagne, et je vis simplement. Mais ici…

Haussant les épaules, elle balaya la pièce d'un revers de la main.

— … j'ai l'impression de me retrouver sur une autre planète.

— Découvrir des choses nouvelles ne peut pas faire de mal ! dit-il en riant. La première fois que Jared, mon coéquipier, et moi avons déjeuné dans un restaurant cinq étoiles, nous avons dû demander au serveur des explications sur les différents couverts et sortes de plats. Par chance, c'était un homme sympathique ; il aurait pu nous humilier, mais il ne l'a pas fait. Pour le remercier, Jared lui a laissé un pourboire de cent dollars.

Cent dollars… ? Elle en eut le souffle coupé. Cette somme équivalait à presque une semaine de son salaire.

— Oui, je sais, dit Tony. Cela représentait aussi beaucoup d'argent pour moi, à l'époque. J'avais été soldat, et avant, ouvrier dans le bâtiment.

Cette fois, il avait vraiment réussi à piquer sa curiosité.

— Comment es-tu devenu aussi riche ?

— En louant mes services à des gouvernements en tant qu'« agent » indépendant, répondit-il avec naturel. Y compris le nôtre. Jared et moi avons acquis des connaissances approfondies en contre-terrorisme, et, pendant un temps, il a dirigé une société militaire privée pour laquelle j'ai travaillé. Pour certains milieux, les compétences dans ce domaine ont une grande valeur ; c'est un métier très spécialisé, et il paie bien.

— Tu participes aux attaques ?

— Si le contrat l'exige, mais on ne peut pas enseigner dans une zone de combat, dit-il en souriant. Nous apprenons à des commandos comment mener des incursions et des opérations discrètes et rapides en territoires ennemis, comment neutraliser des E.E.I. et organiser des milices locales… Des choses comme ça.

— C'est quoi… des E.E.I. ?

Tony sourit, amusé.

— Tu devrais le savoir, maintenant. Ce sont des engins explosifs improvisés, comme la lettre piégée qu'on t'a envoyée.

Mais aussitôt son sourire s'effaça lorsqu'il se rappela que la menace avait été bien réelle ; l'engin, quoique mal conçu, aurait pu la tuer en une fraction de seconde.

— Tu disais qu'elle avait été fabriquée par un amateur, observa-t-elle, comme si elle avait lu dans ses pensées.

— Oui, c'est vrai. Ce modèle d'E.E.I., construit par un professionnel, peut sans difficulté passer pour une lettre aux yeux d'un novice. C'est faire preuve de lâcheté d'utiliser cette méthode pour éliminer un individu.

Avec un soupir, Millie fixa la moquette.

— Je n'arrive toujours pas à croire que John ait pu commettre un acte aussi désespéré, murmura-t-elle en secouant la tête. Faire assassiner quelqu'un juste parce qu'il ne t'aime pas, c'est…

Comme elle cherchait ses mots, Tony lui vint en aide.

— C'est de la démence pure, dit-il entre ses dents serrées. John souffrait de troubles mentaux. Je n'en reviens toujours pas que ni Frank ni moi, contrairement à toi, ne nous en soyons rendu compte.

Cette méprise impardonnable le mettait mal à l'aise pour une autre raison, aussi, mais il n'était pas question de lui révéler les secrets de son passé. Du moins, pas encore…

Prenant une profonde inspiration, il consulta sa montre.

— Je dois rencontrer quelqu'un dans le hall à propos d'un travail, expliqua-t-il. Tu ne bouges pas, d'accord ?

Elle hocha la tête.

— Merci pour le dîner.

— De rien.

Il la laissa et descendit rejoindre l'agent du gouvernement responsable de sa section. Une série d'enlèvements de personnes fortunées avait eu lieu le long de la frontière du Texas, et ses chefs jugeaient que ses talents leur seraient bien utiles pour démêler cette affaire. Avant de sortir de l'ascenseur, il s'efforça de ne plus penser à Millie et de se concentrer sur son rendez-vous…

Après le départ de Tony, Millie déambula dans la suite et, poussée par la curiosité, entra dans sa chambre. Il avait laissé sa valise ouverte sur le lit, et une chemise était négligemment jetée sur la moquette, là où il s'en était sans doute débarrassé en se changeant, tôt ce matin. La ramassant, Millie la porta à son nez pour la humer et sourit, les yeux fermés.

Chaque individu possédait sa propre odeur, songea-t-elle, émue. Elle aurait reconnu celle de Tony même dans l'obscurité la plus totale. Elle exhalait le grand air, les épices et les pins. Des fragrances qu'elle adorait…

Cela lui rappela le trouble qui l'avait saisie lorsque Tony l'avait soulevée pour la porter, malgré ses protestations, hors de la bibliothèque. Jamais elle n'aurait voulu quitter ses bras tant elle s'était sentie bien, enveloppée dans leur chaleur et leur force. Il lui avait bien fallu toutefois s'y résoudre.

Elle reposa la chemise sur le fauteuil, mais au bout d'une minute, elle se rendit soudain compte qu'un homme auquel rien n'échappait comme Tony s'apercevrait qu'elle y avait touché. Aussi la laissa-t-elle retomber sur la moquette à peu près à l'endroit où elle l'avait trouvée avant de quitter la chambre en refermant la porte derrière elle…

4.

Il était tard quand Tony revint. Pelotonnée sur le canapé, ses pieds nus glissés sous elle, Millie regardait un film à la télévision ; elle s'était changée et portait un pantalon et un pull en laine jaune duveteux. Il sourit devant le tableau qu'elle offrait. Elle lui faisait penser à un de ces chatons qui donnent envie de les caresser. Aussitôt, il se ressaisit et chassa cette image importune de son esprit.

— Si je comprends bien, tu as trouvé quelque chose d'intéressant dans le programme, la taquina-t-il.

Comme prise en flagrant délit, elle piqua un fard et chercha la télécommande à tâtons pour baisser le son.

— Juste une comédie sur une chaîne non cryptée.

Il fronça les sourcils.

— Tu peux choisir ce que tu veux sur la télévision à la carte… Il ne s'agit que de quelques dollars, ajouta-t-il pour plaisanter.

Elle s'empourpra encore davantage.

Son embarras évident le mit mal à l'aise. Il avait l'habitude des femmes qui commandaient sans état d'âme les plats les plus chers au menu des meilleurs restaurants où il les invitait, qui demandaient à se rendre dans les salles de concerts les plus prestigieuses du pays et exigeaient des bijoux en cadeau.

Millie, par contre, était manifestement gênée à l'idée qu'il découvre qu'elle avait regardé une émission sur une chaîne câblée, et cela le toucha.

Elle se redressa et entreprit de glisser ses pieds dans ses mocassins.

— Tu veux aller voir un spectacle ou autre chose ? s'enquit-il.

Elle le fixa d'un air étonné.

— Un spectacle ?

— Oui, ils ont une bonne troupe de théâtre ici, ainsi qu'un corps de ballet et un orchestre de qualité. Même si nous ne sommes pas en période de vacances de Noël, il y a toujours d'excellents programmes.

Millie aurait adoré l'y accompagner, mais elle se souvint avec tristesse qu'elle n'avait pas de robe appropriée à ce genre de soirée chic. Sa penderie, assez dégarnie, ne recelait que quelques tenues convenant à son travail à la bibliothèque. Elle ne possédait même pas la paire de chaussures habillées dont elle aurait eu besoin pour une sortie en ville. Tony avait sans doute un costume ou même un smoking rangé dans la housse qu'elle avait remarquée suspendue à la porte de sa salle de bains.

— Mmmh… non, répondit-elle d'une voix traînante. Je ne crois pas.

Ignorant ses problèmes de garde-robe, il accepta son refus sans sourciller. Il devait penser qu'elle n'appréciait pas les divertissements intellectuels.

— Tu joues aux cartes ? proposa-t-il.

Comme elle secouait la tête, il haussa les épaules en soupirant.

— Désolée…

— La semaine risque d'être longue, murmura-t-il avant de la dévisager avec une curiosité évidente. Bon, d'accord… Quand tu es chez toi, que fais-tu le soir ?

Gênée, elle lissa un pli imaginaire sur son pantalon.

— S'il n'y a rien d'intéressant sur la chaîne d'histoire militaire, je lis.

Visiblement surpris, il battit des paupières.

— Tu aimes l'histoire militaire ?

— Oui, beaucoup.

— Quelle période ?

— Toutes. J'ai lu tous les ouvrages que j'ai pu trouver sur Alexandre le Grand, Jules César, Napoléon, sur le XIXe et les combats entre la cavalerie et les Amérindiens, sur les généraux de la Seconde Guerre mondiale…, débita-t-elle à toute allure. Je n'ai jamais rencontré de bataille sur laquelle je n'aie pas eu envie de m'informer.

L'observant avec intérêt, il s'assit dans le fauteuil en face d'elle.

— J'ai obtenu ma licence en droit pénal, mais j'ai aussi étudié l'histoire en matière secondaire. Ma période préférée était la Seconde Guerre mondiale, avec l'Europe comme théâtre des opérations.

— Je m'en souviens ! s'exclama-t-elle, ravie. Ta mère adoptive me disait souvent que, pendant le dîner, tu lui exposais les grandes lignes de divers plans de bataille.

Il rit d'un air amusé.

— Elle ne comprenait pas un traître mot de ce que je

lui expliquais, mais elle s'est toujours montrée gentille et patiente avec moi.

Son sourire s'effaça alors qu'il fixait ses chaussures.

— Elle a réussi à me convaincre que les familles d'accueil n'étaient pas toutes mauvaises. Et j'en avais connu un certain nombre après avoir quitté la réserve pour la Géorgie.

D'après Kate Morris, cette expérience avait laissé de profondes traces en lui.

— Tu as dit un jour que ta mère était morte alors que tu étais encore très jeune, dit Millie.

A ces mots, il leva les yeux. Son regard était morne, sans vie.

— Ce n'est pas tout à fait vrai, avoua-t-il comme à regret. Il y a des années que je n'ai pas vraiment parlé d'elle. Ni de mon beau-père, d'ailleurs... Chaque fois qu'on me pose des questions sur eux, je donne une version différente de leur histoire. Je suppose que j'ai occulté la vérité toute ma vie.

Millie ne disait rien. Elle se contentait d'écouter, d'attendre, d'espérer...

Tony le remarqua et sourit.

— Mon père biologique était un cousin éloigné de ma mère. Il vivait dans la réserve cherokee en Caroline du Nord où elle a grandi, mais il était déjà marié. Aussi, quand elle est tombée enceinte et qu'elle n'avait pas d'argent pour avorter, elle a jeté son dévolu sur un gros Italien bruyant, ouvrier du bâtiment, qui entreprenait des travaux près de la réserve, et a commencé à sortir avec lui. Au bout d'un temps, elle lui a annoncé sa grossesse, et il l'a épousée, croyant que l'enfant était de lui. Mais lorsqu'elle a accouché d'un bébé né à terme alors qu'elle était censée en être au sixième mois, il l'a très mal pris. Il ne lui a d'ailleurs jamais pardonné ce mensonge. Pourtant ils sont restés ensemble encore trois ans, jusqu'à la naissance de ma sœur. Puis il est parti, la laissant seule avec nous.

— Cela a dû être très dur pour elle, commenta doucement Millie. Elle était très jeune, à l'époque ?

— Elle avait dix-neuf ans quand elle m'a eu ; ce n'était donc plus une adolescente. Mais sa famille n'a jamais accepté que ma sœur soit une sang-mêlé, et ma mère n'arrivait plus à supporter leurs critiques constantes. J'avais sept ans quand elle a quitté la réserve et nous a emmenés en bus à Atlanta. Par malheur, nous l'ignorions à ce moment-là, mais c'était dans cette ville que travaillait son mari. Lorsqu'il a appris qu'elle s'y était réfugiée, il est revenu vivre avec nous. Elle a bien essayé de fuir, mais il lui a rappelé qu'il avait des droits légaux sur nous, les enfants, et qu'il obtiendrait notre garde sans aucune difficulté si elle abandonnait le domicile conjugal. Alors, elle est restée…

Il marqua une pause avant de conclure :

— C'est ainsi que j'ai hérité d'un nom italien qui n'a aucun rapport avec ma véritable ascendance. Le seul côté positif de mon patronyme est qu'il a sauvé la vie des soldats qui me taquinaient, ajouta-t-il en plaisantant. Ils ne pouvaient pas se moquer de mes racines indiennes puisqu'ils pensaient que j'étais italien. Je suis très fier de mes ancêtres.

Après avoir considéré Millie quelques secondes, il poursuivit :

— Les Cherokees sont toujours un peuple digne, malgré l'enfer que leur ont fait subir les colons blancs d'abord et le gouvernement ensuite, quand il les a rassemblés pour les emmener tambour battant hors de leurs terres ancestrales de Géorgie, de Caroline du Nord et du Sud afin de les déporter en Oklahoma, au plus fort de l'hiver 1938…

— Oui, je sais, dit Millie en hochant la tête avec tristesse. Ce périple de milliers de kilomètres dans des conditions effroyables a provoqué une telle hécatombe parmi ton peuple qu'on l'a nommé « la Piste des Larmes ». Un épisode tragique de l'histoire des Indiens.

— Un parmi tant d'autres…

Millie, la gorge nouée, vit la souffrance qui s'était peinte sur son visage. Il était clair qu'il ne parvenait pas à évoquer le sujet épineux de son enfance ; il tournait autour, s'efforçant de l'oublier. Elle avait conscience d'être sans doute la seule personne encore en vie à laquelle il en ait vraiment parlé. Si seulement il pouvait se confier davantage, cela l'aiderait…

— Tes parents n'ont pas eu un mariage heureux, souligna-t-elle pour l'encourager.

D'un air absent, il fixa ses mains posées sur ses cuisses.

— Mon beau-père buvait. Beaucoup. Et quand il était ivre, il se rappelait que je n'étais pas son fils, et me le faisait payer. Tous les deux ou trois mois, je me retrouvais aux urgences, le corps couvert d'ecchymoses et de coupures ; et même, une fois, avec une fracture du bras.

Millie tressaillit en songeant à quel point ces mauvais traitements de la part d'un homme censé faire office de figure paternelle avaient dû être dévastateurs pour un garçon de son âge.

— Ta mère n'essayait pas de te protéger ? demanda-t-elle, atterrée.

— Elle ne pouvait pas. C'était une femme menue alors que lui était grand et fort ; il la frappait en permanence et la terrifiait. Elle n'avait aucun endroit où se réfugier ; il le savait et en profitait…

Les traits de Tony se durcirent.

— Jusqu'au jour où elle l'a surpris en train d'abuser de ma petite sœur qui avait environ huit ans, dit-il d'une voix tendue. C'était tard dans la nuit ; elle est restée très calme, s'est rendue dans la cuisine, a saisi le plus gros couteau de boucher qu'elle a pu trouver, est revenue dans le salon, et lui a dit que ce n'était pas grave, qu'elle n'en ferait pas toute une histoire. Persuadé qu'elle n'utiliserait pas son arme contre lui, il a pris son air suffisant habituel. Je la revois encore, souriant alors qu'elle s'approchait de lui comme une somnambule. Elle a alors levé le couteau et le lui a planté dans le cœur jusqu'à la garde. Elle souriait toujours lorsqu'il s'est effondré sur le sol…

Tony ferma les yeux.

— Je n'avais jamais vu autant de sang. Pendant que la vie s'écoulait hors de son corps, elle est restée figée au-dessus de lui, le couteau à la main… Avec ce sourire placide qui ne l'a pas quittée, même lorsque les policiers l'ont emmenée en voiture.

Millie était horrifiée ; elle comprenait mieux pourquoi Tony ne se montrait pas particulièrement désireux de se marier et d'avoir une vie stable.

— Que lui est-il arrivé ?

— Ils l'ont fait interner en prétendant qu'elle était folle, répondit-il après avoir pris une longue inspiration.

Le cœur de Millie bondit dans sa poitrine.

— L'était-elle vraiment ?

L'air torturé, Tony croisa son regard.

— Je n'en ai jamais été sûr, Millie, avoua-t-il d'une voix

douce. Elle est morte bien avant que les médecins aient à leur disposition les résultats d'examens qui auraient pu confirmer leurs théories. Notre première famille d'accueil, à ma sœur et à moi, ne nous a pas dit grand-chose, mais, d'après elle, les psychiatres estimaient que ma mère souffrait de schizophrénie. Plus tard, j'ai lu que cette psychose pouvait être héréditaire.

Après cette tragédie, il n'était guère étonnant qu'il refuse de révéler son passé. Il devait en avoir honte. Et peut-être avait-il peur également de souffrir un jour des mêmes symptômes que sa mère.

Millie se leva du canapé et, posant une main sur la jambe de Tony pour garder son équilibre, s'agenouilla près de lui.

— Moi aussi, je me suis informée sur les troubles psychiques : certains peuvent effectivement être d'origine génétique, mais cela ne signifie pas pour autant que tous les membres d'une famille développent la maladie, dit-elle avec fermeté. Tu es aussi sain d'esprit que moi. Si tu souffrais de déficiences mentales, crois-moi, les signes se seraient manifestés plus tôt. Bien plus tôt.

Baissant les yeux, il la dévisagea d'un air sceptique.

— Vraiment ? Tu en es certaine ?

— Oui. Torturais-tu des animaux par plaisir ? As-tu déjà mis le feu dans la maison où tu vivais ? Mouillais-tu ton lit lorsque tu étais adolescent ?

— Non, rien de tout cela, répondit-il sur un ton amusé.

— Je ne suis pas psychologue, mais j'ai beaucoup lu. Les troubles mentaux se révèlent chez les individus dès la jeunesse. Comme tu as été suivi par le service de protection de l'enfance, les assistantes sociales ont dû te prêter une attention toute particulière à cause de la maladie de ta mère ;

elles t'auraient obligé à suivre immédiatement une thérapie si elles avaient soupçonné chez toi le moindre problème.

Il secoua la tête avec un rire cynique.

— On voit que tu n'as jamais eu affaire au système, constata-t-il en soupirant. Bien sûr, il y a des gens qui font de leur mieux pour les enfants placés. Kate Morris, que tu as connue, s'est montrée une mère nourricière exemplaire ; elle m'a emmené à San Antonio et m'a soutenu pendant toute ma scolarité au lycée et à l'université. Mais ma sœur et moi avons été, à un moment, confiés à une famille d'accueil qui s'occupait déjà de sept autres pensionnaires. Ils utilisaient l'argent que l'Etat leur donnait pour jouer. Chaque mois, ils se rendaient à Cherokee pour le dépenser dans des machines à sous dans l'espoir de s'enrichir. Pendant ce temps, nous les enfants, nous n'avions rien à manger, pas de vêtements décents, et, bien entendu, nous n'étions pas l'objet de l'attention dont tu viens de parler. Aucune assistante sociale n'a jamais mis les pieds dans la maison. Personne n'a réclamé d'enquête quand nous arrivions sales et mal habillés à l'école. On a fini par s'apercevoir de ce qui se passait quand un de nos professeurs a commencé à poser des questions. On nous a alors retirés de ce foyer, mais aucune autre famille n'étant disposée à nous prendre ensemble, ma sœur et moi, nous avons été séparés. Peu de temps après, Kate Morris m'a adopté.

— C'est triste, murmura Millie, au bord des larmes.

A sa grande surprise, il lui saisit les mains pour les porter à ses lèvres et déposa un léger baiser sur le bout de ses doigts.

— Tu as toujours eu un cœur compatissant, dit-il gentiment. Je me rappelle combien tu aimais les enfants. Tu leur lisais des contes à la bibliothèque pendant les vacances d'été, et ils s'agglutinaient autour de toi comme des abeilles autour d'un pot de miel… J'adorais observer ton visage quand tu leur racontais ces histoires. Il s'illuminait littéralement…

Elle en resta muette quelques secondes.

— Tu m'observais ?

— Oui, c'est arrivé plusieurs fois, avoua-t-il. Je pensais beaucoup à toi. J'exerçais un métier dangereux et je ne me sentais pas encore prêt à me ranger, mais je me disais toujours que si, un jour, c'était le cas, tu serais la première vers qui je me tournerais, ajouta-t-il avant de se rembrunir. Puis John a commencé à me raconter des mensonges sur toi. Et je l'ai cru.

Comme elle s'écartait, il la retint par les poignets.

— J'aimerais tellement pouvoir tout effacer, dit-il en la regardant droit dans les yeux, mais c'est impossible. Je suis vraiment désolé pour la façon dont je t'ai traitée, Millie. Surtout au funérarium.

L'étreinte de ses grandes mains chaudes autour de ses poignets n'avait rien de menaçant ; au contraire, leur contact avait quelque chose d'étrangement réconfortant.

— Tu ne me connaissais pas…

— Ainsi que tu me l'as fait remarquer, je ne souhaitais pas en savoir davantage sur toi, admit-il comme à regret. Peut-être que je ne finirai pas fou comme ma mère, mais, pour une femme connaissant mon passé, il est difficile d'envisager l'avenir avec moi… Je gagne ma vie en luttant contre les terroristes. L'organisme gouvernemental pour lequel je travaille m'envoie aux endroits stratégiques lorsque toutes les autres solutions ont échoué. Je me retrouve donc souvent dans des situations dangereuses, et je ne peux pas me permettre une seconde d'inattention. C'est pour cette raison que je ne fréquente pas les gentilles filles. Les filles comme toi.

Millie commençait à mieux saisir son attitude. Les femmes qui ne pensaient qu'à s'amuser n'attendaient pas de leurs liaisons qu'elles durent. Tout comme Tony, elles vivaient dans l'instant. De toute évidence, il aimait sa profession et ne songeait pas à la quitter. En fait, à travers ses propos, il lui demandait de ne rien espérer de lui. Avec beaucoup de délicatesse, soit, mais le message n'en était pas moins clair…

Plaquant un sourire sur ses lèvres, elle essaya d'adopter un ton insouciant.

— Si je comprends bien, tu me mets en garde. Dois-je me sentir flattée ?

— Je ne veux pas te blesser, dit-il avec gravité avant de libérer ses poignets. Tu n'as aucune expérience du monde.

Elle se leva et regagna sa place sur le canapé.

— Je suppose que non. Je suis bibliothécaire ; ce n'est pas un métier où on a besoin d'avoir l'étoffe d'un Indiana Jones.

— Non, mais tu t'intéresses à l'histoire militaire ; tu es à tout le moins une aventurière en chambre, la taquina-t-il.

Elle sourit pour dissimuler sa tristesse.

— Et toi, quel genre d'ouvrages lis-tu ?

— Les classiques, mais j'ai moi aussi un faible pour l'histoire.

— As-tu un passe-temps ? demanda-t-elle, fascinée par ce qu'elle apprenait sur lui.

Il eut un large sourire.

— J'aime préparer des bons petits plats ; je sais pratiquement tout faire, même la pâtisserie.

— Moi aussi, dit-elle, à la fois amusée et enchantée par ce point commun inattendu.

— Dommage que nous n'ayons pas une cuisine ici !

— C'est vrai.

Comme il se levait pour s'étirer, elle observa avec fascination ses muscles puissants qui roulaient sur son torse et ses bras.

— La journée a été longue, dit-il. D'habitude, je me couche tard, mais ce soir, je suis plutôt fatigué. Regarde un autre film si tu veux. Le son ne me dérangera pas.

Mal à l'aise, elle hocha la tête.

— Qu'y a-t-il ? s'enquit-il aussitôt.

Elle esquissa une grimace embarrassée.

— J'étais si perturbée tout à l'heure que j'ai oublié d'emporter un pyjama.

— C'est un problème que je peux résoudre.

Il se dirigea vers sa chambre ; elle le vit fouiller dans sa valise et revenir avec un T-shirt blanc à col rond.

— Tu vas nager dedans, mais au moins, à défaut de pyjama, il pourra te servir de chemise de nuit, constata-t-il avec un grand sourire.

Elle rougit ; il était effectivement si grand qu'il lui arriverait au-dessous des genoux, et si large qu'il aurait pu en contenir trois comme elle.

— Merci.

— Hé ! Entre camarades de chambrée, il faut bien s'entraider, non ? lança-t-il en lui adressant un clin d'œil. Dors bien !

— Toi aussi.

Une fois qu'il eut refermé la porte derrière lui, Millie éteignit la télévision, et se retira à son tour dans sa chambre où elle se changea.

Allongée dans l'obscurité, elle prit plaisir à sentir le tissu du T-shirt sur sa peau et à en humer l'odeur tout en se demandant quel prétexte elle pourrait bien inventer pour ne pas le lui rendre.

Elle était ravie que Tony lui ait enfin confié la vérité sur son histoire familiale. A présent, elle le comprenait beaucoup mieux. Il avait eu de bonnes raisons pour refuser jusqu'ici de s'engager dans une relation suivie avec une femme. Toutefois, ses propos semblaient suggérer qu'il commençait à se lasser des aventures d'une nuit et à ressentir le besoin d'un lien plus solide.

Ne lui avait-il pas aussi avoué qu'il l'avait observée, elle, Millie, pendant qu'elle lisait des histoires aux enfants ? Il avait paru chérir ce souvenir, et une douce chaleur l'envahit à l'idée qu'il avait éprouvé des sentiments pour elle… jusqu'à ce que les mensonges de John ne les détruisent.

Soudain sa gorge se noua. Rien n'avait changé. Elle avait peut-être réussi à toucher ce cœur impitoyable, mais Tony n'avait jamais dit qu'il l'aimait ou qu'il voulait vivre avec elle. S'il avait choisi de veiller sur elle, c'était sans doute parce qu'il se sentait coupable de l'avoir mal jugée. Ce n'était pas le prélude à des années de bonheur ensemble comme elle en rêvait.

Pour Tony, la protéger n'était qu'un travail comme un autre. A ses yeux, elle représentait juste une mission qu'il s'était fixée. Elle ferait mieux de ne pas l'oublier et de se rappeler ce qui comptait le plus pour elle. Lorsque le danger se dissiperait, elle retournerait à la bibliothèque et Tony s'en irait sans un regard en arrière.

Fermant les yeux, elle essaya de dormir, mais ne parvint à succomber au sommeil qu'aux premières lueurs de l'aube.

Les deux jours suivants passèrent sans qu'ils repèrent le moindre signe d'un éventuel tueur à gages. Tony était en contact permanent à la fois avec Frank et avec son ami inspecteur, lequel n'avait eu jusqu'ici aucun écho d'un meurtre en prévision — ce qui inquiétait Tony. De toute évidence, l'homme engagé par John savait où se cachait Millie et attendait qu'une occasion se présente.

Cette situation risquait de se prolonger pendant des semaines. Or Millie ne pouvait pas s'absenter éternellement de son travail, et lui-même avait un engagement prévu pour bientôt à l'étranger. Mais il ne semblait y avoir aucun moyen de forcer le tueur à se manifester au grand jour.

En outre, la présence de Millie sapait son énergie. Il ne pouvait s'empêcher de la déshabiller des yeux. Avec ses traits fins, elle était plus jolie qu'il n'y paraissait au premier abord, et sa silhouette était terriblement excitante. Oui, à n'en pas douter, elle le troublait bien plus qu'il ne l'aurait souhaité. Bien que très sages, ses chemisiers n'en révélaient pas moins ses petits seins ronds et fermes. Et il se surprenait de plus en plus souvent à s'imaginer en train de les caresser.

Cette tension finissait par le rendre irascible. Jusqu'ici il n'avait fréquenté que des femmes prêtes à lui faire des avances sans réserve. Millie éprouvait elle aussi, de toute évidence, une attirance pour lui. Et peut-être même davantage, s'il se fiait à ce que lui avait confié Frank.

Bien qu'il ait plusieurs fois souhaité voir jusqu'où elle lui permettrait d'aller, il n'avait pas osé tenter l'expérience, de peur de ne pas parvenir lui-même à s'arrêter à temps. Il n'avait pas eu de relations avec une femme depuis des mois, et cette longue abstinence forcée lui mettait les nerfs à vif.

Devant l'irritabilité croissante de Tony, Millie supposa que leur cohabitation commençait à lui peser. D'autant que, à force d'être bloqué dans cet appartement pour la protéger, il devait se sentir à l'étroit. Culpabilisée, elle aurait nettement préféré rentrer chez elle pour qu'il lui sourie de nouveau — même si cela supposait qu'il aille se consoler dans les bras d'une autre femme.

Jamais il ne s'intéresserait vraiment à elle, elle s'y était résignée au fil des années. Il lui avait assez répété qu'elle n'était pas son genre…

Le soir suivant, elle fut si mal à l'aise en le voyant arpenter nerveusement le salon qu'elle décida d'aller se coucher.

— Ne t'enfuis pas à cause de moi, dit-il avec brusquerie. C'est juste que je ne suis pas habitué à rester inactif aussi longtemps.

— Je ne fuis pas, j'ai vraiment sommeil, lui assura-t-elle. Bonne nuit.

— Oui, c'est ça, bonne nuit !

Refusant d'attacher de l'importance à son ton sarcastique, elle se réfugia dans sa chambre, se déshabilla et enfila le T-shirt de Tony. Puis elle s'étendit sur le drap en laissant la lampe allumée. Elle était aussi agitée que Tony, et probablement tout aussi excitée.

Elle avait soif de baisers, de caresses, de contact

physique ; Tony ne l'avait pas touchée depuis qu'il l'avait saisie par les poignets pendant qu'il lui parlait de sa mère. Mais il n'arrêtait pas de l'observer, avec une avidité qui la faisait frémir.

Elle avait beau être naïve, elle avait reconnu le désir dans ses yeux. Un désir qu'elle partageait et dont elle ne savait que faire. Jamais elle n'avait ressenti un tel désarroi.

Avec un soupir, elle s'étira langoureusement. Si seulement Tony pouvait la prendre dans ses bras et l'embrasser jusqu'à ce que le besoin lancinant qui la torturait s'apaise…

Soudain, elle entendit la sonnerie d'un téléphone dans le salon. Deux minutes plus tard, Tony frappait à la porte et entrait sans même lui demander si elle était présentable.

Il se figea sur le seuil de la chambre, et elle sentit son corps réagir à mesure qu'il le parcourait du regard, de la pointe de ses seins à ses jambes nues. Troublée, elle vit sa mâchoire se contracter.

— Oui ?

Refermant la porte derrière lui, il jeta son téléphone cellulaire sur la table basse, puis se dirigea droit vers le lit.

Avant qu'elle n'ait eu le temps de se ressaisir, il s'allongea près d'elle et, glissant ses longs doigts sous son T-shirt, commença à l'embrasser avec l'ardeur d'un homme assoiffé s'abreuvant à une source après une longue traversée du désert. La chaleur de ses mains sur sa poitrine et son baiser fougueux eurent raison de ses derniers scrupules. Alors qu'elle se cambrait en gémissant, il roula sur elle, ne lui laissant aucun doute sur ce qu'elle savait déjà — il la désirait.

C'était comme si tous ses rêves se réalisaient. L'odeur épicée de Tony l'enivrait. Captivée par ses longs cheveux noirs dénoués qui cascadaient sur ses épaules, elle y enfouit ses doigts, savourant leur douceur soyeuse sur son visage. L'esprit embrumé par la passion, elle laissa échapper une plainte de plaisir lorsqu'il s'empara d'un de ses seins. S'arquant contre lui, elle ferma les yeux pour s'immerger dans le flot de sensations inconnues que ses baisers provoquaient en elle, jusqu'à ce que la tension croissante dans son corps lui donne l'impression qu'elle allait en mourir.

Sous l'assaut du désir, le T-shirt de Millie et son propre boxer-short avaient volé sur le sol. Il laissa ses lèvres redessiner la courbe de son cou, de sa poitrine, courir sur son ventre plat, s'attarder sur son nombril tandis que ses doigts jouaient avec l'élastique du fin triangle de soie qui les séparait encore. Il la sentit trembler sous ses caresses, l'entendit retenir sa respiration.

Plus que quelques secondes, songea-t-il, et elle ne pourrait plus l'arrêter. Grisé par le velours de sa peau, il avait l'impression d'être comme du métal en fusion ; la tête lui tournait.

Soudain, en sentant ses doigts glisser vers le cœur humide de son intimité, Millie se rendit compte de ce qu'ils s'apprêtaient à faire. Bientôt, Tony quitterait San Antonio pour reprendre son travail sans même se rappeler ce qui s'était passé, la laissant avec le souvenir d'un rêve brisé… et peut-être une grossesse à vivre seule — puisqu'elle n'utilisait aucune contraception.

Mais lorsqu'elle s'arc-bouta sur ses épaules pour tenter de le repousser, il ne sembla même pas s'en apercevoir. Ses caresses la rendaient folle, et elle faillit abandonner. Pourtant, il fallait qu'elle lutte contre son désir. Sinon, Tony ne le lui pardonnerait jamais…

— Je ne peux pas ! s'écria-t-elle. Tony, arrête, je ne peux pas !

Il leva la tête, les yeux fiévreux, le souffle court comme s'il venait de courir un cent mètres ; son torse puissant couvert d'une fine toison brune se soulevait avec effort.

— Quoi ?

— Je… Je ne peux.

— Pourquoi ? demanda-t-il d'une voix rauque.

— Je ne prends pas la pilule.

— La pilule ?

Devant son incompréhension évidente, elle insista.

— Je pourrais tomber enceinte.

A ces mots, il parut recouvrer la raison et prit plusieurs longues inspirations afin de se ressaisir. Mais aussitôt son expression changea : ses yeux lancèrent des éclairs de colère. Il avait été incapable de lui résister, et il était clair qu'il lui en voulait de l'avoir vu aussi désarmé.

D'un mouvement fluide, il roula hors du lit, ramassa son boxer-short, l'enfila et se retourna pour lui faire face. Tandis qu'il la fixait d'un air accusateur, elle attira nerveusement la couette sur elle.

— C'est incroyable, marmonna-t-il sur un ton furieux. Tu me lances un regard aguichant, tu m'ouvres tes bras et tu réponds avec ferveur à mes baisers, puis à la dernière minute, tu t'écartes d'un air effarouché en me disant d'arrêter parce que tu risques de tomber enceinte ? Je n'en reviens pas !

Elle essaya de se défendre.

— Je ne me suis pas rendu compte…

— De tous les sales tours qu'une femme peut jouer à un homme, c'est le pire… Tu voulais prendre ta revanche, n'est-ce pas ? Je me suis mal conduit avec toi au funérarium, et tu voulais me le faire payer ?

Les joues écarlates, elle baissa les yeux. Non, elle ne pleurerait pas. Elle se mordit la lèvre pour essayer de reprendre son sang-froid.

— C'est faux, je n'ai aucun désir de me venger.

— Et il faudrait que je te croie ?

— Je n'ai pas de moyens de contraception, protesta-t-elle d'une voix tremblante. Je n'ai jamais…

— Tu le savais déjà quand je suis entré, rétorqua-t-il avec froideur. Tu aurais pu m'en parler à ce moment-là.

C'est vrai, elle aurait dû le prévenir. Mais elle avait tant rêvé qu'il la prenne dans ses bras, la serre fort contre lui, et l'embrasse que tout bon sens l'avait désertée. L'expérience avait été magique, et, pendant ces quelques minutes passionnées, elle avait eu l'impression de se retrouver au paradis…

Mais comment le lui expliquer sans lui avouer ses sentiments ? D'autant que son orgueil devait être piqué au vif. Elle serra les dents, consciente d'ignorer même comment s'excuser…

Irrité par son attitude, Tony fusilla Millie du regard. Elle était recroquevillée sous la couette, ne montrant que sa tête, les yeux baissés, le visage blême. S'il n'avait pas été aussi blessé, il se serait peut-être laissé apitoyer, mais il souffrait trop.

Tournant les talons, il ouvrit brutalement la porte qui resta entrouverte lorsqu'il quitta la chambre d'un pas rapide. Il avait à peine fait deux pas qu'il entendit son téléphone cellulaire sonner. Il mit quelques secondes avant de se souvenir qu'il avait oublié l'appareil sur la table basse de

Millie. Celle-ci n'avait pas bougé d'un pouce quand il entra de nouveau dans la pièce pour le récupérer.

— Allô ! lança-t-il, irrité.

— Salut, beau gosse, roucoula une voix sexy. Frank vient de m'avertir que tu es en ville. Que dirais-tu de passer me voir ? Je suis libre, ce soir.

Il reconnut immédiatement la jeune femme. Conscient que Millie pouvait entendre chaque mot qu'il prononçait, il adopta un ton sensuel.

— Tu es libre ? Génial ! Mais je ne peux pas bouger d'ici, Angel. Pourquoi ne viendrais-tu pas plutôt me rejoindre ? Nous prendrions un ou deux verres, et verrions où cela nous mène.

— Bonne idée ! s'exclama son interlocutrice avec enthousiasme. Je connais déjà le nom de ton hôtel et le numéro de ta suite. Je peux y être dans environ dix minutes, cela ira ?

— Parfait. Cela me laisse juste le temps de prendre une douche et de me changer. A tout de suite, ma belle.

Et il s'éloigna sans un regard en arrière. N'ayant aucun mal à imaginer l'expression de Millie, il se sentait nettement mieux. Elle lui avait réservé une très mauvaise surprise, et l'avait mortifié ; il était juste qu'il lui rende la pareille.

Il se rendit directement dans sa propre chambre, attrapa quelques vêtements propres et gagna sa salle de bains sans éprouver le moindre remords…

5.

Millie fut au supplice quand Tony convia effrontément une certaine Angel à venir le rejoindre. Il ne se donna même pas la peine de lui jeter un coup d'œil tandis qu'il traversait le salon. Peut-être l'avait-elle contrarié, voire frustré, et sans doute était-il irrité, mais cela ne justifiait en rien cet affront alors qu'elle était à portée de voix.

Elle avait beau l'avoir probablement déçu en tant que femme, elle n'était pas le genre à se laisser humilier. Il n'était donc pas question qu'elle reste ici à l'écouter folâtrer avec une de ses conquêtes.

Furieuse, cette fois, elle passa ses vêtements à la hâte, enfila son manteau, puis, luttant contre ses larmes, saisit son sac, sortit de la chambre et en referma soigneusement la porte. La dernière chose qu'elle entendit avant de quitter la suite fut le bruit de l'eau qui ruisselait dans la salle de bains de Tony.

Tony, en jean et chemise bleue, accueillit Angel avec un sourire et l'invita à entrer. Amusé, il remarqua la tenue sexy — pantalon de cuir moulant et top en dentelle — qu'elle avait choisie pour venir le voir ; ses longs cheveux blonds balayant ses épaules, elle lui lança un coup d'œil aguicheur alors qu'il la guidait vers le salon.

— Il y a longtemps que je ne t'avais pas vu, roucoula-t-elle. Tu as bonne mine.

— Toi aussi.

Il se pencha pour déposer un baiser sur ses lèvres, puis leur servit un verre.

— Alors, que t'est-il arrivé, ces derniers temps ? s'enquit-il en s'asseyant près d'elle sur le canapé.

Elle commença à le lui raconter, mais rapidement il ne l'écouta plus que d'une oreille distraite tandis qu'il repensait à ce qui s'était passé avec Millie. Maintenant que la douche glacée lui avait remis les idées en place, il se rendait compte que ce n'était pas la faute de la jeune femme si la situation avait dégénéré, mais la sienne.

Tel un requin affamé, il avait fondu sur elle sans lui laisser la moindre possibilité de se défendre. Si elle n'avait rien dit, il aurait certainement été jusqu'au bout, avec les risques que cela comporte…

A cette idée, il eut soudain honte de lui.

— Qu'est-ce que tu as ? demanda Angel en fronçant les sourcils.

— Rien, répondit-il en affichant un sourire contraint. Tu as vu Frank, dernièrement ?

Elle poussa un soupir dépité.

— Tony, je viens juste de t'annoncer la bonne nouvelle que Frank a reçue. Il y a un poste vacant à Dallas, et il a envie de l'accepter. Le directeur de la boîte de nuit lui a offert de l'avancement dans le service de sécurité, et lui propose de le former. C'est un travail très bien payé.

— Ah bon ? s'étonna Tony. Il ne m'en a rien dit.

— Il avait rendez-vous à Dallas aujourd'hui pour l'entretien, et il n'est rentré que ce soir. Il te mettra sûrement au courant demain.

Après avoir fini son verre, elle le posa sur la table basse, puis, d'un air effronté, se glissa sur les genoux de Tony.

— Et si nous arrêtions de parler de Frank ? susurra-t-elle en se lovant contre lui. Je me sens seule…

Il n'y a pas si longtemps, son comportement provocant aurait mis le feu aux poudres, mais pas ce soir. Il se souvenait de l'expression malheureuse de Millie juste avant qu'il ne quitte sa chambre sous le coup de la colère ; en ce moment même, en l'entendant discuter avec Angel, elle devait sûrement pleurer toutes les larmes de son corps.

Il s'écarta d'Angel.

— Nous allons devoir remettre à plus tard ce que nous avions prévu, annonça-t-il gentiment. Je suis en plein travail ; il y a ici une femme que je protège, ajouta-t-il en indiquant la porte de Millie d'un mouvement de menton. Elle dort, mais elle pourrait se réveiller.

— C'est ta petite amie ?

Il resta impassible.

— Elle est bibliothécaire.

— Oh ! Seigneur ! Je te plains ! se récria Angel en s'esclaffant. Une bibliothécaire ! A-t-on idée de choisir un métier pareil !

Qu'elle se raille ainsi de Millie l'offusqua.

— Ce n'est pas une profession à la portée de tous ; elle exige de longues années d'études, observa-t-il avec irritation. Ma mère adoptive était une bibliothécaire documentaliste. Elle a dû aller à l'université, et ensuite passer des concours pour obtenir ses diplômes. Il faut une solide érudition pour réussir dans cette voie.

Mais Angel, qui n'avait manifestement pas remarqué son agacement, continua son persiflage.

— Oh ! excuse-moi ! C'est vrai… Qui suis-je, moi qui ai abandonné le lycée avant le bac, pour me moquer d'une universitaire ?

Mal à l'aise, il la repoussa et se leva.

— C'est juste un travail.

Elle se redressa à son tour, puis, avec un sourire amusé, saisit son sac et se tourna vers lui.

— Juste par curiosité, quel âge a ce puits de science sur lequel tu veilles si précieusement ?

— Je ne sais pas exactement. Dans les vingt-cinq ans.

— Elle est jolie ?

Il fronça les sourcils en se remémorant une remarque de Millie.

— Elle est belle à l'intérieur.

— Mon pauvre Tony…, soupira Angel avant de se dresser sur la pointe des pieds pour l'embrasser sur la joue. Je suppose que les revers de fortune arrivent à tout le monde un jour ou l'autre… On dirait que c'est ton tour, ajouta-t-elle, moqueuse. Je te laisse. Bonne chance !

Comme elle sortait discrètement de la suite, Tony, les mains dans les poches et le moral en berne, fixa ses chaussures. Il avait tout gâché ; à présent, Millie devait le haïr.

Après un bref examen de conscience, il se dirigea vers la porte de la chambre de la jeune femme avec l'intention de s'excuser pour sa réaction stupide. Inviter Angel à venir le rejoindre avait été mesquin de sa part, et il en était désolé. Tout comme il regrettait de lui avoir mis sur le dos la responsabilité de leur fiasco, alors que tout était sa faute, à lui. Au fond, c'était lui qui l'avait provoquée, et non l'inverse.

Pour être honnête, reconnaître ses torts n'était pas son fort, mais il n'avait pas le choix. Avec un sourire mélancolique, il frappa doucement à la porte.

— Millie ?

Aucune réponse. Il essaya de nouveau, sans plus de succès. Peut-être prenait-elle une douche ? Avec précaution, il ouvrit la porte et jeta un coup d'œil à l'intérieur. Au premier regard, il constata que le lit de Millie était vide, puis son sac et son manteau avaient disparu. Inquiet, il se rua dans la salle de bains : personne. Millie était partie !

Sans doute s'était-elle enfuie pendant qu'il se changeait ? Il sentit une sueur glacée couler entre ses omoplates. Elle s'était jetée tête baissée dans un guêpier. Si le tueur à gages la surveillait, il avait dû la voir quitter l'hôtel, dans le noir et toute seule ; il risquait alors de sauter sur cette occasion inespérée pour l'assassiner. Et lui, Tony, en serait responsable !

Attrapant son téléphone cellulaire, il composa le numéro abrégé de Frank en espérant que son ami n'avait pas éteint son mobile. Dieu merci, il répondit à la deuxième sonnerie.

— Frank, dit Tony sans lui laisser le temps de placer un mot, j'ai besoin de toi. Appelle ton ami inspecteur, et préviens-le que Millie est en train de retourner à son appartement, seule ; je dois sortir ma voiture du parking couvert, ce qui va me faire perdre un temps précieux. Dis-lui d'envoyer quelqu'un chez elle immédiatement !

— Elle rentre *seule* chez elle ? s'étonna Frank sur un ton désorienté. Mais comment a-t-elle pu partir sans que tu t'en aperçoives ? Et pourquoi quitter l'hôtel au milieu de la nuit ?

Tony grinça des dents.

— Je t'expliquerai plus tard. S'il te plaît, débrouille-toi pour qu'un policier se rende là-bas le plus vite possible. Elle est peut-être en sécurité, mais j'ai un mauvais pressen… enfin, peu importe. Merci.

Et avant que Frank ne puisse lui poser d'autres questions embarrassantes, il raccrocha, sortit de la suite en coup de vent, puis, renonçant à attendre l'ascenseur, descendit l'escalier quatre à quatre en priant le ciel pour qu'il ne soit pas trop tard. Une femme aussi douce que Millie n'aurait aucune chance si le tueur l'avait suivie !

Comme il traversait la ville pour gagner l'appartement de Millie, il ignora sans hésiter les limitations de vitesse et ne respecta pas les feux rouges. Heureusement, pendant sa course folle, il ne croisa aucune voiture de police. Il se gara sur la première place libre qu'il trouva et se précipita vers l'immeuble. En chemin, il n'aperçut ni véhicule ni individu suspects. Avec un peu de chance, il s'était peut-être inquiété pour rien…

Il monta l'escalier jusqu'au troisième étage, puis, longeant le couloir avec précaution, s'arrêta devant la porte de Millie et regarda prudemment autour de lui. Soulagé de ne rien constater d'anormal, il se détendit. Il s'apprêtait à sonner chez elle quand il entendit des voix dans l'appartement. L'une d'elles était indéniablement masculine.

Dans un accès de panique, il faillit se jeter de tout son poids contre le battant pour le défoncer, mais se ravisa à la dernière seconde. S'il entrait en force, le tueur à gages, s'il s'agissait de lui, n'hésiterait pas à abattre aussitôt Millie.

Après s'être débarrassé de ses chaussures, il crocheta la serrure avec une aisance ridicule — en remerciant le ciel que Millie n'ait pas de verrou à pêne dormant —, puis glissa son arme de poing hors de son holster alors qu'il ouvrait silencieusement la porte.

— … je n'aurais jamais cru que ce serait aussi facile, dit la voix masculine avec un ricanement ravi. Ton petit ami n'est pas aussi compétent qu'il le laisse croire !

— Vous avez l'intention de parler pour ne rien dire encore longtemps ? s'enquit Millie sur un ton las. Et si vous en finissiez une bonne fois pour toutes ?

L'homme ne put cacher son admiration.

— Il n'y a pas à dire, vous avez du cran.

Il leva son pistolet muni d'un silencieux de fortune — une grosse bouteille vide, attachée à la gueule du canon avec du ruban adhésif.

— Alors je te dis adieu, de la part de John…

— Non, de ma part, à moi, dit calmement Tony en braquant son arme sur le tueur avant même que celui-ci ait fini sa phrase.

Comme l'assassin se retournait d'un mouvement vif, Tony appuya sur la détente. L'homme s'effondra sur le sol où il resta inerte. Après s'être assuré qu'il ne risquait pas de se relever, Tony rangea son arme, puis s'agenouilla à côté de Millie, assise sur le bord de son lit. Son visage était livide, ses yeux vitreux. Visiblement sous le choc, elle le fixa comme si elle ne le reconnaissait pas.

Quelqu'un frappa alors à la porte de manière pressante.

— Mademoiselle Evans ? appela une voix profondément inquiète.

Avec douceur, Tony pressa brièvement l'épaule de Millie.

— Ne bouge pas. Je m'en charge.

Il alla ouvrir la porte. L'ami inspecteur de Frank se tenait sur le seuil en compagnie d'un agent de police.

— Nous avons entendu un coup de feu quand nous sommes sortis de l'ascenseur. Est-ce que Mlle Evans… ?

— Elle va bien, le rassura Tony. Mais malheureusement pour lui, son agresseur ne s'est pas aperçu que j'étais entré dans l'appartement.

Voyant l'inspecteur observer son holster, Tony sortit ses papiers d'identité, mais l'inspecteur les écarta d'un geste de la main.

— Inutile. J'ai parlé au téléphone avec votre patron, cet après-midi. Où est le corps ?

— Là-bas, dit Tony avant de les guider vers la chambre de Millie.

Millie, le regard vide, était toujours prostrée.

— Elle est plutôt secouée, expliqua-t-il aux deux hommes lorsque l'inspecteur s'approcha d'elle.

— Mademoiselle Evans, pourriez-vous aller vous asseoir dans le salon pendant que nous sécurisons les lieux ?

Comme elle lui jetait un coup d'œil absent, il esquissa une grimace.

Tony se pencha pour la soulever dans ses bras, et, encore sous le coup de la peur, la serra contre son torse un peu plus fort que nécessaire, puis la porta tendrement dans l'autre pièce. Alors qu'il l'installait sur le canapé, il déposa un léger baiser sur son front.

— Tout se passera bien, maintenant, lui murmura-t-il. Je te le promets.

Millie fut incapable d'articuler un son. En l'espace de quelques minutes, sa vie entière avait basculé. Après s'être concrétisés, ses rêves les plus fous avaient tourné au cauchemar.

Les événements de la nuit se bousculaient dans son esprit. Les baisers de Tony… Ses insultes, cette fille qu'il avait invitée pour l'humilier, puis cet homme qu'il avait tué sans sourciller… Elle frémit en se rappelant son regard, si glacial qu'il lui avait semblé sans vie.

Soudain elle remarqua de minuscules gouttelettes de sang sur son manteau — le sang de celui qui avait failli l'assassiner, elle. Avec des gestes saccadés, elle se débarrassa du vêtement qu'elle laissa tomber sur le tapis avec répulsion, puis se mit à trembler. Le métier de Tony lui avait jusqu'à ce soir paru détaché de la réalité, mais elle comprenait à présent à quel point l'homme qu'elle croyait connaître était implacable, à quel point il était dangereux.

Elle ne put s'empêcher de lancer un coup d'œil vers la forme recroquevillée sur le sol de sa chambre. Devant la tache sombre qui s'élargissait autour du cadavre, elle frissonna de nouveau. Les seuls morts qu'elle avait jamais vus avaient été paisiblement allongés dans leur cercueil. Terrifiée, elle se rendait compte, tout à coup, que si Tony n'avait pas utilisé ses sinistres talents, ce serait son propre corps qui serait étendu ainsi sur la moquette.

Tony lâcha un soupir discret.

— Je regrette vraiment, Millie…

Prenant son châle en pashmina posé sur le fauteuil, il le lui drapa autour des épaules.

— Crois-moi, je n'ai jamais souhaité que cette soirée se termine de cette manière.

Son tremblement s'accentua, mais elle ne prit pas la peine de répondre à Tony, ni même de le regarder.

L'esprit ailleurs, Millie observa les allées et venues autour d'elle. Une équipe d'investigation criminelle arpentait à présent l'appartement ; munis de bottes de protection d'un bleu étrange, de masques et de gants, ils firent des prélèvements un peu partout dans la chambre, relevèrent les empreintes et ensachèrent des pièces à conviction. Si Millie n'avait pas été à ce point commotionnée, elle aurait sans doute été ravie d'assister en direct à une enquête de ce genre, qu'elle ne connaissait jusque-là que par les séries policières vues à la télévision.

Durant toute l'opération, Tony demeura avec l'inspecteur pour suivre avec attention les recherches et les commenter de temps à autre. Il revint brièvement dans le salon avec deux formulaires de déposition et demanda à Millie si elle se sentait capable de mettre par écrit ce qui s'était passé lorsqu'elle était rentrée chez elle.

Elle acquiesça tel un zombi, prit un stylo sur la table basse et commença à rédiger sa déclaration. Lui-même prit soin de s'installer à l'autre bout de la pièce pour remplir son propre imprimé afin que l'inspecteur soit certain que Millie et lui ne cherchaient pas à accorder leurs versions des faits.

De longues heures plus tard, la police et l'équipe médico-légale quittèrent enfin l'appartement en emportant le cadavre.

Tony se tourna alors vers Millie.

— Tu ne peux pas rester ici, dit-il calmement. Pas après ce qui est arrivé.

Mais avant qu'elle n'ait pu réagir, quelqu'un frappa à la porte, et Tony alla lui ouvrir. L'air inquiet, Frank entra.

— Désolé, je viens juste de sortir du travail, expliqua-t-il d'une voix hésitante.

Aussitôt, Millie bondit du canapé, se précipita dans ses bras, et se mit à pleurer toutes les larmes de son corps. Cramponnée à lui, elle sanglota en balbutiant des propos incohérents. Manifestement embarrassé, il la serra contre lui et lui tapota le dos sous le regard de Tony, au supplice.

Inutile de se demander pourquoi elle s'était soudain animée en la présence de leur ami commun. Elle l'avait vu, lui, Tony, tuer un autre être humain de sang-froid ; il était clair qu'elle avait soudain vraiment compris en quoi consistait son métier, et qu'elle avait peur de lui, à présent. Un constat qui lui ôtait tout espoir de pouvoir un jour regagner l'estime de Millie…

Frank repoussa légèrement la jeune femme.

— Il ne faut pas que tu restes ici, dit-il à son tour avec gentillesse. Si tu veux, ma mère est prête à t'accueillir ; je lui en ai déjà parlé.

Millie s'essuya les joues du revers de la main.

— C'est si… si gentil de sa part.

— Elle t'aime beaucoup, dit-il en souriant. Tu n'as pas besoin d'emporter des affaires, ajouta-t-il immédiatement en la voyant jeter un coup d'œil horrifié vers la porte de sa chambre barrée par un ruban adhésif jaune. Elle te prêtera ce qu'il faut. Allez, viens.

— D'accord.

S'accrochant à sa chemise, elle se tourna vers Tony, mais refusa de lever la tête vers lui.

— Merci de m'avoir sauvé la vie, déclara-t-elle comme un enfant récitant un compliment que ses parents l'auraient poussé à prononcer.

— De rien.

Même s'il s'était efforcé d'adopter une voix calme,

Tony avait conscience d'être bien plus secoué qu'il ne le laissait paraître. Il venait de tuer un homme ; ce n'était pas la première fois, mais il ne s'était jamais vu à travers les yeux d'une innocente. Millie n'arrivait même plus à croiser son regard. Il eut soudain l'impression d'avoir perdu toute trace d'humanité.

Frank dut remarquer sa détresse, car il lui adressa discrètement un petit geste amical de la main.

— Je t'appellerai plus tard.

Bien sûr, son ami avait deviné qu'il pouvait lui téléphoner même dans plusieurs heures sans risquer de le tirer d'un sommeil où il ne risquait pas de sombrer avant longtemps.

Tony prit une longue inspiration.

— Pas de problème…

Comme Frank guidait Millie vers le palier, Tony les regarda s'éloigner jusqu'à ce qu'ils soient hors de vue.

Une fois rentré à son hôtel, Tony s'allongea, mais, comme prévu, ne put fermer l'œil. En fin de matinée, renonçant à dormir, il commanda un petit déjeuner et s'installa dans le salon pour manger dès que le garçon d'étage le lui apporta. Il en était à son second café noir bien serré lorsqu'il appela Frank.

— Comment va-t-elle ? lui demanda-t-il.

— Elle est bouleversée. Elle ne parvenait pas à arrêter de parler de la facilité avec laquelle le tueur est entré dans l'appartement avant même qu'elle n'ait eu le temps d'enlever son manteau. Elle pense qu'il la surveillait, et qu'il l'a suivie jusque chez elle.

— C'est ce que je suppose aussi.

Quelque chose dans le ton de Tony dut attirer l'attention de son ami.

— Tu n'as jamais vraiment réussi à t'habituer à abattre des gens, n'est-ce pas ?

Tony soupira. Il était clair que cela n'avait pas échappé à Frank qui le connaissait depuis l'adolescence.

— Non, même si cela fait partie intégrante de mon métier. D'ailleurs, ces dernières années, j'étais plus organisateur que participant ; il y avait longtemps que je n'avais pas tiré sur un agresseur.

— Tu as trop de cœur et trop de conscience pour le genre de profession que tu as choisie, observa Frank avec impassibilité. Tu devrais envisager d'en changer avant de devenir si vieux qu'ils te mettront à la retraite. Tu t'imagines vivre d'une pension du gouvernement ? ajouta-t-il avec un rire amusé.

Tony ne put s'empêcher de l'imiter, même si le cœur n'y était pas.

— Ton inspecteur a eu d'autres informations ?

— Sur l'assassin, tu veux dire ? En fait, il le connaissait ; le type s'était sorti sans encombre de deux inculpations d'homicide, rien que pour l'année dernière. Il avait tiré, en l'occurrence, sur une femme enceinte, les tuant sur le coup, elle et son bébé ; par une curieuse coïncidence, les deux témoins du meurtre sont morts dans d'étranges accidents une semaine environ avant le jour où ils devaient déposer contre lui. Mon ami m'a dit qu'il aurait fait n'importe quoi pour de l'argent, et que ce n'est donc pas une grosse perte.

— C'était tout de même un être humain, lui fit remarquer Tony, morose. Il avait une famille qui devait l'avoir aimé, du moins quand il était plus jeune, une mère…

— Oui, une mère qu'il a éliminée en la poussant dans un escalier lorsqu'il avait à peine douze ans, rétorqua Frank sur un ton songeur. C'est inscrit sur son casier judiciaire. A l'époque, le psychiatre chargé de son cas avait estimé qu'il s'agissait d'un regrettable accident qui ne pouvait pas être retenu contre ce pauvre orphelin.

— Tu plaisantes !

— Pas du tout. Le psychiatre a d'ailleurs été poursuivi plus tard par la famille de la victime qui avait dû se charger du délinquant en herbe.

— Pas étonnant.

— Alors, arrête de te faire des reproches, conseilla Frank. A propos, je n'ai pas eu le temps de te parler de mon nouveau poste.

— Oui, à Dallas, si j'ai bien compris. Angel est passée ici…

Il s'interrompit en s'apercevant que, dans le feu de la discussion, il venait de se trahir.

A l'autre bout du fil, Frank resta un long moment silencieux.

— C'est pour cette raison que Millie est rentrée chez elle toute seule, hein ? s'enquit-il d'un ton lourd de reproches. Non, inutile de m'expliquer ce qui s'est passé : tu lui as fait des avances avec ta délicatesse habituelle, et elle s'est enfuie dans sa chambre. Alors, tu as appelé Angel, et tu lui as demandé de venir te rejoindre, juste pour flatter ton orgueil froissé et montrer à Millie, qui entendrait tout, ce qu'elle avait raté…

Devant ce tableau peu reluisant, mais qui reflétait l'entière vérité, Tony marmonna un juron bien senti. Son ami le connaissait jusqu'au bout des ongles, et il détestait le miroir qu'il lui renvoyait.

— Elle est vierge, espèce d'idiot ! maugréa Frank. Ce genre de femme ne se précipite pas tête baissée dans une aventure d'un soir. Elle pense que c'est un péché.

Mortifié, Tony arpenta le salon.

— Oui, bon, d'accord, je n'étais pas vraiment très lucide à ce moment-là !

— Eh bien maintenant que tu as recouvré tes esprits, tu peux constater que tu as tout gâché, rétorqua Frank sans pitié. Elle ne veut plus jamais te revoir.

Tony eut l'impression que son cœur pesait soudain des tonnes.

— Je m'attendais plus ou moins à ce qu'elle réagisse ainsi.

— Un jour, tu tomberas amoureux d'une femme, et j'espère pour toi qu'elle ne te traitera pas de la manière dont tu as traité Millie. C'est quelqu'un d'unique.

— Je suppose que, maintenant, elle va t'épouser, toi, son chevalier servant, et vivre heureuse, n'est-ce pas ? ironisa Tony, le cœur déchiré à cette perspective.

Frank laissa échapper un long soupir.

— Si seulement… Pourquoi crois-tu que je pars m'installer à Dallas ? Je n'en peux plus de jouer les amoureux transis.

— Tu devrais essayer les fleurs et la musique douce, suggéra Tony en s'efforçant de prendre un ton enjoué.

— J'ai déjà tout essayé… Une fois, elle m'a dit qu'on ne peut pas obliger quelqu'un à vous aimer, ajouta Frank avec amertume. Elle avait raison. Alors, j'ai décidé de faire la part du feu.

— Si tu t'en vas, il ne lui restera plus personne à qui parler à San Antonio. Elle n'est pas très sociable ; elle n'a jamais eu de véritable amie à qui se confier. Elle ne laisse pas les gens l'approcher.

— Tu ne sais pas grand-chose sur elle, n'est-ce pas ? s'enquit Frank d'une voix douce.

Embarrassé, Tony hésita.

— Non, c'est vrai.

— Son père était un homme dur qui travaillait sur des plateformes pétrolières. Lorsqu'il rentrait chez eux, il buvait. Avec excès. La mère de Millie a tenté de le quitter, mais il a réussi à récupérer leur fille à l'école et a menacé de la tailler en pièces si la mère ne revenait pas. Evidemment, celle-ci l'a cru sur parole et a réintégré le domicile conjugal. Pendant toute son enfance, Millie a connu un véritable enfer ; elle était trop terrifiée pour accorder sa confiance à qui que ce soit. D'après elle, cela a été un véritable soulagement lorsqu'il est mort d'une crise cardiaque. Sa mère et elle ont enfin pu goûter la paix à laquelle elles aspiraient, mais il était trop tard pour que Millie change de caractère. Jamais elle ne s'est sentie en sécurité avec les autres. Et encore moins après ce que John lui a fait. Elle avait l'impression de revivre ce qu'elle avait vécu avec son père, en pire.

La honte revint tarauder Tony.

— Elle ne m'en a jamais parlé.

— Pourquoi l'aurait-elle fait ? Elle savait, bien entendu, que tu ne t'intéressais pas à elle.

— Oui, bien entendu.

Pendant quelques secondes, ils s'abîmèrent l'un et l'autre dans leurs pensées.

— Quelle est la suite de ton programme ? demanda soudain Frank.

— Quoi ?… Oh, j'ai une mission de prévue au-delà des frontières. Ultrasecrète.

— Comme la plupart de celles qu'on te confie, commenta Frank avec un petit rire moqueur. Je laisserai ma nouvelle adresse à Angel. Tu pourras passer me voir à Dallas à partir du 1er janvier.

— Oui, une fois que tu seras parti, je n'aurai plus aucune raison de revenir à San Antonio.

Tony, conscient que tous deux savaient que Millie y habiterait encore, finit par exprimer ce qui lui brûlait la langue :

— Pourrais-tu lui dire que je suis désolé… Je veux dire, vraiment désolé. J'ai essayé de lui parler juste après avoir tué son agresseur, mais elle était trop effrayée pour m'écouter.

— Est-ce si étonnant ? La majorité des gens ont peur de toi.

— Cela ne me dérange pas, avec les autres, rétorqua Tony d'un ton bourru. Mais Millie a déjà traversé assez d'épreuves ! Bien plus qu'elle ne l'aurait dû. Si je n'avais pas écouté John, j'aurais peut-être pu lui en épargner certaines.

— C'est bien le problème : *si*…

— Ton ami inspecteur pense qu'elle est vraiment sortie d'affaire, maintenant ?

— Oui. D'après certains informateurs, le chef du gang qui détenait l'argent du tueur à gages a décidé de laisser tomber : il avait besoin d'une nouvelle voiture de luxe.

— Bonne nouvelle pour Millie, dit Tony, soulagé.

Au moins elle serait à présent à l'abri des tueurs à gages.

— Oui, et tu vas pouvoir repartir l'esprit tranquille, commenta Frank.

— C’est vrai.

— N’oublie pas de me donner de tes nouvelles de temps à autre.

— Promis. A un de ces jours, Frank.

— Quand tu veux !

Après avoir éteint son téléphone cellulaire, Tony se laissa aller en arrière dans son fauteuil et fixa distraitement le tableau de fleurs et d’idéogrammes japonais encadré sur le mur. C’était terminé. Bientôt, il reprendrait ses missions à l’étranger, Millie retournerait travailler à la bibliothèque, et Frank commencerait son nouvel emploi. Et plus jamais ni lui ni son ami ne reviendraient à San Antonio…

Encore que Frank y repasserait sans doute régulièrement pour rendre visite à sa mère. Mais Tony était prêt à parier qu’il ne reprendrait jamais contact avec Millie.

Il tenta de se consoler. Après tout, il n’était pas émotionnellement attaché à Millie. Cela n’avait été qu’une attirance physique due à une trop longue abstinence et à leur cohabitation forcée. Sans aucun doute, il s’en remettrait en un rien de temps.

Il se leva et commença à préparer ses bagages.

Millie n’avait pas encore surmonté son traumatisme quand elle revint chez elle. Même si l’idée de réintégrer son appartement alors qu’un homme y était mort lui soulevait le cœur, elle avait fini par s’y résoudre, ne souhaitant pas déranger davantage la mère de Frank.

Toutefois elle eut la surprise en entrant de découvrir que sa chambre avait été réaménagée et nettoyée de fond en comble ; il y avait même de nouveaux rideaux aux fenêtres, un couvre-lit neuf, et la moquette avait été changée. Emue, elle se tourna vers Frank, à qui elle avait demandé de l'accompagner.

— Oh, Frank, tu n'aurais pas dû !

Lui rendant son sourire, il haussa les épaules. Pendant l'absence de Millie, il avait fait venir chez elle un tapissier-décorateur et l'équipe chargée de l'entretien de la boîte de nuit où il travaillait afin qu'ils effacent toute trace du drame. Il les avait payés de sa propre poche, mais n'en avait pas parlé à Millie.

— Nous sommes amis. Disons que c'est en souvenir du passé. Bientôt je ne serai plus à San Antonio.

— Oui, je sais, dit-elle avec tristesse. Tu aimeras sûrement Dallas. Ma mère était originaire de cette ville, et nous allions souvent y rendre visite à mes grands-parents — jusqu'à leur mort.

— Oui, tu as raison. Je pense que je m'y plairai.

Jetant un regard autour d'elle, elle palpa le tissu en cretonne des rideaux, puis lissa l'étoffe moelleuse du dessus-de-lit.

— C'est superbe…, murmura-t-elle avant de se retourner vers Frank. Tony m'a sauvé la vie, et je l'ai à peine remercié. Tu sais, il n'a même pas cillé ; il est resté de glace, et il a abattu cet homme d'une seule balle dans le cœur… Je n'avais encore jamais vu quelqu'un se faire tuer, ajouta-t-elle en enroulant ses bras autour d'elle.

— C'est toujours un choc.

Intriguée, elle inclina la tête.

— Tu as déjà tiré sur quelqu'un ?

— Tu as oublié que je suis un vétéran de la deuxième guerre du Golfe ? plaisanta-t-il. J'étais en Irak au début des années quatre-vingt-dix.

Comme il bombait fièrement le torse, elle ne put s'empêcher de sourire.

— C'était différent de ce qu'on nous montre à la télévision ou au cinéma, même dans les films d'espionnage. Cet individu n'avait pas un silencieux en métal : il s'en était fabriqué un avec une bouteille de soda et du ruban adhésif.

— Même ceux faits maison conviennent, souligna Frank. Il voulait faire son sale travail discrètement.

Elle se souvint alors d'un détail qu'elle avait à peine enregistré sur le moment.

— La détonation de l'arme de Tony m'a fait l'effet d'un coup de canon. Quand toi et moi avons quitté l'appartement, les couloirs de l'immeuble étaient remplis de curieux qui essayaient de voir l'équipe d'investigation criminelle. Si seulement j'avais pu mieux observer comment elle travaillait… Mais j'étais trop perturbée.

— Tout comme Tony, fit remarquer Frank. Pour lui, quelles que soient les horreurs qu'avait commises le tueur, c'était avant tout un être humain. Tony, dans ce genre de situation, se soumet toujours à des purifications. Comme il ne voulait pas se rendre dans la réserve d'où il est originaire, en Caroline du Nord, il a choisi cette fois de passer plusieurs jours chez des cousins, en Oklahoma. Ils ont construit une hutte de sudation pour aider Tony à apaiser sa mauvaise conscience et à retrouver la paix.

Millie était fascinée par les explications de Frank.

— J'ignorais qu'il pratiquait les rites de ses ancêtres. Et sa mère adoptive ne devait pas le savoir non plus. Du moins je le suppose, car elle n'a jamais évoqué le sujet devant moi.

— Effectivement, elle n'était pas au courant, répondit

simplement Frank. Il ne voulait pas qu'elle sache en quoi consistait son métier. Il lui avait simplement dit qu'il travaillait pour le gouvernement, et elle croyait qu'il s'agissait d'un travail de bureau.

— Il cherchait donc à la protéger ?

— Oui.

En silence, elle regagna le salon, et son regard s'arrêta sur le canapé où Tony l'avait si gentiment installée après le coup de feu. Malgré les mille attentions délicates dont il l'avait alors entourée, elle ne lui avait témoigné aucune reconnaissance. Il avait dû être blessé par son attitude de rejet, surtout après avoir été obligé de tuer un homme pour lui sauver la vie.

— Il m'a demandé de te dire qu'il était désolé, reprit Frank avec douceur.

Elle lui jeta un coup d'œil étonné.

— Pourquoi le serait-il ?

— A cause d'Angel.

Devant l'air insistant de Frank, elle se sentit rougir.

— Oh ! La créature de rêve en robe à paillettes…

— Pardon ?

Elle poussa un long soupir résigné.

— Tu n'arrêtais pas de lui présenter les danseuses de ta boîte de nuit, lui rappela-t-elle avec un triste sourire. C'est son genre de femmes, il ne me l'a pas caché. De toute façon, il refuse toute attache.

— Un jour, il changera peut-être d'avis.

— Oui, peut-être, mais pas pour moi, rétorqua-t-elle tranquillement. Il a invité cette Angel à le rejoindre dans sa chambre pour me montrer à quel point je ne signifiais rien pour lui. Il n'avait pas besoin d'en passer par cette humiliation ; je le savais déjà… Je ne suis qu'une simple bibliothécaire… Cela veut tout dire, non ?

Ce trait d'autodérision déplut visiblement à Frank qui se renfrogna.

— Rappelle-toi, dans le film *La Momie*, le premier rôle était tenu par une bibliothécaire, Evelyn Camahan. C'était aussi une héroïne au sens propre du terme.

— Ce qui est loin d'être mon cas, commenta amèrement Millie.

Se dressant sur la pointe des pieds, elle embrassa sa joue hâlée.

— Merci pour tout, Frank. Tu vas me manquer.

Il la dévisagea avec une nostalgie douloureuse qu'il lui dissimula immédiatement.

— Toi aussi, tu me manqueras, Millie.

6.

Les semaines s'écoulèrent ; Thanksgiving passa en un clin d'œil, et bientôt Noël s'annonça avant que Millie n'ait eu le temps de s'en rendre compte.

Un soir, alors qu'elle descendait de l'autobus à sa station, elle se figea devant la vitrine d'un grand magasin que les employés avaient magnifiquement décorée — de façon traditionnelle avec de la neige artificielle, des arbres, des montagnes, et un train à l'ancienne qui traversait le décor. Millie avait toujours adoré les trains électriques. Un jour, lorsqu'elle pourrait se permettre un appartement plus grand, elle se promettait d'en acheter un et de le sortir pour les fêtes de fin d'année.

A San Antonio, le temps était particulièrement froid pour la saison. Elle resserra son manteau en laine autour d'elle. Cette acquisition récente était une pure folie, elle ne cessait de se le répéter, mais elle s'était révélée incapable de porter de nouveau son vieux loden, même après que le teinturier eut nettoyé les éclaboussures de sang dont il était couvert. Aussi l'avait-elle donné à une œuvre de bienfaisance.

Comme elle traversait la rue, elle se demanda comment

allait Frank. Il avait emménagé à Dallas, deux semaines auparavant, et quand il lui avait téléphoné, peu après son arrivée, il lui avait dit qu'il appréciait ses futurs collègues et pensait que le travail lui plairait. Toutefois, il lui avait aussi avoué que San Antonio lui manquait. D'après lui, Dallas était une ville tentaculaire bruyante, cosmopolite et à l'architecture futuriste, contrairement à San Antonio qui, de taille nettement plus réduite, avait conservé son charme historique.

Cependant, il était clair que c'était moins San Antonio qui lui manquait que sa présence, à elle, Millie. Et elle regrettait amèrement de ne pas pouvoir partager l'amour qu'il éprouvait pour elle. En dépit de tout, et malgré son comportement cruel à son égard, Tony restait celui dont son cœur se languissait.

Tony... Saisie d'un frisson soudain, elle remonta le col de son manteau alors qu'elle se dirigeait vers son immeuble. Sans doute s'était-il envolé vers un pays exotique pour la fin de ses vacances ; et, à présent, il était sûrement en train de prendre du bon temps avec des sirènes qui devaient se disputer sa compagnie...

A l'heure actuelle, la plupart des femmes adoptaient ce style de vie moderne, passant d'un amant à l'autre sans ressentir le moindre besoin de s'engager. Les films reflétaient cette attitude désinvolte, tout comme les séries télévisées et les romans.

Mais Millie, très fleur bleue, avait la nostalgie d'une époque révolue où les hommes et les femmes restaient chastes jusqu'au mariage, où la famille comptait, et où la période de fiançailles était suffisamment longue pour permettre aux jeunes promis de s'apprivoiser en tant qu'êtres humains avant de consommer le mariage.

C'était dans ce monde disparu qu'elle s'échappait, dévorant des romans sentimentaux dont les personnages partageaient son point de vue démodé sur l'existence et la société. Et peu lui importait que ce soit un univers chimérique. Dans la réalité, les relations sexuelles étaient vides de sens. Vides et tristes. Comme la vie de Tony.

Malgré toutes ses aventures, il ne connaîtrait jamais la joie de tenir son fils ou sa fille dans ses bras, de lui lire une histoire avant qu'il s'endorme, de le voir grandir, acquérir des connaissances et rire. Millie désirait tant avoir des enfants qu'elle ressentait toujours un pincement au cœur lorsqu'elle en rencontrait avec leurs parents dans les magasins. Jamais, elle le savait, elle n'éprouverait le bonheur indicible de fonder sa propre famille.

Elle repensait souvent à cette fameuse nuit passée à l'hôtel de Tony, et elle se demandait ce qui serait arrivé si elle n'avait pas choisi d'interrompre leurs ébats amoureux. Peut-être serait-elle enceinte, à présent. Et elle aurait pu mettre ce bébé au monde en secret — sans que Tony le sache. Le fait de ne pas avoir saisi l'occasion de concrétiser son rêve quand elle s'était présentée l'attristait. Au moins aurait-elle pu chérir leur enfant, à défaut de Tony, puisqu'il n'acceptait pas l'amour qu'elle lui vouait depuis des années…

Heureusement, il lui restait son travail. Cette année, la bibliothèque demeurerait exceptionnellement ouverte la veille de Noël afin d'accueillir les élèves d'un orphelinat. Des bénévoles s'y réuniraient pour leur offrir des cadeaux et leur raconter des histoires. Les responsables de l'établissement, comptant renouveler l'expérience, espéraient que le projet serait un succès.

Millie, qui attendait ce jour avec impatience, s'était confectionné une robe et un chapeau rouges de Père Noël. Une manière, ne serait-ce que le temps d'une soirée, d'imaginer que son rêve de maternité s'était réalisé, songea-t-elle avec mélancolie.

Le reporter d'un grand quotidien s'était déplacé avec une caméra pour couvrir l'événement. Plusieurs autres personnes prenaient des photographies ou enregistraient des films avec leurs mobiles, probablement pour les poster sur le Web.

Avec deux fillettes de trois ans installées sur les genoux, Millie était comblée ; elle leur lisait *Le Plus Petit Ange* de Charles Tazewell, qui avait été son histoire favorite lorsqu'elle avait leur âge. A en juger par l'expression de leurs visages, elles étaient aussi fascinées qu'elle-même l'avait été.

Concentrée sur ses protégées, elle ne se rendit pas compte que quelqu'un se présentait dans le hall de la bibliothèque. Un homme grand en manteau de cachemire fauve…

Tony se figea sur le seuil pour observer Millie toute vêtue de rouge. Sa sollicitude envers les deux fillettes assises sur ses genoux le renforça dans l'opinion qui s'était imposée à lui, il y a déjà bien longtemps — elle serait une excellente mère.

Troublé, il se tourna vers la vieille dame arborant un badge à son nom qui se tenait près de la porte.

— Je peux entrer ?

Levant les yeux, elle examina son teint cuivré, ses yeux de jais et sa longue chevelure noire retenue en queue-de-cheval, puis sourit.

— Bien sûr. Vous connaissez un de nos petits trésors ?

Il secoua la tête.

— Non, mais je connais la jeune femme qui raconte une histoire aux deux petites, là-bas. Nous sommes des amis de longue date.

— Mlle Evans, vous voulez dire ? dit-elle d'un air contrit. Elle a traversé une période difficile, ces dernières années, vous savez. Surtout lorsque cet homme a essayé de la tuer. Mais elle va beaucoup mieux, maintenant.

— Oui.

— Vous pouvez vous joindre à nous si vous voulez, poursuivit-elle. Nous avons invité le public à participer à cette fête de Noël… En fait, nous souhaiterions que les enfants créent ici des liens affectifs qui leur seraient bénéfiques, ajouta-t-elle avec douceur. Les donateurs sont toujours bienvenus. Et puis cette fête sera peut-être l'occasion pour certains visiteurs d'envisager une adoption.

Alarmé, il fronça les sourcils.

— J'espère que vous avez présélectionné les candidats masculins.

— Je vois à quoi vous faites allusion, dit-elle avec un froncement de sourcils. Bien sûr, nous y avons pensé, mais il est impossible de filtrer les gens à l'entrée sans les effrayer. Alors nous avons choisi une autre solution : deux policiers en civil spécialisés sur la question se sont mêlés aux visiteurs, ajouta-t-elle d'un air amusé. Si quelqu'un manifeste des intentions peu avouables, il risque d'avoir une très mauvaise surprise.

Tony approuva d'un large sourire.

— Une bonne manière de résoudre le problème à la base !

— Et si vous alliez parler à Mlle Evans ? Elle est très malheureuse depuis plusieurs semaines. Je l'ai souvent surprise en train de pleurer, juste après son retour à la bibliothèque… Lorsqu'elle est revenue travailler, vous savez, après la mort de ce tueur. Mon Dieu, quelle horreur, cette histoire… Elle m'a confié qu'elle s'en voulait terriblement ; elle se reproche de n'avoir pensé qu'à elle-même et de s'être montrée ingrate vis-à-vis de quelqu'un de très proche…

Levant la tête, la vieille dame le dévisagea avec curiosité.

— Il ne s'agirait pas de vous, par hasard ?

Soudain oppressé, Tony prit une longue inspiration.

— Je ne me suis pas montré à la hauteur pendant qu'elle vivait cette épreuve, et mon attitude l'a beaucoup déçue.

— Il n'est jamais trop tard pour se racheter, remarqua son interlocutrice en lui tapotant gentiment le bras. Allez vite vous réconcilier avec elle.

— Et si je vous demandais si vous êtes libre ce soir ? la taquina-t-il, ému par sa bienveillance.

Ses yeux d'un bleu délavé pétillèrent. Elle avait sans doute plus de quatre-vingts ans. Ses cheveux blancs scintillaient à la lumière du plafond.

— Il faudra d'abord aller demander la permission à mes parents ! s'exclama-t-elle en riant avec lui.

Lorsqu'il arriva près de Millie, elle venait juste de terminer son histoire et embrassait ses protégées.

— Allez vous servir une part de gâteau et un jus de fruits, leur dit-elle en les aidant à descendre de ses genoux.

C'étaient deux adorables fillettes, mais très différentes ; si l'une avait la peau mate et des prunelles aussi noires que ses cheveux, l'autre était une petite rousse au teint diaphane et aux yeux verts. Chacune à leur tour, elles enroulèrent leurs bras autour du cou de Millie pour déposer un baiser sur sa joue, puis, se prenant par la main, elles se dirigèrent vers la table croulant sous les victuailles que les organisateurs avaient disposée au centre de la salle.

Millie les observait en souriant quand elle prit soudain conscience d'une ombre qui la surplombait. Comme elle levait la tête, elle resta bouche bée en découvrant Tony devant elle.

Il s'agenouilla près de sa chaise et plongea ses yeux de jais dans les siens.

— Oui, moi aussi, c'est ce que je ressens lorsque je te regarde : j'ai le souffle coupé.

Prise de court par son arrivée inopinée, elle ne put se donner une contenance et lui dissimuler sa joie.

— Je ne m'attendais pas à te revoir.

— Vraiment ? répliqua-t-il d'un air gentiment moqueur. J'ai préféré rester un peu à l'écart le temps que tu me pardonnes ce que je t'ai fait.

— Tu m'as sauvé la vie, protesta-t-elle, et je t'ai à peine remercié !

Son sourire s'agrandit.

— Tu formais un joli tableau avec ces fillettes sur les genoux. Tu semblais être dans ton élément.

— J'aime les enfants.

— Moi aussi.

Troublée par sa réponse et ne sachant qu'en penser, elle posa la question qui la taraudait :

— Pourquoi es-tu ici ?

— Parce que tu t'y trouves et que c'est le réveillon de Noël.

Ne comprenant toujours pas la raison de sa présence, elle fronça les sourcils.

— Mais comment as-tu découvert que j'étais à la bibliothèque un jour férié ?

— Je travaille pour le gouvernement, lui fit-il remarquer. J'ai l'habitude de dénicher les gens, où qu'ils se cachent.

L'évocation de son métier lui rappela soudain la mort du tueur à gages, ce qui fit resurgir des images perturbantes.

— On ne me confie pratiquement plus que des tâches administratives, ajouta Tony aussitôt, comme s'il avait lu dans son esprit. Je n'ai plus besoin d'utiliser une arme. Cette fameuse nuit… En fait, je n'avais pas le choix…

Devant son expression torturée, elle sentit son cœur se serrer et posa un doigt sur sa bouche pour l'empêcher de poursuivre.

— Je suis désolée, murmura-t-elle d'une voix enrouée par l'émotion. Si désolée. Je n'ai jamais voulu que tu te sentes coupable de ce qui s'est passé. Si tu avais hésité une seule seconde, nous ne pourrions même pas avoir cette conversation.

Lui saisissant le poignet, il déposa un baiser brûlant dans sa paume. Elle haleta alors qu'une onde de désir la parcourait tout entière.

Il dut le remarquer, car un léger sourire étira ses lèvres et ses yeux se mirent à rayonner.

Durant ce qui lui sembla être une éternité, ils se dévisagèrent, inconscients des regards et des commentaires amusés autour d'eux.

— Tu peux m'accompagner une minute jusqu'à ma voiture ? demanda-t-il après s'être éclairci la gorge.

— Oui, bien sûr.

Tony se redressa tout en l'aidant à se lever de sa chaise, puis attendit pendant qu'elle enfilait son manteau et parlait avec la vieille dame qu'il avait taquinée. Celle-ci leva le pouce en signe de victoire derrière le dos de Millie, ce qui le fit rire.

— Qu'y a-t-il de si drôle ? s'enquit Millie, perplexe, alors qu'ils passaient la porte.

— Je songeais à avoir une aventure avec la dame aux cheveux blancs avec laquelle tu bavardais. Elle est vraiment irrésistible !

Millie le fixa avec étonnement, puis se mit à pouffer.

— Mme Mims ? Oui, tu as raison, elle est incroyable ! C'est la présidente des « Amis de la bibliothèque ». Avant de prendre sa retraite, elle était reporter d'investigation.

— Ah oui ?

Quelque chose dans l'expression de Millie piqua sa curiosité.

— Et maintenant, que fait-elle ?

— Elle écrit des romans à énigmes qui ont énormément de succès.

— Je devrais peut-être discuter avec elle, réfléchit-il à voix haute. Je connais beaucoup d'affaires mystérieuses… Encore que la plupart sont classées top secret, ajouta-t-il, les sourcils froncés. Mais je pourrais toujours lui glisser quelques suggestions.

— Elle serait aux anges.

Après avoir déverrouillé les portières de sa voiture de

location, il aida Millie à s'installer sur le siège du passager, puis fit le tour du véhicule et s'assit au volant.

Millie, songeuse, caressa du doigt le tableau de bord. Tony avait encore choisi une Ferrari de luxe, comme un mois auparavant.

— Tu aimes vivre sur un grand pied.

— Je peux me le permettre, objecta-t-il en allumant le plafonnier.

Il se tourna vers elle et posa son bras sur le dossier de son siège-baquet.

— J'ai beaucoup réfléchi, ces dernières semaines, continua-t-il. Jusqu'ici, j'ai mené une vie de célibataire qui me convenait parfaitement, j'ai eu de nombreuses aventures qui me satisfaisaient aussi. Mais je vieillis, et la solitude commence à me peser…

N'osant en croire ses oreilles, elle parvenait à peine à respirer.

Comme Millie rivait son regard plein d'espoir sur le sien, Tony leva la main pour, du bout du pouce, effleurer ses lèvres douces, et l'observa, ravi, qui fermait les yeux, le souffle court.

— Oh ! et puis zut, le reste attendra ! Viens ici…

L'attirant dans ses bras, il s'empara de sa bouche avec une telle passion qu'elle s'accrocha à lui avec un gémissement de plaisir qui décupla son désir.

Elle répondit à son baiser avec fougue, brûlant manifestement du même sentiment d'urgence que lui, et la frustration de cette étreinte que l'exiguïté de sa voiture rendait malhabile ne fit que s'accroître.

Au bout d'une minute, il s'écarta d'elle à contrecœur en

lui prenant les bras, et Millie s'adossa contre la portière, la respiration saccadée et les yeux écarquillés.

— Ma mère adoptive était comme toi, dit-il après avoir lui-même quelque peu repris haleine. Pétrie de principes qui paraissaient en décalage total avec la liberté de notre temps. Mais je les respecte, je les approuve, même…

Il fouilla dans sa poche et en sortit une petite boîte gris perle qu'il posa dans la paume de Millie.

— Ouvre-la, l'encouragea-t-il.

Comme Millie tentait maladroitement d'en soulever le couvercle, Tony finit par l'aider à l'ouvrir même si ses mains tremblaient presque autant que les siennes.

Là, elle découvrit deux anneaux. Un solitaire avec une émeraude que ceignait une couronne de minuscules diamants, et une alliance en or sertie des mêmes pierres.

— Ces bagues sont magnifiques, Tony, souffla-t-elle, émerveillée.

Peut-être rêvait-elle. Oui, c'est cela, elle rêvait. Elle allait se réveiller d'une seconde à l'autre et… Discrètement, elle se pinça, et sursauta légèrement sous le coup de la douleur. Non. Elle était bien réveillée, et ce qui se passait était bien réel.

— Tu ne rêves pas, Millie, dit-il, visiblement amusé par son geste. En revanche, moi, j'ai souvent laissé libre cours à mon imagination depuis cette fameuse soirée, dans ma chambre d'hôtel.

Il secoua la tête en soupirant.

— J'ai bien failli devenir fou de désir, ce soir-là. Si tu n'avais pas protesté, je ne serais pas parvenu à m'arrêter. Jamais auparavant je n'avais perdu le contrôle de moi-même de cette manière. Même lorsque j'étais adolescent.

— Même lorsque tu étais adolescent ? répéta-t-elle, déconcertée. Vraiment ?

— Oui, vraiment. Tu es… exceptionnelle.

— Moi ? dit-elle, incrédule. Mais… je ne connais rien à l'amour.

Une lueur de malice s'alluma dans les yeux de jais.

— Je sais, et c'est le plus excitant, justement.

Devant son embarras, Tony se mit à rire. Cette innocence était si rare, de nos jours, et donc si précieuse. Il ne pouvait s'empêcher de repenser à la façon dont elle avait répondu à ses caresses, ce soir-là. Et il ne se sentait que plus honteux en songeant à l'attitude qu'il avait eue ensuite avec elle.

— J'ai fait beaucoup de choses dont je ne suis pas fier, dans ma vie, constata-t-il en reprenant son sérieux. Je me console en songeant que c'était dans le cadre de mes missions au service de notre pays. C'était un travail exaltant et lucratif. Mais j'ai mis de l'argent de côté et mon tempérament « tête brûlée » s'est finalement apaisé.

Il hésita, cherchant ses mots.

— Ce que je veux dire, c'est que… Enfin, je voudrais te demander si…

— Je serais prête à t'épouser et à te suivre n'importe où, même si c'est pour vivre dans une hutte au cœur d'un marais envahi de moustiques, l'interrompit-elle.

Surpris, il eut un mouvement de recul.

— Millie !

Puis, en riant, il l'attira de nouveau contre lui et l'embrassa longuement, avec passion. Il n'aurait su dire jusqu'où ils seraient allés si un coup sur le pare-brise ne les avait pas abruptement interrompus.

Essoufflés, ils se séparèrent et rajustèrent leurs vêtements en s'efforçant tant bien que mal de se ressaisir.

Tony se composa un visage impassible — quelque peu gâché par le rouge qui lui barbouillait les lèvres et maculait le col ouvert de sa chemise — avant de presser la touche pour baisser la vitre.

— Oui ? dit-il poliment.

La vieille dame aux cheveux blancs les dévisagea d'un air espiègle, puis se mit à rire.

Machinalement, il tenta de resserrer son nœud de cravate à moitié défait.

— Je voulais juste vous prévenir..., parvint-elle à dire entre deux gloussements, que nous sommes en train d'ouvrir les cadeaux, et que les petites filles aimeraient que Millie les aide à déballer les leurs.

Un peu embarrassé, il glissa une main dans ses cheveux en bataille.

— Nous arrivons tout de suite... Nous étions juste en train d'ouvrir les boîtes du bijoutier.

Mme Mims marmonna qu'il était visiblement urgent qu'ils prononcent leurs vœux et s'échangent les anneaux de façon officielle, avant de s'éloigner, ravie.

Tony glissa le solitaire au doigt de Millie, puis lui déroba un long baiser fougueux.

— Pour l'effet de surprise, c'est raté. Je suppose que notre amie aura déjà mis tout le monde au courant avant que nous y retournions.

— Cela m'est égal, dit Millie, presque timidement.

Il eut l'impression de se noyer dans son sourire.

— A moi aussi.

Il l'embrassa encore, mais plus tendrement, et ils

parvinrent à regagner la bibliothèque avant que tous les cadeaux soient distribués aux enfants — et sous les sourires affectueusement complices des adultes…

Millie et Tony passèrent Noël ensemble à évoquer leur avenir entre deux baisers. Tony lui proposa un mariage à l'église, mais tous deux décidèrent d'un commun accord d'attendre de s'être fait suffisamment d'amis pour pouvoir les y convier. Entre-temps, ils se contentèrent d'officialiser leur union devant le juge local, avec les employés du cabinet pour témoins.

Tony s'était de lui-même refusé à faire l'amour avant la bénédiction nuptiale. Il voulait respecter les souhaits de Millie et lui offrir la cérémonie dont elle avait toujours rêvé, ainsi qu'une nuit de noces digne de ce nom, lui avait-il expliqué.

C'était sans compter l'appétit incontrôlable qu'ils avaient l'un de l'autre… A peine avaient-ils franchi la porte de l'appartement de Millie, plus proche que sa chambre d'hôtel, qu'ils se déshabillaient l'un l'autre avec une frénésie confinant à la fureur.

Millie connut ainsi sa première expérience sur la moquette de son salon…

— Waouh, dit Tony quand il recouvra son souffle.

— Oui, c'était merveilleux, acquiesça-t-elle, le cœur battant si fort qu'il lui semblait résonner dans tout l'immeuble.

— J'ai vraiment essayé d'atteindre la chambre, tu sais…

— Ne t'en veux surtout pas, le rassura-t-elle d'une voix sensuelle. Par terre, debout, dans la salle de bains…

Quelle importance ? Mais tu sais, je n'ai jamais imaginé que ce pourrait être aussi fort.

Il roula sur le flanc afin de plonger son regard dans le vert si doux de ses yeux.

— Tu as eu mal, au début.

— Ah oui ? s'étonna-t-elle. Je ne m'en suis même pas rendu compte.

— Non, parce que j'ai su comment calmer la douleur.

Elle rougit en se le remémorant. Sa bouche avait su apaiser le feu qui s'était allumé au cœur de son intimité…

Enroulant les bras autour de son cou, elle l'attira contre elle, prenant un plaisir extrême à sentir son torse sur sa poitrine et sa peau chaude contre la sienne. Elle avait l'impression d'être comme… électrisée. S'arquant contre lui, elle enroula les jambes autour des siennes.

— Tu auras peut-être encore mal, murmura-t-il à son oreille.

— Pas du tout…, répondit-elle en le caressant d'abord avec timidité, puis avec plus d'assurance.

Il gémit, mais, très vite, ne fut plus en état de protester contre son audacieuse initiative…

— Tu as faim ? demanda-t-il en l'aidant à se relever, une heure plus tard.

— Une faim de loup, constata Millie avec surprise.

La précédant dans la cuisine, il commença d'inspecter ses placards et le réfrigérateur.

— Si je comprends bien, tu as une certaine prédilection pour la cuisine italienne, non ?

— J'en raffole. Mais tu n'es pas italien.

— Pas vraiment. Mon nom me vient de l'homme qui a épousé ma mère. J'aurais dû le faire changer, je suppose. Mais celui qui l'avait mise enceinte ne l'aurait jamais laissée prendre son nom, et de toute façon, je n'en aurais pas voulu non plus.

Il haussa les épaules.

— Après tout, je n'ai rien contre un nom italien. Cela induit les gens en erreur, et c'est très bien. J'aime rester une énigme pour les autres.

S'avançant vers lui, elle le prit par la taille et posa une joue sur son torse nu.

— Je t'aime tant, murmura-t-elle. Je m'étais toujours dit que j'en mourrais un jour.

Resserrant à son tour ses bras sur elle, il embrassa ses cheveux.

— Je n'ai encore jamais prononcé ces mots, dit-il sur le même ton, mais je sais qu'ils ont toujours été en moi. Je les sens qui résonnent jusque dans mon âme. Ces quelques semaines sans toi ont été un vrai calvaire, pour moi.

Il se pencha pour l'embrasser avec ferveur.

— Si tu savais comme je t'aime, Millie. Si tu savais…

Des larmes montèrent aux yeux de Millie et roulèrent sur ses joues tandis qu'il la berçait contre lui.

— Il est un peu tard, maintenant, mais je viens de me rappeler que je ne t'ai rien offert pour Noël, dit-il soudain d'un air ennuyé.

— Oh si, objecta-t-elle en relevant ses yeux clairs vers lui. Tu es le plus beau cadeau que j'aie jamais reçu. Mon agent de la CIA à moi ! Mais je te promets de ne rien dire à personne…

En riant, il l'étreignit contre lui.

— Et tu es le cadeau le plus précieux qu'on m'ait jamais offert. Joyeux Noël, mon amour.

— Joyeux Noël, répéta-t-elle.

Les yeux fermés, elle entendait les battements réguliers de son cœur, et se rappela l'instant où elle avait plongé son regard dans le sien, au soir du réveillon, et l'incroyable joie qu'elle en avait éprouvée. Un bonheur qui ne s'était pas démenti depuis.

Ce Noël avait incontestablement été le plus beau de sa vie. Et son bonheur, elle le tenait dans ses bras à cet instant.

Et pour toujours…

BestSellers

A paraître le 1er novembre

Best-Sellers n°486 • suspense

Un mystère à Black Falls - Carla Neggers

La petite ville de Black Falls, dans le Vermont, semble bien paisible sous son rideau de neige… jusqu'à ce que Rose Cameron, experte en sauvetages d'urgence découvre un corps carbonisé, presque méconnaissable. Presque… car Rose est sûre de savoir de qui il s'agit, et elle est convaincue que cette mort n'a rien d'un accident. D'autant que Nick Martini, un pompier expérimenté qui est venu la trouver, soupçonne lui aussi l'intervention d'un pyromane. Nick, un homme séduisant qu'elle n'avait jamais revu depuis la nuit de passion qu'ils ont partagée l'année précédente. Bouleversée par ces retrouvailles mais décidée à faire le jour au plus vite sur cette sombre affaire, Rose met de côté ses sentiments et accepte de collaborer avec Nick pour traquer un dangereux criminel – au risque de se retrouver prisonnière d'un piège de feu.

Best-Sellers n°487 • suspense

Mémoire à vif - Brenda Novak

De retour dans le Tennessee à Whiterock, sa ville natale, après douze années d'absence, Sheridan Kohl redoute de voir son passé refaire surface, et avec lui les terribles souvenirs qui ont bouleversé sa vie. Et même si elle a peu à peu reconstruit son existence autour de l'association d'aide aux victimes qu'elle a créée en Californie avec deux amies, elle sait que seule la vérité sur son agression et sur le meurtre dont elle a été le témoin adolescente pourra la libérer des cauchemars qui hantent ses nuits. Mais à peine arrivée, Sheridan est à nouveau victime d'une agression et ne doit la vie sauve qu'à l'intervention de Cain Granger son amour de jeunesse. Cain, un mauvais garçon au charme ravageur que toute la petite communauté de Whiterock soupçonne encore d'être l'auteur du crime que Sheridan est venue résoudre.

Best-Sellers n°488 • suspense

Menacée - Karen Harper

Lorsqu'elle se rend dans un coin perdu de l'Alaska pour un stage professionnel l'avocate Lisa Vaughn espère profiter pleinement de ces quelques jours en pleine nature. Pourtant, dès son arrivée, une étrange impression d'être épiée la met mal à l'aise. Un malaise qui se transforme en panique lorsque Lisa est précipitée dans les eaux tumultueuses et glacées du torrent Wild. Un torrent dont elle ne serait jamais sortie vivante si Mitch Braxton ne s'était embarqué en kayak dans une course folle sur les rapides pour la sauver. Mitch, le directeur du stage, mais aussi et surtout son ancien fiancé, cet homme qui lui a déchiré le cœur en partant vivre loin d'elle plusieurs années auparavant. Bouleversée et désorientée, Lisa accepte la proposition de Mitch de veiller sur elle et de l'aider à enquêter. S'agit-il d'un simple accident, d'une menace ? Ou, aussi incroyable que cela puisse paraître, quelqu'un souhaite-t-il réellement la tuer ?

Best-Sellers n°489

Magie d'hiver

Les cinq histoires réunies dans ce livre explorent la magie d'un hiver de givre où la douceur ouatée de la neige et la chaleur réconfortante des feux de bois accompagnent toutes les promesses d'amour… Amour impossible d'Alanna qui, le soir de Noël, ne peut pas accepter la demande en mariage de Ian alors qu'il va bientôt devoir partir. Amour renaissant de Noelle et Thom, séparés depuis dix ans, qui se retrouvent au moment des fêtes de fin d'année. Amour passionné d'Elaine et Tony qui, depuis leur adolescence, se donnent rendez-vous à chaque veille de Noël. Jusqu'au jour où Elaine attend Tony en vain… Amour fou et imprévu de Devin pour Robin et le bébé qu'elle met au monde un soir de tempête. Un amour qui fait naître en lui le désir d'une vraie famille. Amour absolu d'Amy qui rêve pour ses enfants du plus merveilleux des réveillons de Noël. Autant de rencontres imprévues, de brûlantes étreintes, de retrouvailles bouleversantes et de tendres réconciliations…

Best-Sellers n°490 • suspense

L'île des disparues - Heather Graham

Quand Chloé Marin, jeune et talentueuse psychologue, collabore à une enquête de police sur la mystérieuse disparition d'un jeune mannequin sur une petite île de Floride, elle ne s'attend pas à voir son propre passé ressurgir. Et surtout pas ces meurtres terribles qui l'ont brisée lorsqu'elle était adolescente et qu'elle a essayé d'enfouir au plus profond de sa mémoire. Pourtant, à peine démarre-t-elle ses recherches que des crimes sont commis et lui rappellent le drame dont elle a été témoin dix ans plus tôt. Mais le plus perturbant, ce sont encore ces visions qui s'emparent de son esprit. Des visions incroyablement réalistes de la jeune femme disparue implorant son aide. Dès lors Chloé n'a plus le choix. Prête à tout pour faire la lumière sur cette affaire, elle s'associe à Luke Cane – un détective privé secret et mystérieux à qui elle a rapidement accordé sa confiance. Mais elle ne sait pas encore à quel point sa protection lui sera précieuse. Ni qu'elle est désormais la cible d'un tueur implacable. Un tueur qui n'est jamais loin …

Best-Sellers n°491 • thriller

Le silence de la peur - Karen Rose

Son projet était désespéré. Mais Mary Grace Winters savait que la seule manière pour elle et pour son fils d'échapper à son mari, un policier violent qui les maltraitait, était de mettre en scène leur propre mort…

Aujourd'hui, tout ce qu'il reste de leur ancienne vie gît au fond d'un lac. Sous une nouvelle identité, Mary Grace a trouvé refuge avec son petit Tom à Chicago, loin de sa ville natale. Et sous le nom de Caroline Stewart, elle a presque oublié le cauchemar qu'elle a fui sept ans auparavant, au point de se laisser aller à une relation amoureuse avec son nouveau collègue, Max Hunter. Max, un homme qui est lui aussi hanté par d'anciennes et profondes blessures, et qui lui a spontanément inspiré confiance. Pourtant, elle l'ignore encore, son passé est sur le point de ressurgir et de faire voler en éclats la vie paisible qu'elle s'est construite. Car son mari a retrouvé sa trace et celle de son fils. Pas à pas, il se rapproche…

Best-Sellers n°492 • historique
Innocente trahison - Kat Martin

Angleterre, 1854.
Depuis qu'ils l'ont recueillie chez eux après la mort de ses parents, Lily Moran voue une loyauté sans faille aux Caulfield, et surtout à leur fille Jocelyn dont elle est devenue la dame de compagnie. Une loyauté qui est mise à rude épreuve lorsqu'elle rencontre Royal Dewar, duc de Bransford, auquel Jocelyn est promise depuis des années. Car si Lily sait que cet homme ne lui appartient pas, elle ne peut ignorer l'intense désir qui s'installe entre eux dès les premiers instants. Et bientôt, incapable de résister à la tentation, Lily s'abandonne entre les bras du duc pour un baiser d'une incroyable sensualité.
Pourtant, elle le sait, Royal n'a rien de plus à lui offrir que ces quelques instants de plaisir volés. N'a-t-il pas promis à son père qu'il épouserait Jocelyn, ainsi que sa fortune, pour restituer son prestige au duché de Bransford ? Alors, déterminée à mettre un terme à ce vain jeu de séduction, Lily fait tout pour éviter le fascinant Royal. Jusqu'à ce que le destin les pousse à commettre l'irréparable…

Best-Sellers n°493 • suspense
Tensions - Francis Roe

Pour la première fois depuis le début de sa brillante carrière de chirurgien à New Coventry, le docteur Caleb Winter est confronté à un terrible cas de conscience : afin de sauver la vie de sa patiente, Céline de la Roche, il devrait normalement pratiquer une intervention classique et en accepter les effets secondaires indésirables. Et pourtant, cette fois, il se sent prêt à risquer sa carrière et sa réputation pour tenter une « première » médicale en pratiquant sur elle une greffe très risquée. Caleb a en effet des raisons personnelles de vouloir tenter le tout pour le tout. Et même si son devoir de médecin lui impose la plus stricte neutralité, il sent bien que son jugement est altéré par l'irrépressible attirance qu'il éprouve pour Céline. Car sa patiente – une femme de pouvoir qui dirige une maison d'édition new-yorkaise -, est jeune, belle et intelligente. Fragile aussi. Une fragilité qui fait écho à sa propre solitude dans un monde hospitalier fait de rivalités et de querelles de pouvoir, où Caleb suscite de terribles jalousies. Mais peut-il vraiment se lancer dans une lutte sans merci pour Céline… au risque de tout perdre ?

OUI ! Envoyez-moi mes **2 romans offerts*** de la collection que j'ai choisie et mes **2 cadeaux surprise gratuitement**.
Sauf contrordre de ma part, j'accepte ensuite de recevoir chaque mois les romans de la collection choisie, simplement en consultation.

☛ COCHEZ la collection choisie :

❑ **AZUR**	ZZ1F56	6 romans par mois	25,40€
❑ **HORIZON**	OZ1F54	4 romans par mois	18,66€
❑ **AUDACE**	UZ1F52	2 romans par mois	12,60€
❑ **BLANCHE**	BZ1F53	3 volumes doubles par mois	20,72€
❑ **LES HISTORIQUES**	HZ1F53	3 romans par mois	20,72€
❑ **BEST SELLERS**	EZ1F53	3 romans par mois	22,82€
❑ **NOCTURNE**	TZ1F52	2 romans par mois	12,78€
❑ **PRÉLUD'**	AZ1F54	4 romans par mois	23,82€
❑ **PASSIONS**	RZ1F53	3 volumes doubles par mois	21,29€
❑ **BLACK ROSE**	IZ1F53	3 volumes doubles par mois	21,29€
❑ **MIRA**	MZ1F52	2 romans par mois	28,56€
❑ **JADE**	JZ1F52	2 romans par mois	28,56€

☛ COMPLÉTEZ vos coordonnées et renvoyez cette page à :
Service Lectrices Harlequin – BP 20008 – 59718 Lille Cedex 9

N° d'abonnée Harlequin (si vous en avez un) ___________

Mme ❑ Mlle ❑ Nom : ___________

Prénom : ___________ Adresse : ___________

____

Code Postal : ______ Ville : ___________

Tél. : __________

E-mail : ___________

❑ Oui, je souhaite recevoir par e-mail les offres promotionnelles des éditions Harlequin.
❑ Oui, je souhaite recevoir par e-mail les offres promotionnelles des partenaires des éditions Harlequin.

Le Service Lectrices est à votre écoute au 01.45.82.44.26 du lundi au vendredi de 9h à 17h ou sur www.harlequin.fr rubrique Contacts.

Date limite : 20 octobre 2011. Vous recevrez votre colis environ 20 jours après réception de ce bon. Offre soumise à acceptation et réservée aux personnes majeures, résidant en France métropolitaine, dans la limite des stocks disponibles. Offre limitée à 2 collections par foyer. Prix susceptibles de modification en cours d'année. Conformément à la loi Informatique et libertés du 6 janvier 1978, vous disposez d'un droit d'accès et de rectification aux données personnelles vous concernant. Par notre intermédiaire, vous pouvez être amenée à recevoir des propositions d'autres entreprises. Si vous ne le souhaitez pas, il vous suffit de nous écrire en nous indiquant vos nom, prénom et adresse à : Service Lectrices Harlequin BP 20008 59718 LILLE Cedex 9.

Composé et édité par les

éditions HARLEQUIN

Achevé d'imprimer en octobre 2011

CPI BRODARD & TAUPIN

La Flèche

Dépôt légal : novembre 2011

N° d'imprimeur : 65672

Imprimé en France